Enid Blyton

Geheimnis um eine siamesische Katze

Geheimnis um einen entführten Prinzen

Erika Klopp Verlag

Nach den Regeln der neuen Rechtschreibung gesetzt

Geheimnis um eine siamesische Katze
Deutsche Ausgabe
Titel der Originalausgabe »The Mystery of the Disappearing Cat«
Methuen Children's Books, London, 1944

Geheimnis um einen entführten Prinzen
Deutsche Ausgabe
Titel der Originalausgabe »The Mystery of the Vanished Prince«
Methuen Children's Books, London, 1951

Aus dem Englischen von Lena Stepath
Einbandgestaltung: Buchholz / Hinsch / Hensinger
Satz: Clausen & Bosse, Leck
Druck und Bindung: Graphischer Großbetrieb Pößneck
Printed in Germany 1999
ISBN 3-7817-5240-2

Inhalt

Geheimnis um eine siamesische Katze

Inhalt

Der Junge im Nachbargarten

Betti sprang ungeduldig im Zimmer herum. Wenn Flipp nur erst da wäre! Drei Monate hatte sie ihren großen Bruder nicht gesehen, weil er im Internat war. Heute kam er für die ganzen Sommerferien nach Hause.

»Gina und Rolf kommen morgen heim«, sagte sie zu ihrer Mutter. »Ich freue mich darauf, wieder mit ihnen zu spielen.«

Gina und Rolf waren Flipps Freunde. Die drei waren älter als Betti, ließen sie aber trotzdem an ihren Spielen teilnehmen. In den Osterferien hatten die Kinder gemeinsam mit einem anderen Jungen und seinem Hund das Geheimnis um einen nächtlichen Brand aufgeklärt.

Betti dachte daran zurück. »Wir waren die sechs Spürnasen und haben alles herausgefunden. Hoffentlich gibt es in diesen Ferien wieder etwas für uns zu tun.«

»Es war doch nur Zufall, dass ihr die Wahrheit entdeckt habt«, erwiderte die Mutter lachend. »So etwas wiederholt sich nicht. Nun mach dich aber fertig, Betti. Es ist Zeit zur Bahn zu gehen. Wir wollen doch Flipp abholen.«

Kaum war Flipp zu Hause eingetroffen, lief er erst einmal durch den Garten. Er hatte das Gefühl, als wäre er jahrelang weg gewesen. Betti trabte keuchend neben ihm her, während sie unaufhörlich schwatzte. Sie bewunderte ihren großen Bruder. Aber er beachtete sie kaum. Für ihn war sie nur ein kleines Mädchen, mit dem man nicht viel anfangen konnte.

»Gina und Rolf kommen morgen«, erzählte Betti. »Dann sind wir wieder die Spürnasen.«

»Nur wenn es etwas aufzuspüren gibt«, erwiderte Flipp. »Dicki kommt übrigens auch. Seinen Eltern hat es in den Osterferien so gut in Peterswalde gefallen, dass sie sich hier ein Häuschen gekauft haben.«

Betti jubelte. »Das ist schön! Dicki ist immer so nett zu mir. Also sind die sechs Spürnasen wieder zusammen. Dicki wird doch hoffentlich Purzel mitbringen.«

Purzel war ein kleiner schwarzer Scotchterrier, den die Kinder sehr liebten. »Natürlich bringt er ihn mit«, sagte Flipp. »Ich freue mich schon auf Purzel.«

»Woher weißt du eigentlich, dass Dicki herkommt?«, fragte Betti.

»Er hat mir geschrieben. Warte mal – ich muss den Brief in der Tasche haben. Dicki lässt dich auch grüßen.«

Nach einigem Suchen zog Flipp einen zerknüllten Brief aus der Tasche. Betti griff neugierig nach dem Blatt und strich es glatt. In sauberer Handschrift stand darauf:

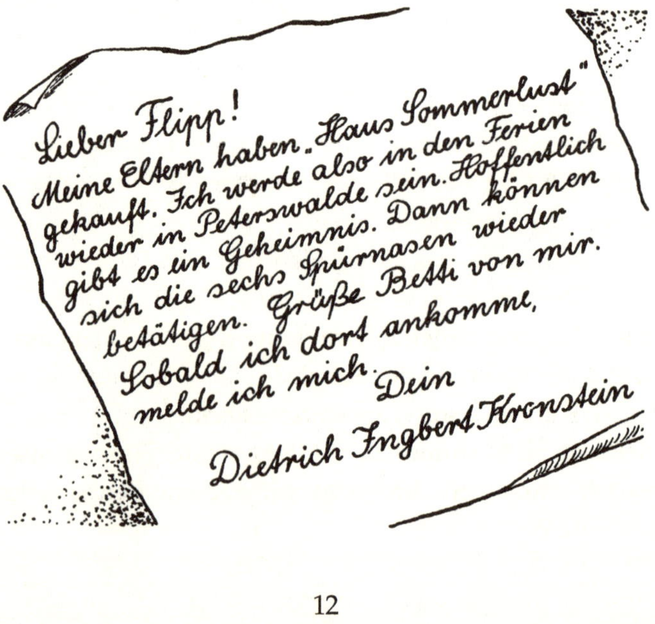

»Warum unterschreibt er nicht mit Dicki?«, fragte Betti. »Dietrich Ingbert Kronstein klingt so albern.«

»Na, Dicki ist ja manchmal auch recht albern. Hoffentlich gibt er nicht wieder so an. Weißt du noch, wie er mit seinen wunderbaren Beulen dicktat, als er vom Heuhaufen fiel?«

»Die waren auch wirklich gut«, erwiderte Betti. »Was für herrliche Farben sie hatten! Meine sehen niemals so schön aus.«

Am nächsten Tag gegen drei Uhr trafen Gina und Rolf ein. Nach dem Tee liefen sie sofort zu Flipp und Betti. Die Kinder erzählten einander ihre Erlebnisse, lachten und schwatzten. Alle freuten sich, wieder beisammen zu sein. Betti fühlte sich bald ein wenig ausgeschlossen. Sie war die Einzige, die noch kein Internat besuchte, und verstand daher vieles nicht, was die anderen sagten. Zu dumm, dass ich erst acht Jahre alt bin!, dachte sie. Gina und Flipp sind schon zwölf und Rolf sogar dreizehn. Ich kann sie nie einholen.

Plötzlich hörten sie ein Trappeln auf dem Weg. Ein kleiner schwarzer Scotchterrier stürzte aufgeregt auf die Kinder zu.

»Purzel!«, rief Gina.

»Komm her, Purzel. Bist du aber dick geworden!«

»Hallo, Purzel! Schön, dass du wieder da bist.«

»Lieber, guter Purzel! Ich habe dich vermisst!«

Die vier Kinder waren so damit beschäftigt, den Hund zu begrüßen, dass sie Dicki, der hinter ihm den Garten betreten hatte, ganz übersahen. Betti entdeckte ihn zuerst. Sie lief ihm mit einem Freudenschrei entgegen und umarmte ihn. Dicki drückte sie an sich und lächelte. Er hatte Betti gern.

Die anderen begrüßten ihn mit lautem Geschrei. »Hallo, Dicki!«, rief Rolf. »Wie war es in der Schule?«

»Ich bin Klassenerster«, antwortete Dicki.

»Dicki ist noch immer der Alte«, stellte Flipp grinsend fest. »Überall der Erste, gescheit wie ein Professor, der beste Junge der ganzen Schule.«

Dicki gab ihm einen Rippenstoß. »Ach, sei still! Du bist wahrscheinlich der Letzte in deiner Klasse.«

Wie herrlich war es, im Gras zu liegen oder mit Purzel herumzutoben! Acht wunderbare Wochen ohne Unterricht und ohne Schularbeiten lagen vor den Kindern. Die Sommerferien waren doch die schönste Zeit des Jahres.

»Was gibts denn Neues in Peterswalde, Betti?«, fragte Dicki. »Irgendein Geheimnis? Einen rätselhaften Fall, den wir aufklären könnten? Wir sind ja immer noch die sechs Spürnasen.«

»Daran habe ich auch schon gedacht«, erwiderte Betti. »Aber im Moment ist hier gar nichts los. Wegda habe ich schon wochenlang nicht gesehen.«

Wegda war der Spitzname für Herrn Grimm, den Dorfpolizisten. Die Kinder nannten ihn so, weil er immer »weg da!« rief, sobald er sie sah. Er konnte Kinder nicht leiden und sie mochten ihn ebenso wenig.

Flipp gähnte. »In Peterswalde scheint sich überhaupt nichts ereignet zu haben, während wir im Internat waren.«

»Ach, da fällt mir etwas ein«, rief Betti. »Das Haus nebenan ist wieder bewohnt.«

Das Nachbarhaus hatte fast zwei Jahre lang leer gestanden.

»Sind Kinder da?«, fragte Flipp.

»Nein, ich glaube nicht. Nur einen großen Jungen habe ich gesehen. Er arbeitet im Garten. Man hört ihn manchmal pfeifen. Er kann wunderschön pfeifen. Und dann gibt es drüben eine Menge Katzen.«

»Katzen?«, fragte Flipp. »Wie sehen sie aus?«

Als Purzel das Wort »Katzen« hörte, spitzte er die Ohren und knurrte.

»Sie sehen alle gleich aus«, antwortete Betti. »Das Fell ist gelblich, Kopf, Schwanz und Beine sind dunkelbraun. Ein Mädchen sorgt für die Tiere.«

»Das müssen siamesische Katzen sein«, sagte Rolf. »Haben sie blaue Augen, Betti?«

»Das konnte ich nicht sehen. Aber Katzen haben doch keine blauen Augen, sondern grüne.«

»Siamesische Katzen haben blaue Augen«, belehrte sie Dicki. »Meine Tante hatte mal eine. Sie hieß Kleopatra. Die Tiere sind sehr wertvoll.«

»Ich würde mir die Katzen gern mal ansehen«, sagte Gina. »Wem gehören sie denn?«

»Einer Frau Kendling«, antwortete Betti. »Ich habe sie noch nie gesehen. Sie scheint oft verreist zu sein.«

Die Kinder lagen auf dem Rasen, während sie sich unterhielten. Purzel lief von einem zum anderen. Wenn er sie mit seiner feuchten Schnauze anstieß, kreischten sie auf und schubsten ihn weg. Nach einer Weile hörten sie Pfeifen aus dem Nachbargarten.

»Das ist der große Junge von nebenan«, sagte Betti. »Pfeift er nicht schön?«

Rolf stand auf und ging zur Gartenmauer. Er stieg auf einen umgestülpten Blumentopf und spähte hinüber. Auf der anderen Seite grub ein Junge von etwa fünfzehn Jahren ein Beet um. Als er ein Geräusch hörte, hob er den Kopf. Er hatte ein rundes, rotes Gesicht und leuchtend blaue Augen. Einen Augenblick sah er Rolf überrascht an. Dann verzog er den Mund zu einem schüchternen Grinsen und ließ zwei Reihen blendend weißer Zähne sehen.

»Hallo!«, begrüßte ihn Rolf. »Bist du der Gärtner?«

»Aber nein!« Der Junge grinste noch mehr. »Ich bin nur der Gehilfe. Der Gärtner ist Herr Tupping – der Mann mit der krummen Nase und der scharfen Stimme.«

Rolf ließ seine Augen durch den Garten schweifen, konnte jedoch niemanden mit einer krummen Nase entdecken. »Können wir mal rüberkommen und uns die Katzen von Frau Kendling ansehen?«, fragte er. »Es sind siamesische Katzen, nicht wahr?«

»Ja. Sie sind wunderschön. Kommt aber lieber, wenn Herr Tupping nicht da ist. Er tut immer so, als würde ihm der ganze Garten mit Katzen und allem gehören. Kommt morgen Nachmittag. Dann hat er frei. Ihr könnt über die Mauer klettern. Fräulein Harmer hat bestimmt nichts dagegen, dass ihr euch die Katzen anseht. Sie ist hier angestellt, um für sie zu sorgen.«

»Gut, wir kommen morgen Nachmittag«, sagte Rolf. »Wie heißt du?«

Der Junge kam nicht mehr dazu, die Frage zu beantworten, denn eine ärgerliche Stimme rief: »Luke, Luke, wo bist du? Habe ich dir nicht gesagt, du sollst die Zweige hier wegräumen? Der Bengel taugt zu gar nichts.«

Luke warf Rolf einen ängstlichen Blick zu und schulterte seine Hacke. »Das ist Herr Tupping«, flüsterte er. »Ich muss jetzt gehen. Kommt morgen über die Mauer.«

Er ging rasch davon. Rolf lief zu den anderen Kindern zurück. »Es war der Gärtnergehilfe. Er heißt Luke. Sieht nett aus, scheint aber nicht der Schlaueste zu sein. Der reißt bestimmt vor einer Gans aus.«

Betti fand das ganz natürlich. Gänse waren groß und zischten böse, wenn man ihnen zu nahe kam. »Wann können wir uns die Katzen angucken?«, fragte sie.

»Morgen Nachmittag, wenn Herr Tupping nicht da ist. Wir können über die Mauer klettern. Aber Purzel nehmen wir lieber nicht mit. Er würde die Katzen zu Tode erschrecken.«

Purzel knurrte. Katzen! Was fanden die Kinder nur an diesen unnützen Tieren mit den tückischen Krallen? Katzen waren nur dazu da, dass man sie jagte.

Ein unfreundlicher Gärtner

Am Nachmittag des nächsten Tages schaute Rolf über die Mauer in den Nachbargarten und pfiff. Bald kam Luke und zeigte lachend seine weißen Zähne. »Ihr könnt kommen. Herr Tupping ist nicht da.«

Rasch kletterten die Kinder über die Mauer. Dicki half Betti. Purzel musste zu seinem Leidwesen zurückbleiben. Laut bellend sprang er an der Mauer hoch und kratzte verzweifelt mit den Pfoten daran.

»Sei ruhig, Purzel«, rief Betti. »Wir kommen bald wieder.«

»Hunde dürfen nicht in den Garten«, sagte Luke. »Wegen der Katzen. Sie sind sehr wertvoll und haben schon viele Preise gewonnen. Fräulein Harmer hat es mir erzählt.«

»Wohnst du hier?«, fragte Rolf, während Luke die Kinder durch den Garten führte.

»Nein, ich wohne bei meinem Stiefvater. Meine Mutter ist tot. Und Geschwister habe ich nicht. Dies ist meine erste Stellung. Ich heiße Luke Braun und bin fünfzehn Jahre alt.«

»Aha«, sagte Rolf. »Ich heiße Rolf Tagert und bin dreizehn. Das ist meine Schwester Regine. Wir nennen sie Gina. Sie ist zwölf. Und das ist Dietrich Ingbert Kronstein. Er ist auch zwölf und wird Dicki genannt.«

»Mein Name ist Dietrich«, entgegnete Dicki ärgerlich. »Ich will nicht, dass mich Hinz und Kunz Dicki nennen.«

Betti machte ein erstauntes Gesicht. »Der Junge heißt doch gar nicht Hinz oder Kunz, sondern Luke.«

Luke lachte. »Ich werde dich natürlich Dietrich nennen, wenn du willst«, sagte er zu Dicki.

»Ich heiße Elisabeth Hillmann, werde Betti genannt und bin acht Jahre alt«, rief Betti. Sie befürchtete, bei der Vorstellung übergangen zu werden. »Und dies ist mein Bruder Philipp. Er ist zwölf und wird Flipp genannt.«

Die Kinder erzählten auch, wo sie wohnten. Luke wohnte in einem Häuschen am Fluss. Während sie sich unterhielten, waren sie an Gewächshäusern vorbeigekommen. Nun gingen sie durch einen wunderschönen Rosengarten.

»Dort ist das Katzenhaus«, sagte Luke und zeigte auf ein grün gestrichenes Gebäude. »Und da ist auch Fräulein Harmer.«

Ein großes kräftiges Mädchen von ungefähr zwanzig Jahren stand neben dem Katzenhaus. »Nanu, wo kommt ihr denn her?«, fragte sie überrascht.

»Wir sind über die Mauer geklettert«, antwortete Rolf. »Dürfen wir uns die Katzen ansehen? Es sind keine gewöhnlichen Katzen, nicht wahr?«

»O nein! Schaut sie euch nur gründlich an. Gefallen sie euch?«

Die Kinder blickten in den großen Käfig, in dem sich einige Katzen befanden. Alle hatten cremefarbenes Fell, dunkelbraune Köpfe, Schwänze und Pfoten und leuchtend blaue Augen. Sie starrten die Kinder an und miauten.

»Süß!«, rief Gina.

»Sie sehen merkwürdig aus«, meinte Flipp.

»Sind das wirklich Katzen?«, fragte Betti. »Die sehen ja wie Affen aus.«

Fräulein Harmer lachte. »Du würdest sie kaum für Affen halten, wenn sie dich ihre scharfen Krallen spüren lassen. Alle diese Tiere sind preisgekrönt. Sie waren auf vielen Katzenausstellungen und haben schon eine Menge Geld eingebracht.«

»Welche hat die meisten Preise gewonnen?«, fragte Betti.

»Diese hier.« Fräulein Harmer führte die Kinder vor einen Käfig, der neben dem großen Gehege stand. »Komm mal her, Dunkelschön, und zeig dich. Hier sind ein paar Besucher, die dich bewundern möchten.«

Eine große siamesische Katze kam auf die Kinder zu, rieb ihren schönen Kopf an dem Drahtnetz und miaute laut.

Fräulein Harmer kraulte ihr zärtlich das Fell. »Dunkelschön ist unser bestes Stück. Sie hat gerade einen Preis von hundert Pfund gewonnen. Aber sie ist noch viel mehr wert.«

Dunkelschön richtete sich an dem Gitter auf, hob den Schwanz und schwenkte ihn langsam hin und her.

»In der Mitte ihres dunklen Schwanzes sind ein paar helle Haare«, stellte Betti fest.

»Ja. An der Stelle wurde sie kürzlich von einer anderen Katze gebissen. Nun wachsen die Haare dort gelblich nach. Aber später werden sie wieder braun. Wie gefällt euch Dunkelschön?«

»Sie sieht eigentlich genauso aus wie die anderen Katzen«, meinte Gina. »Ich kann überhaupt keinen Unterschied entdecken.«

»Die Zeichnung ist wirklich bei allen gleich. Trotzdem erkenne ich Dunkelschön sofort, wenn sie mit den anderen Katzen im Gehege ist.«

Dicki starrte auf die Katze, die ihn unverwandt ansah, ohne ein einziges Mal zu blinzeln. »Ein Tier, das mehr als hundert Pfund wert ist! Ihre Augen haben übrigens genau dieselbe Farbe wie die von Luke. Du hast Katzenaugen, Luke.«

Alle lachten. Nur Luke sah ein wenig verlegen aus.

Gina wollte die Katze gern einmal streicheln. »Könnten Sie Dunkelschön aus dem Käfig nehmen?«, fragte sie Fräulein Harmer. »Ist sie zahm?«

»O ja. Die Katzen sind alle zahm. Wir halten sie nur hier im Katzenhaus, weil sie so wertvoll sind. Wenn sie draußen frei herumlaufen, werden sie womöglich gestohlen.«

Sie griff nach einem Schlüssel, der an einem Nagel hing, schloss die Tür des Käfigs auf und nahm Dunkelschön auf den Arm. Das Tier schmiegte sich schnurrend an sie. Gina streichelte es. Da sprang es auf ihre Schulter.

»Wie zutraulich sie ist!«, sagte Gina.

Aber plötzlich sträubte sich der Katze das Fell. Purzel kam im Galopp auf die Kinder zugelaufen und bellte wie rasend. Erschrocken sprang Dunkelschön zu Boden und verschwand in den Büschen. Purzel starrte ihr einen Augenblick überrascht nach. Dann raste er laut kläffend hinter ihr her. In den Büschen entstand eine wilde Balgerei.

Fräulein Harmer stieß einen Schrei aus. Luke riss den Mund auf und vergaß, ihn wieder zuzumachen. Alle Katzen begannen aufgeregt zu miauen.

Dicki schrie: »Purzel, Purzel, komm her! Hörst du nicht? Du sollst herkommen!«

Aber alles Rufen war vergeblich, wenn Purzel eine Katze jagte. Fräulein Harmer lief verzweifelt hinter ihm her. Sie fand ihn allein unter den Büschen. Seine Nase blutete. Die Zunge hing ihm aus dem Hals. Seine Augen funkelten vor Erregung.

»Wo ist Dunkelschön?«, rief Fräulein Harmer. »Das ist ja furchtbar. Dunkelschön, Dunkelschön, komm her!«

Betti sah sich nach der verschwundenen Katze um. Da war ihr, als hörte sie in einem weiter entfernten Gebüsch ein Rascheln. Sie lief darauf zu.

Hinter dem Katzenhaus waren schwere Tritte zu hören. Sie näherten sich rasch und um die Ecke bog Herr Tupping, der Gärtner. Luke wich unwillkürlich einen Schritt zurück, als er ihn sah.

»Was ist das für ein Lärm?«, schrie Herr Tupping. »Wer seid ihr? Was habt ihr in meinem Garten zu suchen?«

»Der Garten gehört nicht Ihnen, sondern Frau Kendling«, entgegnete Dicki unerschrocken. »Frau Kendling ist eine Freundin meiner Mutter.«

Aber es hatte keinen Zweck, Herrn Tupping belehren zu wollen. Er fühlte sich nun einmal als Besitzer dieses Gartens. Jede einzelne Blume darin, jede Erbse und jede Johannisbeere betrachtete er als sein Eigentum. Und nun musste er Kinder und einen Hund in seinem Garten entdecken. Kinder und Tiere aller Art waren ihm ein Gräuel.

»Schert euch weg!«, schrie er. »Los, los, ein bisschen dalli! Und wenn ich euch noch einmal hier erwische, sage ich es euren Eltern. Was ist denn mit Ihnen los, Fräulein Harmer?«

»Dunkelschön ist ausgerissen!«, rief Fräulein Harmer. Sie schien sich vor Herrn Tupping genauso zu fürchten wie Luke.

»Das wird Sie Ihre Stellung kosten«, sagte Herr Tupping schadenfroh. »Aber das macht nichts. Was sollen auch die vielen Katzen hier? Lauter unnützes Getier! Gut, dass wenigstens eine weg ist!«

»Sollen wir Ihnen helfen Dunkelschön zu suchen, Fräulein Harmer?«, fragte Gina.

»Ihr sollt verschwinden!«, wiederholte Herr Tupping. Seine große Nase war ganz rot geworden. Seine grauen Augen hatten einen harten Ausdruck.

Die Kinder beschlossen das Feld zu räumen. Der Gärtner sah so aus, als wollte er sich gleich auf sie stürzen und sie mit Schlägen verjagen. Schnell gingen sie zur Mauer. Sie bemerkten, dass Betti fehlte, glaubten aber, sie sei aus Furcht vor dem Gärtner nach Hause gelaufen. Dicki rief Purzel.

»Nein, der Hund bleibt hier«, bestimmte Herr Tupping. »Er bekommt erst mal eine Tracht Prügel, damit er meinem Garten in Zukunft fern bleibt.«

»Wagen Sie es nicht, meinen Hund anzurühren!«, rief Dicki. »Er wird Sie beißen.«

Ungerührt nahm Herr Tupping Purzel am Halsband und zog ihn zu sich heran. Dann packte er ihn mit festem Griff am Nackenfell, sodass Purzel nicht nach ihm schnappen konnte, hob ihn hoch und trug ihn weg.

Dicki war außer sich. Keuchend rannte er hinter dem Gärtner her und hielt ihn am Ärmel fest. Herr Tupping schüttelte ihn ab. Dann warf er Purzel in hohem Bogen in einen Schuppen, machte die Tür zu, drehte den Schlüssel um und steckte ihn in seine Jackentasche. Sein Gesicht hatte so einen drohenden Ausdruck, dass Dicki die Flucht ergriff.

Nachdem die vier Kinder auf der anderen Seite der Mauer angelangt waren, warfen sie sich keuchend auf den Rasen. Sie hatten den armen Luke und Fräulein Harmer zurückgelassen. Und Purzel war im Schuppen eingesperrt. Dass auch Betti im Nachbargarten geblieben war, wussten sie nicht.

»Dieser grobe Kerl!«, rief Gina.

»Er hat mich geschlagen«, stieß Dicki wütend hervor. »Seht mal, ich habe schon einen blauen Fleck am Arm.«

Aus dem Nachbargarten ertönte ein klägliches Heulen. »Armer Purzel!«, sagte Flipp.

»Wo ist denn eigentlich Betti?« Rolf sah sich suchend um. »Betti, Betti!«, rief er laut.

Aber Betti antwortete nicht.

»Sie wird ins Haus gegangen sein«, meinte Flipp. »Was sollen wir nun machen? Wir müssen Purzel befreien. Der Gärtner verprügelt ihn sonst.«

»Der arme kleine Kerl!«, sagte Gina mitleidig. »Wie ist er bloß über die Mauer gekommen?«

»Gar nicht«, antwortete Dicki. »Klettern kann Purzel nicht. Aber er hat Verstand genug um sich zu helfen. Wahrscheinlich ist er auf die Straße gelaufen und dann von vorn in den Garten von Frau Kendling. Wenn ich nur wüsste, wie wir ihn befreien können! Wie ich diesen Gärtner hasse! Luke tut mir Leid, weil er unter ihm arbeiten muss.«

Flipp stand auf. »Ich will mal sehen, wo Betti geblieben ist. Vielleicht hat sie sich irgendwo versteckt.«

Er ging ins Haus, kam aber bald allein zurück. »Sie ist nirgends zu finden«, sagte er ratlos. »Ich habe gerufen und gerufen. Wo kann sie nur stecken? Ist sie etwa noch drüben?«

Luke erweist sich als guter Freund

Betti war zu dem Gebüsch gelaufen, aus dem das Rascheln kam. Sie hoffte, die Katze dort zu finden. Aber als sie sich der Stelle näherte, flog nur eine Amsel auf. Trotzdem zwängte sie sich durch die Zweige, blickte sich suchend um und rief: »Dunkelschön, Dunkelschön!«

Plötzlich entdeckte sie zwei leuchtend blaue Punkte auf einem Baum. Sie stutzte und sah genauer hin. Es waren Dunkelschöns Augen.

»Dunkelschön!«, rief sie. »Wie gut, dass ich dich gefunden habe!«

Sie überlegte eine Weile. Es hatte keinen Zweck die Katze vom Baum zu holen, solange Purzel sich im Garten befand. Vorläufig war sie dort oben am sichersten. Dunkelschön blickte zu Betti hinunter.

Betti ließ die Augen prüfend über den Baum gleiten. Er war nicht schwer zu erklettern. Kurz entschlossen stieg sie hinauf und saß bald neben Dunkelschön auf einem Ast. Zärtlich streichelte sie die Katze und sprach beruhigend auf sie ein. Dunkelschön rieb den Kopf an ihrem Arm und schnurrte.

Nach einer Weile hörte Betti die scharfe Stimme von Herrn Tupping. Ach, du lieber Himmel! Der Gärtner schien zurückgekommen zu sein. Ängstlich horchte sie auf sein Schimpfen und Zetern. Sie wagte es nicht, zu den anderen zurückzugehen, und blieb still auf dem Baum sitzen.

Betti wusste nicht, was vor sich ging. Nach einiger Zeit merkte sie, dass die anderen Kinder ohne sie über die Mauer geklettert waren. Sie fühlte sich sehr verlassen. Sollte sie Fräulein Harmer suchen und ihr sagen, wo sich Dunkelschön befand? Plötzlich hörte sie schnelle Schritte. Sie spähte durch die Zweige und sah Herrn Tupping, der Luke am Ohr gegriffen hatte und hinter sich herzerrte.

»Was fällt dir ein, Kinder in meinen Garten zu lassen!«, schrie er und gab Luke eine Ohrfeige. »Du bist hier um zu arbeiten, nicht um zu spielen. Zur Strafe bleibst du heute zwei Stunden länger.«

Er gab Luke einen Stoß, so dass der Junge auf die Erde fiel, und ging davon. Bettis Augen füllten sich mit Tränen vor Mitleid. Luke stand langsam auf und griff nach der Hacke.

»Luke!«, rief Betti leise.

Luke ließ die Hacke fallen und sah sich verwirrt um. Er konnte niemanden sehen.

»Luke!«, rief Betti noch einmal. »Ich bin hier oben auf dem Baum. Dunkelschön ist auch hier.«

Nun sah Luke in die Höhe und entdeckte das Mädchen mit der siamesischen Katze. Betti ließ sich hinabgleiten. »Hilf mir über die Mauer, Luke«, bat sie.

Lukes blaue Augen starrten ängstlich aus seinem runden Gesicht. »Wenn Herr Tupping mich dabei erwischt, verliere ich meine Stellung. Und dann schlägt mein Stiefvater mich grün und blau.«

»Das wäre ja furchtbar. Dann versuche ich lieber allein hinüberzukommen.«

Doch das wollte Luke nicht. Trotz seiner Angst vor Herrn Tupping half er Betti. Er nahm Dunkelschön von dem Baum herunter. Dann gingen die beiden leise zur Mauer. Als sie an dem Katzenhaus vorbeikamen, setzte Luke die Katze in ihren Käfig zurück und machte die Tür sorgfältig zu. »Fräulein Harmer wird sich freuen, dass sie wieder da ist«, flüsterte er Betti zu. »Ich werde es ihr gleich sagen. Aber jetzt komm lieber!«

Sie liefen durch die Büsche. Luke half Betti auf die Mauer hinauf. »Mach, dass du verschwindest!«, rief er ihr leise zu. »Ich höre Herrn Tupping kommen.«

Hastig sprang Betti auf der anderen Seite zu Boden. Dabei fiel sie hin und schürfte sich die Haut an Händen und Knien ab. Sie rappelte sich auf und lief zu den anderen.

»Betti, wo kommst du her?«, rief Flipp.

»Warst du bis jetzt drüben?«, fragte Dicki. »Deine Knie bluten ja.«

»Meine Hände auch.« Betti streckte ihre zerschundenen Hände aus.

Dicki zog ein Taschentuch aus der Hosentasche und wischte sie ab. »Bist du ganz allein über die Mauer geklettert?«

»Nein, Luke hat mir geholfen, obwohl er schreckliche Angst hatte, von Herrn Tupping erwischt zu werden. Er würde dann seine Stellung verlieren, sagt er.«

»Anständig von ihm, dass er dir trotzdem geholfen hat«, meinte Rolf. Die anderen stimmten ihm zu.

»Ich mag Luke gern«, sagte Betti. »Es tut mir Leid, dass er Ärger bekommt, weil er uns in den Garten gelassen hat.«

Aus der Ferne ertönte ein klägliches Heulen. Betti stutzte und sah sich suchend um. »Wo ist Purzel?« Sie wusste ja nicht, dass Herr Tupping den Hund eingesperrt hatte. Als die anderen es ihr erzählten, war sie empört.

»Wir müssen ihn befreien«, rief sie. »Dicki, geh rüber und hol ihn.«

Aber Dicki hatte Angst, dem Gärtner noch einmal in die Arme zu laufen. Außerdem hatte Herr Tupping den Schlüssel zum Schuppen in der Tasche.

»Schade, dass Frau Kendling verreist ist«, sagte er. »Sonst könnte meine Mutter bei ihr anrufen und sie bitten Purzel freizulassen.« Er schob seinen Hemdärmel zurück und betrachtete die

Schwellung auf seinem Arm, die sich unterdessen purpurrot gefärbt hatte. »Wenn ich meiner Mutter das zeige, würde sie sofort anrufen.«

»Die Beule wird gut«, meinte Betti. Sie wusste, wie stolz Dicki immer auf seine Beulen war. »Ach herrje, wie der arme Purzel heult! Kommt zur Mauer. Vielleicht sehen wir Luke. Dann bitten wir ihn, durch das Fenster des Schuppens zu gucken und Purzel ein bisschen zu trösten.«

Die Kinder schlichen leise zur Mauer. Rolf spähte hinüber, konnte jedoch niemanden sehen. Da hörte er Luke pfeifen. Er pfiff ebenfalls. Drüben wurde es still. Dann pfiff Luke weiter. Als er wieder eine Pause machte, antwortete Rolf mit derselben Melodie.

Nun hörten die Kinder jemanden durch die Büsche kommen. Gleich darauf tauchte Lukes Gesicht an der Mauer auf. »Was ist los?«, flüsterte er. »Ich habe keine Zeit. Herr Tupping ist in der Nähe.«

»Wir wollten dich nur bitten, Purzel ein bisschen zu trösten«, sagte Rolf leise. »Könntest du nicht mal durch das Fenster des Schuppens gucken und ›armer Kerl!‹ oder so was sagen?«

Luke nickte schweigend und verschwand. Ängstlich nach dem Gärtner ausschauend, schlich er zum Schuppen. Herr Tupping stand neben dem Gewächshaus. Er zog seine Jacke aus und hängte sie an einen Nagel. Als er Luke sah, schrie er: »He, du Faulpelz! Bist du endlich mit dem Beet fertig? Dann binde die Tomatenpflanzen fest.«

Luke versteckte sich zwischen den Büschen und spähte durch die Zweige. Herr Tupping ging zum Gemüsegarten, der von dem übrigen Garten durch eine Mauer getrennt war. Unterwegs entwirrte er ein Bastknäuel. Dann verschwand er durch eine grüne Tür.

Luke fasste einen raschen Entschluss. Er lief leise zu dem Gewächshaus, an dem Herrn Tuppings Jacke hing, und nahm den

Schlüssel aus der Tasche. Dann rannte er zum Schuppen und schloss die Tür auf. Purzel schoss ins Freie. Luke versuchte ihn zu fangen, um ihn den Kindern über die Mauer zu reichen. Aber Purzel entwischte ihm.

Rasch schloss Luke die Schuppentür zu, rannte zum Gewächshaus zurück und steckte den Schlüssel wieder in die Jacke des Gärtners. Dann ging er zu Herrn Tupping. Hoffentlich war der Hund so klug, aus dem Garten zu laufen.

Aber Purzel hatte sich verirrt. Plötzlich tauchte er im Gemüsegarten auf. Als er Luke erblickte, bellte er freudig. Herr Tupping sah überrascht auf.

»Wie kommt der Hund hierher?«, rief er ärgerlich. »Ich habe ihn doch in den Schuppen gesperrt. Habe ich die Tür nicht selber zugeschlossen und den Schlüssel in meine Tasche gesteckt?«

»Ich habe es gesehen«, bestätigte Luke. »Vielleicht ist es ein anderer Hund.«

Herr Tupping schüttelte den Kopf. Er fuchtelte wütend mit den Armen herum und schrie auf Purzel ein. Purzel sprang über ein Mohrrübenbeet, als wollte er den Gärtner ärgern. Luke grinste.

Herr Tupping wurde rot vor Wut. »Raus mit dir!«, schrie er und warf einen Stein nach dem Hund. Purzel begann in dem Beet zu graben, so dass die Mohrrüben nur so flogen.

Der Gärtner rannte auf ihn zu. Purzel lief ein Stück weiter und grub Zwiebeln aus. Erst als ein großer Stein dicht an ihm vorbeiflog, flüchtete er durch die grüne Tür, lief auf die Straße und von dort in den Garten von Flipp und Betti. Aufgeregt bellend sprang er zwischen die überraschten Kinder.

»Purzel! Wie bist du frei gekommen? Purzel! Hat der Gärtner dir auch nichts getan?«

Alle riefen und redeten durcheinander. Purzel rollte sich auf den Rücken und streckte die kurzen Beine in die Luft. Er klopfte mit dem Schwanz auf den Boden. Die rosa Zunge hing lang aus seinem Maul.

Dicki tätschelte seinen Bauch. »Mein guter Purzel! Schade, dass du uns nicht erzählen kannst, wie du aus dem Schuppen gekommen bist.«

Abends warteten die Kinder an der Gartentür auf Luke. Gewöhnlich ging er um fünf nach Hause. Aber heute ließ Herr Tupping ihn zur Strafe zwei Stunden länger arbeiten. Der Junge war groß und kräftig. Dennoch fühlte er sich wie zerschlagen, als er den Garten endlich verlassen durfte.

»Luke!«, rief Flipp. »Purzel ist wieder frei. Wie ist er bloß aus dem Schuppen entkommen?«

Luke lachte. »Ich habe den Schlüssel aus Herrn Tuppings Jacke genommen, die Tür aufgeschlossen und Purzel rausgelassen. Ihr hättet Herrn Tuppings Gesicht sehen sollen, als der Hund plötzlich im Gemüsegarten auftauchte. Er hat beinah einen Schlaganfall gekriegt.«

Dicki schlug Luke auf die Schulter. »Vielen Dank, Luke! Das hast du gut gemacht. Purzel tat uns so Leid. Hattest du denn keine Angst ihn rauszulassen?«

»O doch!« Luke kratzte sich den Kopf, als er daran dachte, welche Angst er ausgestanden hatte. »Aber der kleine Hund hat doch nichts verbrochen. Ich mag Hunde gern und dachte mir, dass ihr euch Sorgen um ihn machen würdet.«

Betti hängte sich an Lukes Arm. »Danke, Luke! Zuerst hast du mir über die Mauer geholfen und dann hast du Purzel befreit. Wir wollen Freunde sein, ja?«

Luke errötete vor Freude. »Aber das geht doch nicht«, wandte er schüchtern ein.

»Warum denn nicht?«, rief Rolf. »Natürlich können wir Freunde sein. Heute hast du uns geholfen und wir werden dir helfen, wenn du mal in die Klemme geraten solltest.«

»Ich brauche keine Hilfe von Kindern«, sagte Luke lächelnd. »Trotzdem danke ich euch. Kommt lieber nicht mehr über die Mauer. Sonst verliere ich womöglich meine Stellung.«

»Wir werden es nicht mehr tun«, versprach Dicki. »Denk immer daran, Luke: Wenn du mal Hilfe brauchst, sind wir für dich da.«

Frau Sitter macht Ärger

Luke wurde den Kindern ein guter Freund. Zwar konnte er nicht besonders gut lesen und schreiben, aber die Kinder lernten viele andere Dinge von ihm.

Luke konnte Pfeifen aus hohlen Zweigen schnitzen. Er schenkte Betti eine ganze Sammlung dieser kleinen Instrumente und brachte ihr bei, einfache Melodien darauf zu pfeifen.

Außerdem kannte Luke alle Vögel. Er wusste, wo ihre Nester waren, wie ihre Eier aussahen und welche Lieder sie sangen. Die fünf Kinder und Purzel machten lange Spaziergänge mit ihm. Sie hörten aufmerksam zu, wenn er erzählte.

»Was Luke alles weiß!«, sagte Flipp erstaunt. »Und was für geschickte Hände er hat! In kurzer Zeit schnitzt er alle möglichen Tiere aus einem Stückchen Holz. Seht mal, das Eichhörnchen hat er mir geschenkt!«

»Für mich will er eine Katze schnitzen«, erzählte Betti stolz. »Sie soll genauso wie Dunkelschön aussehen. Sogar der helle Ring in dem dunklen Schwanz wird nicht fehlen. Luke will die Katze anmalen, wenn sie fertig ist. Auch blaue Augen wird er ihr machen.«

Zwei Tage später war die Figur von Dunkelschön fertig. Die Kinder hörten den bekannten Pfiff im Nachbargarten. Rasch liefen sie zur Mauer um zu sehen, was Luke von ihnen wollte. Er reichte ihnen die Katze hinüber. Sie war sehr gut gelungen. Sogar Dicki, der sich für einen großen Künstler hielt, lobte die Arbeit.

Bewundernd betrachtete er das kleine Kunstwerk. »Fabelhaft, Luke! Die Farben sind völlig naturgetreu – das Fell cremefarben, Kopf, Schwanz und Beine dunkelbraun, die Augen leuchtend blau.

Sogar den hellen Ring in Dunkelschöns Schwanz hast du nicht vergessen. Hat Fräulein Harmer nicht gesagt, dass sie an der Stelle von einer anderen Katze gebissen wurde?«

»Ja. Die Haare werden später dunkel nachwachsen. Dann kann Dunkelschön wieder auf der Katzenschau gezeigt werden.«

»Was macht Tupping?«, fragte Flipp.

»Ach, er ist immer schlecht gelaunt und schimpft. Hoffentlich beschwert er sich nicht mal bei meinem Stiefvater über mich. Dann kriege ich Prügel. Mein Stiefvater kann mich nicht leiden.«

Die Kinder hatten Mitleid mit Luke. Er schien kein angenehmes Leben zu haben. Der Junge war so freundlich und hilfsbereit. Betti hatte er besonders gern. Wenn die anderen sie aufzogen, nahm er sie immer in Schutz.

Purzel hing sehr an Luke. »Er ist dir dankbar, weil du ihn vor Tupping gerettet hast«, sagte Dicki, während er beobachtete, wie der kleine Hund keuchend vor Eifer auf Lukes Schoß zu gelangen versuchte.

Luke streichelte ihn. »Ich mag Hunde. Katzen liebe ich auch. Sie sehen schön aus.«

»Wir haben heute eine ältere Dame in eurem Garten gesehen«, sagte Rolf. »Sie war sehr dünn, hatte eine rote Nase und einen komischen kleinen Haarknoten auf dem Hinterkopf. Ständig fiel ihr der Kneifer von der Nase. War das Frau Kendling?«

»Nein. Das ist Frau Sitter, die Gesellschafterin von Frau Kendling. Ich nenne sie immer Frau Zitter, weil sie solche Angst vor Tupping hat. Sie hat für die Blumen im Haus zu sorgen. Wenn sie im Garten Blumen pflückt, folgt Tupping ihr wie ein bissiger Hund und sagt: ›Sie sollten keine Rosen mehr von dem Stock abschneiden, sonst geht er ein‹, oder ›Mohn darf man nicht in der Sonne pflücken, sonst fallen die Blätter ab‹. Die arme alte Dame zittert schon, wenn er bloß in ihre Nähe kommt. Sie tut mir oft Leid.«

»Alle Leute scheinen sich vor Herrn Tupping zu fürchten«, sagte

Gina. »Hoffentlich wird er einmal dafür bestraft, dass er immer so grob ist.«

Betti nahm Luke an der Hand und zog ihn mit sich fort. »Du musst dir meinen kleinen Garten ansehen, Luke. Das Löwenmaul blüht wunderschön.«

Luke ließ sich von ihr führen. Sachverständig betrachtete er Bettis Gärtchen, das sie selbst angelegt hatte und pflegte. Neben einem Rosenstock stand ein winziger Stachelbeerbusch. Dazwischen blühten Löwenmaul und roter Mohn.

»Hübsch«, sagte Luke. »Hast du schon Stachelbeeren geerntet?«

»Nein, nicht eine einzige«, antwortete Betti. »Leider. Und stell dir vor, Luke, voriges Jahr habe ich zwei schöne reife Erdbeeren in die Erde gelegt. Aber es ist nicht das kleinste Pflänzchen herausgekommen. Woran liegt das nur? Ich hatte mich so darauf gefreut, dieses Jahr eigene Erdbeeren zu ernten.«

Luke lachte. »Erdbeerpflanzen wachsen nicht aus Erdbeeren, Betti. Sie wachsen aus Ausläufern. Das sind lange Ranken, die von den Pflanzen ausgehen. Aus denen sprießen in bestimmten Abständen neue Pflänzchen. Weißt du was? Ich gebe dir ein paar Ausläufer aus unserem Garten. Ich bin gerade dabei, die Beete zu reinigen. Die Ausläufer kommen doch nur auf den Komposthaufen.«

»Werden sie wirklich nicht mehr gebraucht?«, fragte Betti.

»Aber nein. Sie werden alle weggeworfen. Morgen hat Tupping seinen freien Tag. Komm über die Mauer. Dann zeige ich dir, wie die Ausläufer wachsen, und gebe dir ein paar mit.«

Am nächsten Tag half Flipp seiner kleinen Schwester auf die Mauer. Luke hob sie auf der anderen Seite hinunter. Er führte sie zu dem Erdbeerbeet und zeigte ihr die Sprösslinge, die an den Ausläufern der alten Pflanzen wuchsen.

Betti zeigte auf einen Haufen von Ausläufern in einem Schubkarren, der neben dem Beet stand. »Werden die alle weggeworfen? Wie viele darf ich haben?«

»Warte, ich gebe dir ein paar.« Luke suchte sechs gute Ausläufer aus, aus denen gesunde kleine Pflänzchen sprossen, und gab sie dem Mädchen.

»Wer kommt denn da?«, fragte Betti plötzlich.

Luke sah auf. »Das ist Frau Sitter. Du brauchst keine Angst vor ihr zu haben. Sie tut keiner Seele was.«

Frau Sitter kam auf die Kinder zu und lächelte Betti an. Betti betrachtete sie prüfend. Frau Sitter war sehr mager. Sie trug einen randlosen Kneifer, der keinen rechten Halt auf ihrer dünnen Nase fand. Immer wieder fiel er herunter und baumelte dann an einer Kette, die sie um den Hals trug. Betti zählte heimlich, wie oft ihr der Kneifer von der Nase fiel.

»Wer ist denn dieses kleine Mädchen?«, zwitscherte Frau Sitter mit einem zarten Vogelstimmchen. Sie nickte mit dem Kopf zu Betti hin. Der Kneifer fiel von ihrer Nase und sie setzte ihn wieder auf.

»Ich wohne nebenan und heiße Betti.«

»Und was hast du da in der Hand?« Frau Sitter deutete auf die Erdbeerpflanzen. »Einen wertvollen Schatz?«

Betti schüttelte den Kopf. »Es sind nur ein paar Erdbeerausläufer.«

Frau Sitters Kneifer fiel herunter und sie setzte ihn wieder auf. »Gib nur Acht, dass sie dir nicht davonlaufen.« Sie lachte laut über ihren eigenen Witz. Betti fand ihn nicht besonders komisch, lachte jedoch aus Höflichkeit mit. Wieder fiel Frau Sitters Kneifer ab.

»Warum hält er denn nicht?«, fragte Betti. »Ist Ihre Nase zu dünn?«

»Oh, was für ein drolliges Kind du bist!«, rief Frau Sitter lachend. »Nun muss ich aber an meine Arbeit gehen. Auf Wiedersehen.« Sie ging mit trippelnden Schritten davon.

Betti atmete auf. »Ihr Kneifer ist sechsmal runtergefallen, Luke«, sagte sie.

Luke kicherte. »Hoffentlich erzählt sie Herrn Tupping nicht, dass sie dich hier gesehen hat«, meinte er besorgt.

Aber gerade das tat Frau Sitter. Sie dachte sich nichts Böses dabei. Sie wusste ja nicht, dass Herr Tupping die Kinder aus dem Garten gewiesen hatte. Am nächsten Morgen schnitt sie Rosen. Als Herr Tupping das sah, heftete er sich an ihre Fersen und beobachtete sie argwöhnisch.

Frau Sitter wurde unsicher wie immer, wenn der Gärtner in ihre Nähe kam. Sie wandte sich um und sagte mit einem mühsamen Lächeln: »Ein wundervoller Morgen, nicht wahr, Herr Tupping? Wie schön diese Rosen sind!«

»Sie werden bald aufhören schön zu sein, wenn Sie noch lange daran rumschnipseln«, erwiderte Herr Tupping.

»Aber ich verderbe doch nichts«, verteidigte sich Frau Sitter. »Ich weiß, wie man Rosen schneiden muss, Herr Tupping.«

»Sie wissen ebenso wenig wie ein Kind«, brummte der Gärtner, dem es Spaß machte, die arme Frau Sitter einzuschüchtern.

Das Wort »Kind« erinnerte Frau Sitter an Betti. In der Absicht, Herrn Tuppings Aufmerksamkeit von den Rosen abzulenken, sagte sie: »Ach, gestern war ein nettes kleines Mädchen bei Luke.«

Tuppings Gesicht wurde dunkelrot. »Ein Kind war hier?«, schrie er wütend. »Wo ist Luke? Ich werde ihn lehren, diese Kröten hinter meinem Rücken in den Garten zu lassen!«

Mit großen Schritten ging er davon. Frau Sitter sah ihm erschrocken nach. Der Kneifer fiel ihr von der Nase und verfing sich in ihrem Spitzenkragen. Ihre Hände zitterten so sehr, dass sie lange brauchte, um ihn wieder daraus zu befreien.

»Was für ein unangenehmer Mensch!«, murmelte sie. »Hoffentlich habe ich Luke nicht in Schwierigkeiten gebracht. Er ist so ein netter Junge.«

Doch schon kam das Unheil auf Luke zu. Plötzlich stand Herr Tupping vor ihm und sah ihn böse an.

»Wer war die Kröte, die du gestern in den Garten gelassen hast?«, fuhr er ihn an. »Was hat sie hier gemacht?«

»Nichts Unrechtes«, antwortete Luke. »Sie …«

»Was hat sie hier gemacht?«, schrie Herr Tupping. »Wahrscheinlich Pfirsiche und Pflaumen stibitzt, nicht wahr?«

»Sie wohnt nebenan und würde so etwas niemals tun«, erwiderte Luke. »Ich habe ihr nur ein paar Erdbeerausläufer für ihren Garten gegeben. Die wären ja sowieso weggeworfen worden.«

Herr Tupping schien einem Schlaganfall nahe zu sein. Wie konnte der Junge es wagen, irgendetwas aus »seinem« Garten wegzugeben! Er bildete sich wirklich ein, der Garten gehöre ihm. Es kam ihm gar nicht in den Sinn, dass Frau Kendling, die Kinder liebte, dem Mädchen gern einige Erdbeerausläufer geschenkt hätte.

Er gab Luke eine Ohrfeige und eilte zur Gartenmauer. Luke wagte es nicht, ihm zu folgen. Er wusste, dass die Kinder mit den Rädern fortgefahren waren, denn er hatte ihre Stimmen und die Fahrradklingeln vor kurzer Zeit auf der Straße gehört. Ärgerlich beugte er sich über das Beet, in dem er gerade Unkraut jätete. Warum musste Frau Sitter sich auch verplappern!

Die Kinder unternahmen eine große Radtour. Aber Betti war mit Purzel zu Hause geblieben. Die Mutter hatte ihr nicht erlaubt mitzufahren, weil es zu weit für sie mit ihrem kleinen Rad sei. Traurig schlenderte das Mädchen durch den Garten. Es war wirklich nicht schön, ein paar Jahre jünger als die anderen zu sein. Immer wieder wurde sie ausgeschlossen.

Sie holte sich ein Buch aus dem Haus. »Komm, Purzel, setz dich zu mir«, sagte sie. »Ich lese dir eine Geschichte über ein Kaninchen vor.«

Als Purzel das Wort »Kaninchen« hörte, spitzte er die Ohren und lief zu Betti. Sicherlich wollte sie mit ihm spazieren gehen. Stattdessen setzte sie sich jedoch unter einen Baum, öffnete das Buch und las: »Es war einmal ein großes dickes Kaninchen, das hieß Hoppel. Es ...«

Purzel begann sich bald zu langweilen. Er lief zur Gartentür, steckte die Schnauze durch das Gitter und schaute nach den anderen Kindern aus. Betti blieb allein unter dem Baum sitzen. Plötzlich hörte sie ein Geräusch und blickte auf. Ach, du lieber Himmel! Herr Tupping kletterte über die Mauer. Er sah wütend aus.

Tupping – Purzel – und Herr Grimm

Betti war starr vor Schreck und konnte sich nicht von der Stelle rühren. Vergeblich sah sie sich nach Purzel um. Herr Tupping kam mit großen Schritten auf sie zu. Seine Augen funkelten.

»Bist du das Gör, das gestern in meinem Garten war?«, fuhr er sie an.

Betti nickte schweigend.

»Hast du meine Erdbeerausläufer genommen?«, schrie Herr Tupping.

Noch immer konnte Betti kein Wort hervorbringen. Sie nickte wieder. War es denn so schlimm, ein paar Erdbeerausläufer zu nehmen? Sie hatte sie sorgfältig eingepflanzt und fleißig begossen. Die Pflanzen gehörten jetzt ihr. Der Gärtner hätte sie nur weggeworfen.

Herr Tupping nahm Betti am Arm und zerrte sie in die Höhe. »Zeig mir, wo sie sind«, befahl er.

Jetzt fand Betti endlich die Sprache wieder. »Lassen Sie mich los!«, rief sie. »Ich rufe sonst meine Mutter.«

»Das kannst du ruhig tun«, erwiderte Herr Tupping. »Aber dann erzähle ich Herrn Grimm, dass du Erdbeerausläufer aus meinem Garten gestohlen hast. Er wird dich und Luke ins Gefängnis stecken.«

»Kinder kommen nicht ins Gefängnis«, sagte Betti. Das Herz wurde ihr schwer bei dem Gedanken, dass Luke womöglich eingesperrt werden könnte.

»Wo sind die Ausläufer?«, rief Herr Tupping. Betti führte ihn schweigend zu ihrem Gärtchen. Wütend beugte sich Herr Tupping über die kleinen Pflanzen und zog jede einzelne mit einem Ruck aus der Erde. Dann zerriss er sie in kleine Stücke und warf sie in ein Reisigfeuer, das neben dem Gärtchen schwelte.

Betti begann zu weinen. Die schönen Pflänzchen, die sie so sorgfältig eingepflanzt hatte!

Herr Tupping drehte sich zu ihr um. »Das sag ich dir, wenn du noch ein einziges Mal in meinen Garten kommst, zeige ich dich bei der Polizei an. Herr Grimm ist ein guter Freund von mir. Er wird zu deinen Eltern gehen und ihnen alles erzählen. Was Luke betrifft – der wird bestimmt im Gefängnis enden.«

Herr Tupping drehte sich um und ging. Aber bevor er die Mauer erreicht hatte, kam Purzel zurück. Als er Betti weinen hörte und Herrn Tuppings Geruch in die Nase bekam, wusste er sofort, was los war. Purzel war nicht dumm. Er stürzte sich auf den Gärtner, packte mit den Zähnen ein Hosenbein und knurrte drohend.

»Ruf den Hund zurück!«, brüllte Herr Tupping.

»Purzel, Purzel, komm her!«, rief Betti ängstlich.

Aber Purzel dachte nicht daran, seinen Feind loszulassen. Dieser Schuft hatte seine geliebte Betti gekränkt. Das sollte er büßen.

Der Gärtner stieß mit dem Fuß nach ihm und hob einen Stock vom Boden auf. Purzel riss ein großes Stück aus seiner Hose. Dann zog er sich unter einen Busch zurück um daran zu kauen. Rasch stürzte Herr Tupping zur Mauer und begann hinaufzuklettern. Aber schon war Purzel wieder da, schnappte nach seinen Beinen und riss zusammen mit einem zweiten Stück der Hose einen Fetzen aus seiner wollenen Socke. Herr Tupping schrie und floh über die Mauer.

Betti wusste nicht, ob sie lachen oder weinen sollte. »Purzel, du warst wunderbar!«, rief sie. Purzel wedelte mit dem Schwanz, während er knurrend auf seiner Beute kaute.

Betti setzte sich hin und überlegte. Am liebsten würde sie zu ihrer Mutter laufen und ihr alles erzählen. Herr Tupping hatte ihr einen furchtbaren Schreck eingejagt. Sie sehnte sich danach, in die Arme genommen und getröstet zu werden. Aber die Mutter würde wahrscheinlich zu Frau Kendling gehen und sich bei ihr über den Gärtner beschweren. Dann würde Frau Kendling Herrn Tupping zur Rede stellen. Tupping aber würde aus Rache zur Polizei gehen und Luke anzeigen, weil er Pflanzen aus dem Garten genommen hatte.

Herr Grimm kann uns nicht leiden, seitdem wir das Geheimnis um den nächtlichen Brand aufgeklärt haben, sagte sich Betti. »Er wird Tupping alles glauben, was er gegen uns sagt. Vielleicht steckt er Luke wirklich ins Gefängnis. Ach, wenn die anderen doch bald zurückkämen!«

Endlich kamen die Kinder heim. Dicki merkte sofort, dass Betti geweint hatte.

»Was ist los, Betti?«, fragte er.

»Es ist etwas Furchtbares passiert.« Betti war froh, den anderen ihr Herz ausschütten zu können, und erzählte ihnen die ganze Geschichte. Alle waren empört. Gina nahm Betti in den Arm.

Betti erzählte, wie Purzel sich auf den Gärtner gestürzt und ihm die Hosen zerrissen hatte. Die anderen bogen sich vor Lachen. Alle streichelten Purzel. »Braver Hund!«, sagte Flipp. »Du hast es dem alten Tupping gezeigt.«

Dicki legte den Arm um Bettis Schulter. »Nur gut, dass du deiner Mutter nichts erzählt hast! Wenn wir die Geschichte verschweigen, ersparen wir Luke eine Menge Ärger. Er würde furchtbare Angst ausstehen, wenn Herr Grimm ihn verhört. Du weißt ja, wie Luke ist. Er hat vor allen Erwachsenen Angst – wahrscheinlich, weil die meisten ihn schlecht behandelt haben.«

»Was für eine Frechheit von Tupping, Bettis Pflanzen auszureißen!«, rief Flipp. »Wenn ich älter wäre, würde ich ihn schütteln, bis ihm alle Zähne aus dem Mund fallen.«

Die anderen mussten über diese Vorstellung lachen. Doch waren sie ebenso wütend auf den Mann, der die arme Betti so erschreckt hatte. Purzel bellte und wedelte mit dem Schwanz.

»Er sagt, er hätte sein Bestes getan um Tupping zu bestrafen«, meinte Gina.

Die Kinder gaben sich große Mühe Betti zu trösten. Rolf ging nach Hause und bat seine Mutter um ein paar Erdbeerpflanzen. Sorgsam pflanzte er sie in Bettis Gärtchen.

Dicki kaufte ihr ein Buch. Er gab fast sein ganzes Taschengeld dafür aus, ohne ein Wort darüber zu verlieren. Gina schenkte ihr eine Puppe. Sogar Flipp, der gewöhnlich nicht viel Zeit für seine kleine Schwester fand, bemühte sich um sie. Er ließ sie auf seinem Rad sitzen und fuhr mit ihr durch den Garten.

Immer wieder wanderten die Gedanken der Kinder zu Luke. Wie mochte es ihm inzwischen ergangen sein? Als sie um fünf Uhr seinen Pfiff hörten, liefen sie auf die Straße hinaus und bestürmten ihn mit Fragen.

»Luke, Luke! Woher wusste Herr Tupping, dass Betti die Erdbeerpflanzen mitgenommen hatte? Hat er sehr mit dir geschimpft? Weißt du, wie er Betti behandelt hat?«

»Arme Betti«, sagte Luke. »Ich wusste nicht, dass sie zu Hause war. Sonst wäre ich ihm nachgegangen. Kurz vorher hörte ich euch mit den Rädern wegfahren und dachte, Betti wäre auch dabei. Als Tupping zurückkam, hat er mir erzählt, dass er die Pflanzen ausgerissen hat.«

»Woher wusste Herr Tupping bloß, dass ich in seinem Garten war?«, fragte Betti.

»Die Zitter muss getratscht haben. Herr Tupping war wütend. Er hat mich geohrfeigt. Und ich muss noch schwerer arbeiten als sonst. Wenn ich doch nur von ihm fort könnte!«

»Das wäre wirklich das Beste«, meinte Rolf. »Warum geht es denn nicht?«

»Es ist doch meine erste Stellung«, antwortete Luke. »Und in der ersten Stellung soll man so lange wie möglich bleiben. Außerdem ist da noch was anderes. Wenn ich kündige, gibt mir Tupping bestimmt ein schlechtes Zeugnis. Und dann bekomme ich vielleicht keine andere Arbeit. Was würde aber mein Stiefvater dazu sagen? Ich gebe ihm doch die Hälfte von meinem Lohn ab.«

»Du hast es nicht leicht, Luke«, meinte Gina. »Wenn wir dir doch helfen könnten!«

»Ihr helft mir ja schon«, erwiderte Luke. »Ich kann euch alles erzählen. Es tut gut, sich aussprechen zu können. Ach, seht mal, da kommt Herr Grimm.«

Der stämmige Dorfpolizist mit dem roten Gesicht und den hervortretenden blauen Augen kam direkt auf die Kinder zu.

»Ob er Herrn Tupping besuchen will?«, fragte Betti ängstlich.

»Wer weiß?« Auch Luke machte ein ängstliches Gesicht. Er fürchtete sich vor jedem Polizisten. Und Herr Grimm war keiner von der angenehmen Sorte.

»Ich bin neugierig, ob er ›weg da!‹ zu uns sagen wird«, sagte Gina leise. »Wisst ihr noch, wie oft er uns in den Osterferien damit geärgert hat? Dieser blöde Wegda!«

Die Kinder beobachteten Herrn Grimm, der langsam näher kam. Purzel begann zu knurren. Der Polizist tat so, als bemerke er die kleine Gruppe überhaupt nicht. Er hegte keine freundlichen Gefühle für die Kinder, seitdem sie ein Geheimnis aufgeklärt hatten, hinter das er nicht gekommen war.

Plötzlich flog Purzel auf Herrn Grimm zu und tanzte kläffend um ihn herum. Er machte keine Anstalten, ihn zu beißen oder nach seinen Hosen zu schnappen, brachte ihn aber trotzdem schnell aus der Ruhe.

»Weg da!«, rief Herr Grimm ihm drohend zu. »Weg da!«

»Komm her, Purzel«, rief Dicki, aber nicht besonders nachdrücklich. Purzel ließ sich keineswegs in seinem Vergnügen stören. Heute war ein herrlicher Tag für ihn. Zuerst hatte er Herrn Tupping in die Flucht geschlagen und nun jagte er Herrn Grimm einen Schreck ein.

»Weg da!«, schrie der Polizist wieder. Er stieß mit dem Fuß nach Purzel, aber der Hund wich geschickt aus. Luke lachte laut.

Herr Grimm sah ihn wütend an. »He, du! Was fällt dir ein, über eine behördliche Person zu lachen! Was machst du hier? Scher dich weg!«

»Luke ist unser Freund«, erklärte Dicki. »Komm her, Purzel.«

Plötzlich erschien Herr Tupping am Tor »seines« Gartens um zu sehen, was das laute Bellen und Rufen zu bedeuten hatte. Er erkannte Purzel sofort wieder.

»Machen Sie bitte eine Meldung über den Hund«, sagte er zu Herrn Grimm. »Er hat mir heute die Hose zerrissen. Hier – sehen Sie selber! Das ist ein gefährlicher Köter.«

Da erblickte er Luke. »Was suchst du hier noch?«, schrie er. »Scher dich nach Hause!«

Luke machte sich schleunigst aus dem Staub. Er hatte genug für heute. Purzel kehrte schwanzwedelnd zu Dicki zurück. Dicki nahm ihn auf den Arm.

»Das ist ein ganz gefährlicher Köter«, wiederholte Herr Tupping. »Ich bin gern bereit nähere Angaben zu machen, Herr Grimm.«

Herr Grimm hatte keine besondere Lust Purzel zu melden. Jede Meldung, die er machte, wurde Inspektor Jenks vorgelegt, und der Inspektor war mit den Kindern befreundet. Aber er wollte wenigstens so tun, als unternähme er etwas gegen den gefährlichen Hund. Er zog also ein großes schwarzes Notizbuch und einen Bleistiftstummel aus der Tasche und begann langsam und bedächtig zu schreiben.

Die Kinder zogen sich erschrocken in Flipps Garten zurück. Betti sah Purzel mit großen ängstlichen Augen an. »Wird Purzel nun ins Gefängnis kommen?«, fragte sie.

Die anderen lachten sie aus. »Hast du schon mal von einem Hundegefängnis gehört, Betti?«, fragte Dicki. »Hab keine Angst. Purzel wird nichts geschehen.«

Dunkelschön verschwindet

Ein paar Tage später ereignete sich eine geheimnisvolle Geschichte. Die sechs Spürnasen bekamen wieder eine Aufgabe.

Am Vormittag spielten die Kinder im Hillmann'schen Garten Indianer. Es ging sehr laut und lebhaft dabei zu. Die Indianer schossen mit Pfeil und Bogen. Unter Geschrei und Geheul fanden wilde Kämpfe statt. Die Gefangenen wurden an einen Baum gebunden und skalpiert. Betti wurde es schließlich zu viel und sie bat darum, eine Squaw in einem Wigwam sein zu dürfen.

Am Nachmittag war Frau Hillmann bei Frau Kendling eingeladen, die von ihrer Reise zurückgekehrt war.

»Ihr könnt draußen im Garten Tee trinken«, sagte sie zu den Kindern. »Gina, pass bitte auf, dass alle sich anständig benehmen. Wenn ihr nicht genug zu essen habt, bittet die Köchin höflich – höflich, hörst du? – euch noch etwas zu geben.«

Gina versprach für Ordnung zu sorgen. Um halb vier verließ Frau Hillmann, sehr elegant angezogen, das Haus. Die Kinder sahen ihr nach. Sie waren froh, dass sie sich nicht fein zu machen brauchten. Es war doch viel schöner, in alten Shorts und Blusen im Garten zu essen.

Sie aßen mit großem Appetit. Betti ging zweimal in die Küche und bat die Köchin um mehr Butterbrote. Sie dachte an die Ermahnung ihrer Mutter und war sehr höflich. Es gab auch Pflaumen und Pfirsiche zu essen.

Bald nach dem Tee kam Frau Hillmann zurück. Sie ging sofort in den Garten. »Denkt nur, Kinder«, sagte sie erregt, »Dunkelschön ist plötzlich spurlos verschwunden. Frau Kendling war ganz außer sich, denn die Katze ist sehr wertvoll und hat schon viele Preise auf Ausstellungen gewonnen. Man verdächtigt Luke, sie gestohlen zu haben.«

»Aber Mutter!«, rief Flipp entrüstet. »Luke würde so etwas niemals tun.«

»Niemals«, bestätigte Betti.

»Nein, Frau Hillmann, Sie irren sich bestimmt«, fiel Dicki ein. »Luke hat das nicht getan.«

»Ich habe ja nicht gesagt, dass er es getan hat«, entgegnete Frau Hillmann. »Ich sagte, dass man ihn verdächtigt. Es sieht so aus, als könnte nur er der Täter sein.«

»Aber das ist unmöglich«, rief Gina. »Luke ist der ehrlichste Mensch auf der Welt. Ich glaube viel eher, dass der alte Tupping es getan hat.«

»Herr Tupping war am Nachmittag mit Herrn Grimm aus«, erwiderte Frau Hillmann. »Die beiden scheinen befreundet zu sein. Der Gärtner kann die Katze also nicht gestohlen haben.«

Die Kinder schwiegen verwirrt. Schließlich ergriff Dicki das Wort.

»Luke ist unser Freund. Wenn er in Schwierigkeiten gerät, müssen wir ihm helfen. Ich bin fest davon überzeugt, dass er nichts mit dem Verschwinden von Dunkelschön zu tun hat. Würden Sie uns den Hergang bitte einmal genau erzählen, Frau Hillmann? Dies sieht nach einem Fall für die sechs Spürnasen aus.«

»Sprich bitte nicht so geschwollen, mein lieber Dietrich«, wies ihn Frau Hillmann zurecht. »Und mischt euch um Himmels willen nicht in die Sache ein. Das geht euch gar nichts an. Es war ein glücklicher Zufall, dass ihr das eine Geheimnis aufklären konntet. Das ist kein Grund, eure Nasen nun überall hineinzustecken.«

Dicki wurde rot. Es war ihm unangenehm, vor den anderen abgekanzelt zu werden.

»Mama, erzähle doch bitte, wie alles war«, bat Flipp.

»Da ist nicht viel zu erzählen. Fräulein Harmer hatte heute ihren freien Tag. Nachdem sie die Katzen versorgt hatte, fuhr sie um zehn Uhr mit dem Zug nach Hause. Dunkelschön befand sich zusammen mit den anderen Katzen in dem großen Käfig. Kurz vor ein Uhr sahen Frau Kendling und Frau Sitter nach den Katzen. Herr Tupping zeigte ihnen Dunkelschön. Ihr wisst ja, was für ein herrliches Tier sie ist.«

Die Kinder nickten. »Und dann?«, fragte Flipp gespannt. »Wurde Dunkelschön danach nicht mehr gesehen?«

»Doch. Um vier Uhr, kurz bevor wir Tee tranken, führte Frau Sitter mich zum Katzenhaus, um mir die Tiere zu zeigen. Da befand sie sich noch bei den anderen Katzen.«

»Woher willst du das wissen?«, fragte Flipp. »Die Katzen sehen doch alle gleich aus.«

»Dunkelschön ist kürzlich von einer anderen Katze in den Schwanz gebissen worden. Die Haare wachsen an der Stelle cremegelb nach. Ich habe deutlich den hellen Ring in dem dunklen Schwanz gesehen. Um vier Uhr war Dunkelschön also noch da.«

»Wann wurde ihr Verschwinden entdeckt?«, fragte Flipp.

»Um fünf Uhr kam Herr Tupping mit Herrn Grimm zurück. Er zeigte dem Polizisten seine Tomaten und ging dann mit ihm zum Katzenhaus. Und da bemerkte er, dass Dunkelschön fehlte.«

»Donnerwetter!«, rief Dicki. »Sie muss also zwischen vier und fünf gestohlen worden sein.«

»Ja. Und da Luke sich um diese Zeit ganz allein im Garten befand, fiel der Verdacht natürlich sofort auf ihn. Er weiß, dass die Katze sehr wertvoll ist. Wie Tupping sagte, hat er schon neulich etwas gestohlen – Erdbeerausläufer oder so was Ähnliches, glaube ich.«

Betti wurde puterrot. Ihre Augen füllten sich mit Tränen. Diese verflixten Erdbeerausläufer! Ob sie ihrer Mutter die Geschichte nicht doch erzählen sollte? Aber Dicki blickte sie stirnrunzelnd an. Und da schwieg sie.

Frau Hillmann zog ihre Handschuhe aus. »Ja, das ist alles. Ich fürchte, euer Freund Luke wird Probleme bekommen. Niemand hat ihn in der Zeit zwischen vier und fünf gesehen. Wo er die Katze wohl gelassen hat? Wahrscheinlich hat er sie in einen Korb gesteckt und weggebracht.«

»Das hat Luke bestimmt nicht getan«, rief Betti. »Du weißt ja nicht, wie gut und ehrlich er ist, Mama. Er hat mir Pfeifen geschenkt, die er selber geschnitzt hat, und dann noch diese schöne Figur von Dunkelschön. Sieh doch nur!«

Aber die Mutter sah die kleine Figur kaum an. »Warum schließt ihr nur immer so sonderbare Freundschaften? Ihr seid noch zu jung um beurteilen zu können, ob jemand ehrlich ist. Sprecht bitte nicht mehr mit Luke.«

Sie drehte sich um und ging ins Haus. Die Kinder sahen ihr bedrückt nach.

»Sprecht bitte nicht mehr mit Luke!«, wiederholte Dicki achselzuckend. »Wir müssen aber mit ihm sprechen. Er ist unser Freund und hat uns oft geholfen. Jetzt müssen wir ihm aus der Patsche helfen.«

Die anderen stimmten zu. Sie sprachen noch einmal alles gründlich durch.

»Jemand hat Dunkelschön gestohlen, das ist klar«, sagte Dicki. »Es sieht so aus, als könnte Luke der Dieb gewesen sein. Wir wissen aber genau, dass er es nicht war. Wer war es also?«

»Lasst uns nach Indizien suchen«, schlug Betti vor. Sie dachte an das Geheimnis um den nächtlichen Brand. Wie aufregend war damals die Suche nach Indizien gewesen.

»Wir stellen eine Liste von verdächtigen Personen auf«, sagte Gina. »Das haben wir damals auch gemacht.«

Dicki setzte sich zurecht und räusperte sich. »Mir scheint, die sechs Spürnasen müssen ihre Arbeit wieder aufnehmen. Ich schlage vor ...«

»Halt!«, unterbrach ihn Rolf. »Du hast wohl vergessen, dass ich der Chef der Spürnasen bin.«

»Na gut, dann rede du«, brummte Dicki. »Aber eigentlich müsste ich der Chef sein. Ich bin viel klüger als du. Im letzten Schuljahr war ich Klassenerster und ...«

»Halt den Mund!«, riefen alle außer Betti.

Dicki war nahe daran, aufzustehen und zu gehen. Aber er blieb doch sitzen. Die Geschichte war zu spannend. Mit großem Eifer schmiedeten die Spürnasen Pläne.

»Fassen wir mal alles zusammen«, sagte Gina. »Bis vier Uhr war Dunkelschön mit den anderen Katzen im Käfig. Frau Zitter und Frau Hillmann haben sie um diese Zeit ja noch gesehen. Sie war aber nicht mehr da, als Tupping und Wegda um fünf Uhr hingingen. Also ist sie in der Zwischenzeit gestohlen worden. Jemand hat den Käfig aufgeschlossen, Dunkelschön rausgenommen und die Tür wieder zugeschlossen. Dann hat er die Katze irgendwo versteckt oder sie einem Komplizen übergeben.«

»Genauso muss es gewesen sein«, sagte Rolf.

»Wer hat Dunkelschön aber gestohlen?«, fragte Flipp. »Wen können wir verdächtigen?«

»Frau Zitter könnte zum Katzenhaus geschlichen sein und sie genommen haben«, meinte Dicki. »Das ist allerdings nicht sehr wahrscheinlich. Frau Zitter ist viel zu ängstlich um so etwas zu tun. Sie kann bestimmt die ganze Nacht nicht schlafen, wenn sie mal aus Versehen einen Brief ohne Marke in den Kasten steckt. Aber wir müssen jeden unter die Lupe nehmen, der eine Gelegenheit hatte Dunkelschön zu stehlen.«

Rolf zog ein Notizbuch aus der Tasche. »Ich schreibe die Namen der verdächtigen Personen auf. Zuerst einmal Frau Zitter. Wie ist es mit Frau Kendling?«

»Sie wird doch nicht ihre eigene Katze stehlen«, wandte Gina ein.

»Wer weiß? Vielleicht war sie gegen Diebstahl versichert. Dann würde sie eine Menge Geld für Dunkelschön bekommen. Man muss an alle Möglichkeiten denken.« Rolf schrieb Frau Kendling ebenfalls auf.

»Tupping?«, fragte Betti.

Rolf schüttelte den Kopf. »Nein, Betti. Ich würde ihn nur zu gern aufschreiben. Aber er war am Nachmittag mit Wegda fort, kann es also nicht gewesen sein. Wie ist es mit Fräulein Harmer? Könnte sie unbemerkt zurückgekommen sein und Dunkelschön geholt haben? Sie weiß ja, wie wertvoll die Katze ist.«

Die Kinder dachten eine Weile nach. Sie mochten Fräulein Harmer gern. Es sah ihr gar nicht ähnlich eine kostbare Katze zu stehlen. Dennoch schrieb Rolf auch ihren Namen auf.

»Wir müssen feststellen, wo sie heute zwischen vier und fünf Uhr gewesen ist«, sagte Flipp.

»Bisher haben wir also Frau Zitter, Frau Kendling und Fräulein Harmer als Verdächtige«, zählte Gina auf. »Wie ist es mit der Köchin und mit dem Stubenmädchen? Sie hatten ebenfalls Gelegenheit, zum Katzenhaus zu gehen und Dunkelschön zu stehlen.«

»Die beiden kennen wir ja noch gar nicht«, sagte Flipp. »Natürlich müssen wir sie auch unter die Lupe nehmen. Das ist ja eine lange Liste von verdächtigen Personen. Wir haben eine Menge zu tun.«

»Der Einzige, dem ich den Diebstahl zutraue, ist Tupping, aber gerade ihn können wir nicht auf die Liste setzen«, sagte Betti bedauernd. »Haben wir nun alle verdächtigen Personen aufgeschrieben?«

»Jetzt fehlt nur noch Luke«, antwortete Rolf. »Wir wissen zwar, dass er es bestimmt nicht getan hat. Aber Tupping hat ihn beschuldigt. Also müssen wir ihn auch aufschreiben. Wir können ihn ja jederzeit wieder ausstreichen.« Rolf schrieb Lukes Namen ebenfalls in sein Notizbuch.

»Wir gehen jetzt zur Mauer und pfeifen«, sagte Rolf. »Luke

scheint noch nicht nach Hause gegangen zu sein. Sonst hätte er sich doch gemeldet und uns alles erzählt.«

Er pfiff die kleine Melodie, durch die sich die Kinder mit Luke zu verständigen pflegten. Aber Luke ließ sich nicht blicken. Seltsam!

Luke in Nöten

Die Kinder hockten auf der Mauer und überlegten, was sie tun sollten. Purzel stand unten und kratzte verzweifelt an den Steinen.

Flipp sah auf seine Armbanduhr. »Schon Viertel vor sechs! Ich kann mir gar nicht denken, dass Luke gegangen ist ohne mit uns zu sprechen.«

»Vielleicht wird er von Wegda verhört«, meinte Dicki.

Das hielten die anderen auch für möglich. Aber wie sollten sie erfahren, ob es wirklich so war?

»Hör mal, Flipp«, sagte Dicki nach kurzem Überlegen. »Du könntest leicht feststellen, was los ist.«

»Wie denn?«

»Ganz einfach. Deine Mutter war doch vorhin bei Frau Kendling zum Tee. Du gehst also rüber und siehst dich ein bisschen im Garten um. Wenn dich jemand fragt, was du dort machst, sagst du: Hat meine Mutter vielleicht irgendwo ihr Taschentuch liegen gelassen?«

»Aber sie hat es doch gar nicht verloren«, erwiderte Flipp. »Hast du nicht gesehen, dass sie es aus der Tasche nahm, während sie mit uns gesprochen hat?«

»Natürlich habe ich das gesehen«, sagte Dicki ungeduldig. »Es soll doch nur eine Ausrede sein. Du brauchst ja nicht zu sagen, dass sie es verloren hat, sondern fragst einfach, ob sie es vielleicht liegen gelassen hat.«

»Das ist eine gute Idee, Dicki«, lobte Rolf. »Nur so ist es möglich in den Garten zu kommen, ohne sofort wieder rausgeschmissen zu werden. Los, Flipp, geh rüber! Beeil dich! Ein Glück, dass deine Mutter gerade bei Frau Kendling war.«

Flipp hatte zwar Angst, Tupping oder Wegda zu begegnen, aber er war auch neugierig. Also kletterte er kurz entschlossen über die Mauer in den Nachbargarten, winkte den anderen noch einmal zu und kroch durch die dichten Büsche.

Von Luke war nichts zu sehen. Flipp ging zum Katzenhaus und spähte in den großen Käfig, in dem Dunkelschön noch vor kurzem gewesen war. Die Katzen starrten ihn an und miauten. Der Junge ging weiter. Als er Stimmen hörte, blieb er stehen und schaute durch die Zweige eines Busches. Auf dem Rasen stand eine kleine Gruppe von Menschen, die Flipp fast alle kannte.

Neben Frau Kendling sah er Frau Sitter, die sehr aufgeregt zu sein schien. Er sah Herrn Tupping, der zufrieden dreinblickte, und neben ihm den dicken Herrn Grimm. Vor ihnen stand als Angeklagter der arme Luke. Im Hintergrund standen noch zwei Frauen, offenbar die Köchin und das Stubenmädchen. Sie flüsterten erregt miteinander und stießen sich hin und wieder an.

Herr Grimm hielt sein großes schwarzes Notizbuch in der Hand und verhörte Luke mit drohender Stimme. Der Junge war völlig verschüchtert. Stotternd beantwortete er die Fragen.

Flipp schlich näher heran. Nun konnte er auch hören, was gesprochen wurde.

»Was hast du heute Nachmittag gemacht?«, fragte Herr Grimm in scharfem Ton.

»Ich ... ich hab die Erbsen umgegraben ... in dem großen Beet«, stammelte Luke.

»Liegt das Beet neben dem Katzenhaus?«, fragte Herr Grimm, während er etwas in sein Notizbuch schrieb.

»Ja.«

»Du warst also den ganzen Nachmittag dort. Hast du während dieser Zeit jemanden gesehen?«

»Frau Sitter kam um vier Uhr – mit einer anderen Dame«, antwortete Luke und strich seine strähnigen Haare zurück. »Sie sind nur ein paar Minuten geblieben.«

»Und was hast du zwischen vier und fünf gemacht?«, brüllte Herr Grimm.

Es sah so aus, als würde Luke gleich vor Schreck umfallen. »Ich? Nichts. Ich ... habe nur ... gegraben. Nur gegraben. Keine Seele habe ich gesehen – bis Sie und Herr Tupping gekommen sind.«

»Und wir entdeckten, dass Dunkelschön verschwunden war«, sagte Herr Tupping mit Betonung. »Nun, Herr Grimm, der Fall ist sonnenklar. Dunkelschön ist zwischen vier und fünf gestohlen worden. Der Junge sagt ja selber, dass während dieser Zeit außer ihm niemand in der Nähe des Katzenhauses gewesen ist. Er hat die Katze genommen und sie einem Freund gegeben, um Geld in die Finger zu bekommen. Daran besteht kein Zweifel. Luke taugt nichts. Das weiß ich am besten.«

»Das ist nicht wahr, Herr Tupping«, rief Luke, der plötzlich mutiger wurde. »Ich habe noch nie etwas gestohlen. Ich habe schwer für Sie gearbeitet, obwohl Sie mich immer schlecht behandelt haben. Sie wissen sehr gut, dass ich die Katze nicht gestohlen habe. So was würde ich nie tun.«

»Halt den Mund!«, schrie Herr Grimm. »Wie sprichst du denn mit Herrn Tupping. Du verdienst eine Tracht Prügel.«

»Ich werde schon dafür sorgen, dass er seinen Lohn bekommt«, knurrte Herr Tupping. »Ein Wort mit seinem Stiefvater genügt. Der kennt den Burschen genau.«

Nun griff Frau Kendling ein. »Ich meine, wir sagen seinem Stiefvater vorläufig nichts von der Geschichte, Tupping. Wir wollen warten, bis sich alles aufgeklärt hat.«

Sie sprach ruhig, aber bestimmt. Ihre dunkle Stimme hatte einen wohltuenden Klang. Der Gärtner schwieg. Er hatte sich so in Eifer geredet, dass er Frau Kendlings Gegenwart fast vergessen hatte.

Luke wandte sich an Frau Kendling. »Glauben Sie Herrn Tupping und Herrn Grimm nicht«, bat er. »Ich habe Dunkelschön nicht gestohlen. Noch nie habe ich etwas aus Ihrem Garten weggenommen.«

»Das ist eine Lüge!«, rief Herr Tupping. »Du hast wohl die Erdbeerausläufer vergessen.«

Zu Flipps Schreck ließ sich Luke sofort wieder einschüchtern. Er begann am ganzen Körper zu zittern und verbarg das Gesicht in den Händen.

»Schicken Sie ihn nach Hause«, sagte Frau Kendling mitleidig. »Sie haben ihn genug verhört. Schließlich ist er erst fünfzehn Jahre alt. Herr Grimm, verlassen Sie uns jetzt bitte.«

Es passte Herrn Grimm gar nicht, weggeschickt zu werden. Zu dumm, dass er Luke nicht wie einen Erwachsenen behandeln durfte! Und nun musste er ihn auch noch gehen lassen. Er räusperte sich laut, warf Frau Kendling einen missbilligenden Blick zu und steckte sein Notizbuch ein.

»Ich habe noch ein paar Worte mit deinem Stiefvater zu reden«, sagte er zu Luke. Der Junge wurde blass. Er hatte große Angst vor seinem Stiefvater.

»Ich werde Sie begleiten«, verkündete Herr Tupping. »Vielleicht kann uns Herr Braun einiges über Lukes Freunde erzählen. Gewiss hat der Lümmel die Katze einem von ihnen gegeben.«

Luke wurde von Herrn Tupping und dem Polizisten in die Mitte genommen und abgeführt. Er weinte und stolperte mit gesenktem Kopf vorwärts.

Flipp hatte die Entwicklung der Dinge gespannt beobachtet. Luke tat ihm unendlich Leid. Er erwartete nicht, dass die drei an ihm vorbeikommen würden, und versäumte es daher, sich rechtzeitig zu ducken. Plötzlich sah Herr Tupping ihn aus einem Rhododendronbusch hervorgucken. Er blieb überrascht stehen. Dann machte er einen Satz auf Flipp zu, packte ihn am Kragen und zog ihn auf den Weg.

»Was machst du hier?«, brüllte er. »Der Junge ist von nebenan«, erklärte er dem verdutzten Polizisten. »Dauernd treiben sich die verflixten Gören hier rum. Ich bringe ihn zu Frau Kendling. Dann wird er was zu hören kriegen.«

Luke stand mit offenem Mund da, während der erboste Gärtner Flipp hinter sich herzerrte. Frau Kendling, die den Lärm gehört hatte, kam ihnen neugierig entgegen.

»Lassen Sie mich los«, rief Flipp ärgerlich. »Sie tun mir weh.«

Vergeblich versuchte er sich zu befreien. Herr Tupping umklammerte seinen Arm mit eisernem Griff. Bald standen beide vor Frau Kendling, die sie überrascht ansah.

»Dieser Bengel hat sich in den Rhododendronbüschen versteckt«, stieß der Gärtner hervor. »Immer treiben sich die Kinder hier im Garten herum. Es sind Freunde von Luke. Ich wette, sie haben nichts Gutes im Sinn.«

»Was hast du in meinem Garten zu suchen?«, fragte Frau Kendling streng.

»Ich heiße Philipp Hillmann und wohne nebenan«, antwortete Flipp höflich. »Meine Mutter war vorhin bei Ihnen zum Tee. Hat sie vielleicht irgendwo ihr Taschentuch liegen lassen?«

Frau Kendlings Gesicht hellte sich auf. »Du bist Philipp Hillmann? Deine Mutter hat mir von dir erzählt. Du hast noch eine kleine Schwester, nicht wahr?«

»Ja, Frau Kendling«, antwortete Flipp lächelnd. »Sie heißt Betti. Darf ich sie mal mit hierher bringen?«

»Natürlich, gern. Tupping, der Junge wollte nur das Taschentuch seiner Mutter suchen. Frau Hillmann war vorhin bei mir zum Tee.«

Flipp rieb seinen Arm und verzog das Gesicht, als hätte er große Schmerzen.

»Hat Herr Tupping dir wehgetan?«, fragte Frau Kendling. »Das tut mir Leid. Tupping, Sie sind offenbar recht grob mit dem Kind umgegangen.«

Tupping machte ein finsteres Gesicht. Eine solche Wendung hatte er nicht erwartet.

»Wenn sich das Taschentuch deiner Mutter finden sollte, werde ich es hinüberschicken«, sagte Frau Kendling zu Flipp. »Und besuche mich mal wieder und bringe deine Schwester mit. Ich habe Kinder gern.«

»Herr Tupping würde uns hinauswerfen«, meinte Flipp.

»Nein, das wird er nicht tun. Tupping, die Kinder dürfen jederzeit in den Garten kommen. Haben Sie verstanden?«

Tupping wurde so rot, dass Flipp Angst bekam, er könnte platzen. Er wagte es jedoch nicht, zu widersprechen, sondern drehte sich schweigend um und kehrte zu Herrn Grimm und Luke zurück, die auf ihn warteten. Flipp verabschiedete sich von Frau Kendling und ging hinter ihm her.

»Kopf hoch, Luke!«, rief er. »Deine Freunde werden dir helfen. Wir wissen, dass du nicht der Dieb bist.«

»Weg da!«, schrie Herr Grimm erbost. »Ich verbitte mir diese Frechheiten. Weg da, sage ich!«

Aber Flipp blieb den dreien auf den Fersen, wenn er sich auch außer Herrn Grimms Reichweite hielt. Immer wieder rief er Luke aufmunternde Worte zu und brachte die beiden Männer damit fast zur Weißglut.

Als sie sich der Gartenpforte näherten, hörte er Herrn Grimm zu Herrn Tupping sagen, dass er abends zurückkommen würde, um die Umgebung des Katzenhauses gründlich zu untersuchen.

Aha!, dachte Flipp. Er will Indizien suchen, die gegen Luke sprechen. Wir müssen ihm zuvorkommen.

Er rief Luke noch ein freundliches Abschiedswort zu. Dann lief er zur Mauer und kletterte hinüber, um den anderen zu erzählen, was er erfahren hatte. Jetzt wurde die Sache spannend.

Indizien

»Was ist passiert, Flipp?«, rief Rolf. »Du bist ja eine Ewigkeit drüben gewesen.«

Flipp warf sich neben die anderen auf den Rasen. »Wegda und Tupping behaupten steif und fest, Luke wäre der Dieb.«

»Komisch«, meinte Betti kopfschüttelnd. »Wir wissen genau, dass Luke die Katze nicht gestohlen hat. Und doch scheint es so, als könnte nur er es getan haben.«

Dicki nickte nachdenklich. »Ja, das ist eine rätselhafte Geschichte. Es hat eigentlich gar keinen Zweck, unsere verdächtigen Personen zu befragen. Luke sagt ja selbst, dass außer ihm niemand in der Nähe des Katzenhauses war. Und doch kann ich nicht glauben, dass er Dunkelschön gestohlen hat. Er hätte gar nicht den Mut dazu, selbst wenn er es tun wollte.«

»Wo mag Dunkelschön jetzt wohl sein?«, sagte Betti.

»Wenn wir das wüssten, könnten wir den Dieb leicht feststellen«, meinte Rolf. »Denn derjenige, der sie jetzt hat, muss ja der Dieb oder ein Komplize sein. Wie sollen wir bloß hinter dieses Geheimnis kommen?«

»Könnten wir nicht Indizien suchen?«, fragte Betti.

»Ach, da fällt mir etwas ein«, rief Flipp. »Wegda will heute Abend noch einmal in den Garten gehen, um die Umgebung des Katzenhauses zu untersuchen. Sicherlich hofft er ebenfalls Indizien zu finden – natürlich Indizien, die gegen Luke sprechen.«

Dicki sprang auf. »Wir müssen ihm zuvorkommen.«

»Willst du etwa über die Mauer klettern?«, fragte Rolf erstaunt. »Das wird uns schlecht bekommen.«

»Ach wo! Bevor Tupping und Wegda zurückkommen, sind wir längst wieder weg. Es wird eine Weile dauern, bis sie Lukes Stiefvater alles erzählt haben.«

»Du hast Recht.« Rolf stand ebenfalls auf. »Kommt, wir wollen gleich gehen. Vielleicht finden wir irgendeine Spur.«

»Aber Betti nehmen wir lieber nicht mit«, meinte Flipp. »Sie ist noch zu klein für so ein gefährliches Unternehmen.«

»Selbstverständlich komme ich mit!«, widersprach Betti entrüstet. »Sei nicht so gemein, Flipp. Ich brauche nur etwas Hilfe um über die Mauer zu kommen. Vielleicht entdecke gerade ich ein Indiz, das ihr überseht. Ich könnte sehr nützlich sein.«

»Ja, das ist wahr.« Dicki ergriff wie gewöhnlich Bettis Partei. »Lass sie mitkommen, Flipp.«

Betti ging also mit. Aber Purzel musste zurückbleiben. Diesmal sperrten die Kinder ihn in den Fahrradschuppen und schlossen die Tür zu. Sie mussten sicher sein, dass er nicht plötzlich wieder in Frau Kendlings Garten auftauchte.

Dicki half Betti beim Überklettern der Mauer. Im Nachbargarten war alles wie ausgestorben. Vorsichtig schlichen die Kinder zum Katzenhaus. Die Katzen lagen lässig da und sahen die Kinder gelangweilt an.

»Seht euch nach Indizien um«, sagte Rolf leise.

»Was für Indizien denn?«, flüsterte Betti.

»Das kann ich jetzt noch nicht sagen. Schaut auf dem Boden und überall nach. Seht mal, dort muss Luke am Nachmittag gearbeitet haben.«

Rolf zeigte auf einen Handkarren, der halb mit Unkraut gefüllt war. Daneben steckte ein Spaten in der Erde. Lukes Jacke hing an einem Baum.

»Er hat das Beet umgegraben«, sagte Dicki nachdenklich. »Dort musste er jeden sehen, der sich den Katzen nähert.«

Die Kinder gingen zu der Stelle, an der Luke gearbeitet hatte, und blickten zum Käfig hin. Unmöglich konnte jemand ein Tier herausgenommen haben, ohne dass Luke es bemerkt hätte. Und doch war Dunkelschön fort und Luke bestritt, sie gestohlen zu haben. Auf welche Weise war sie dann aber verschwunden?

»Wir wollen mal um das Katzenhaus herumgehen und sehen, ob Dunkelschön vielleicht aus dem Käfig entwischt sein könnte«, schlug Rolf vor.

»Ein guter Gedanke«, sagte Dicki.

Langsam gingen sie um den hölzernen Bau herum, der, ähnlich wie manche Hühnerställe, auf starken Holzblöcken ruhte.

»Hier kann keine Katze entwischen«, sagte Flipp. »Nicht das kleinste Loch ist zu sehen. Dunkelschön kann nicht ausgerissen sein. Jemand muss sie gestohlen haben.«

Gina zuckte die Achseln. »Um vier Uhr haben deine Mutter und Frau Zitter sie noch gesehen. Aber als Tupping und Wegda um fünf herkamen, war sie fort. Und während der ganzen Zeit hat Luke ganz in der Nähe der Katzen gearbeitet. Das klingt ja nach Zauberei.«

»Vielleicht ist sie wirklich verzaubert«, sagte Betti ernst. »Vielleicht ...«

Die anderen lachten sie aus. Betti wurde rot. »Entweder ist Dunkelschön durch Zauberei verschwunden oder sie war überhaupt nicht da«, rief sie trotzig.

»Sie war aber noch um vier Uhr da«, entgegnete Flipp. »Mama hat sie doch gesehen. Was ist denn das dort?«

Er deutete auf einen Gegenstand, der in dem Katzenkäfig lag. Die Kinder guckten durch das Drahtnetz. Es entstand ein kurzes Schweigen. Dicki hob die Augenbrauen und kratzte sich am Kopf.

»Verflixt!«, rief er. »Das ist eine der kleinen Pfeifen, die Luke immer schnitzt.«

So war es tatsächlich. In dem Käfig lag, allen sichtbar, ein Indiz, das den Kindern gar nicht gefiel. Es gab nur eine Erklärung dafür.

Luke musste im Käfig gewesen sein und die Pfeife verloren haben. Die Kinder wussten nicht mehr, was sie denken sollten.

»Es war nicht Luke, es war nicht Luke!«, rief Betti. »Wir wissen doch alle, dass er so etwas niemals tun würde.«

»Ja, natürlich«, sagte Dicki. »Und doch liegt dort eine Pfeife, die nur Luke verloren haben kann. Das ist wirklich eine tolle Geschichte.«

»Dicki!«, rief Betti aufgeregt. »Was wird Herr Grimm sagen, wenn er die Pfeife findet? Für ihn wird das ein sicherer Beweis dafür sein, dass Luke der Dieb ist.«

Dicki nickte. »Natürlich. Es ist ja auch ein unmissverständliches Indiz – wenigstens für jemanden, der nicht über seine Nase hinaussehen kann.«

»Aber doch nicht für dich, Dicki!«, rief Betti. »Oder glaubst du, dass Luke die Pfeife in dem Käfig verloren hat?«

Dicki schüttelte den Kopf. »Ich werde dir sagen, was ich glaube. Jemand hat die Pfeife dort hingelegt, um den Verdacht auf Luke zu lenken.«

»Ja, so wird es sein«, rief Rolf erregt. »Kinder, die Sache wird immer geheimnisvoller. Wegda darf die Pfeife auf keinen Fall finden. Es ist bestimmt eine Irreführung.«

Flipp nickte zustimmend. »Du hast Recht. Ich schlage vor, wir holen sie raus und nehmen sie mit.«

Die Kinder blickten nachdenklich in den Käfig. Wie sollten sie die Pfeife rausholen? Die Tür war zugeschlossen und der Schlüssel hing nicht an dem Nagel.

»Wir müssen uns beeilen«, sagte Dicki unruhig. »Wegda wird bald hier sein. Wie bekommen wir das Ding bloß aus dem Käfig?«

Ja, das war ein schwieriges Problem. Leider lag die Pfeife im hinteren Teil des Käfigs. Hätte sie näher am Gitter gelegen, so hätten die Kinder sie leicht mit einem Stück Draht oder mit einem Stock herausholen können.

Da hatte Dicki einen ausgezeichneten Einfall. Er hob einen kleinen Stein auf und warf ihn durch das Drahtgitter in die Nähe der Pfeife. Sofort sprang eine der Katzen zu Boden, streckte eine Pfote aus und begann mit dem Stein zu spielen. Dabei berührte sie die Pfeife und spielte nun auch mit ihr.

Die Kinder beobachteten sie gespannt. Die Katze rollte den Stein auf dem Boden entlang und lief ihm nach. Dann sprang sie zu der Pfeife zurück und blickte sie prüfend an, als erwarte sie, dass sie sich von selbst bewegte.

Wieder streckte sie eine Pfote aus und gab der Pfeife einen Schubs. Sie nahm sie zwischen die Vorderpfoten und warf sie in die Höhe. Schließlich gab sie ihr einen kräftigen Schlag mit der Pfote. Die Pfeife flog durch die Luft und fiel in der Nähe des Gitters zu Boden.

Die Kinder jubelten. Sofort nahm Dicki eine kleine Drahtrolle aus seiner Tasche, in der er die merkwürdigsten Dinge aufbewahrte. Er schnitt zwei gleich lange Stücke ab, drehte sie zusammen und machte an einem Ende eine kleine Schlaufe. Dann steckte er den Draht durch das Gitter.

Die anderen sahen ihm gespannt zu. Jetzt erreichte der Draht die Pfeife. Dicki versuchte geduldig, sie in die Schlaufe zu bekommen. Die Katze beobachtete jede Bewegung des Drahtes. Plötzlich berührte sie ihn spielerisch mit einer Pfote. Die Schlinge legte sich direkt über die Pfeife.

»Danke, Mieze«, rief Dicki. Vorsichtig zog er die Pfeife näher. Dann ruckte er den Draht in die Höhe. Die Pfeife flog durch das Gitter und fiel Betti vor die Füße. Betti hob sie auf.

Dicki strahlte. »Da haben wir sie. Lass mal sehen. Ja, es ist eine von Lukes Pfeifen. Ein Glück, dass ich sie rausbekommen habe! Nun wird Wegda kein Indiz gegen Luke finden.«

»Du bist sehr klug, Dicki«, sagte Betti bewundernd.

»Das war gute Arbeit«, lobte auch Flipp.

Sogleich schwoll Dicki an vor Stolz. »Das ist noch gar nichts«, prahlte er. »Ich habe schon bessere Ideen gehabt. Einmal ...«

»Halt den Mund!«, riefen Gina, Rolf und Flipp.

Dicki schwieg und steckte die Pfeife in die Tasche.

»Wir müssen nachsehen, ob noch mehr Indizien im Käfig sind«, meinte Flipp.

Die Kinder pressten ihre Gesichter gegen das Gitter. Betti rümpfte die Nase. »Hier riecht es nicht gut.«

»Tiere riechen nie gut, wenn sie eingesperrt sind«, meinte Rolf.

»Es riecht nicht nach Tieren, sondern nach Benzin oder so was«, entgegnete Betti.

Die anderen schnupperten aufmerksam. »Es ist Terpentin«, sagte Dicki. »Ich rieche es auch – ganz schwach allerdings nur. Das ist leider kein Indiz, Betti, obwohl man auch Gerüche beachten muss. Vielleicht benutzt Fräulein Harmer Terpentin um den Käfig zu reinigen.«

Die Kinder gingen noch einmal um das Katzenhaus herum und spähten aufmerksam hinein. Aber sie konnten nichts Besonderes mehr entdecken.

»Zu dumm!«, sagte Dicki. »Nicht der kleinste Anhaltspunkt. Nur gut, dass Tupping und Wegda die Pfeife nicht gesehen haben. Bestimmt hat jemand sie in den Käfig gelegt, um den Verdacht auf Luke zu lenken. Was für ein gemeiner Trick!«

»Wollen wir nicht ein paar Sachen in den Käfig werfen um Wegda zu verwirren?«, schlug Flipp vor.

Die anderen waren sofort Feuer und Flamme. Dicki bedauerte nur, dass er die Idee nicht selbst gehabt hatte.

»Ja, ja, das machen wir«, rief Rolf aufgeregt. »Wir nehmen Sachen, die unmöglich auf Luke hinweisen können. Das wird Wegda gewaltige Kopfschmerzen bereiten.«

Kichernd überlegten die Kinder, was sie in den Käfig werfen sollten.

»Ich werde einen Pfefferminzbonbon hineinwerfen«, sagte Flipp und zog eine Rolle Bonbons aus der Tasche.

»Und ich ein Stück von meiner Haarschleife«, rief Gina. »Sie ist heute morgen zerrissen und ich habe die beiden Enden in die Tasche gesteckt.«

»Ich habe ein paar blaue Knöpfe vom Mantel meiner Puppe bei mir. Einen davon werfe ich in den Käfig«, sagte Betti.

Rolf suchte in seinen Hosentaschen herum. »Hatte ich nicht ein Paar neue braune Schnürsenkel? Ach, da sind sie ja. Einer davon kommt in den Käfig.«

»Was wirst du hineinlegen, Dicki?«, fragte Betti.

Dicki holte schweigend eine Hand voll Zigarrenstummel aus seiner Tasche. Die anderen sahen ihn erstaunt an.

»Wozu sammelst du denn Zigarrenstummel?«, fragte Rolf.

»Ich rauche sie«, antwortete Dicki mit gespielter Gleichgültigkeit. »Sie stammen aus dem Aschenbecher meines Vaters.«

Flipp warf ihm einen scharfen Blick zu. »Ich glaube nicht, dass du sie rauchst. Angeber! Du trägst sie bestimmt nur in der Tasche, um wie ein Erwachsener zu riechen. Ich habe schon oft bemerkt, dass deine Kleider nach Zigarrenrauch stinken.«

Dicki ärgerte sich, dass Flipp ihn durchschaute. Er tat, als hätte er gar nicht hingehört, und sagte: »Ich werde einen Zigarrenstummel unter den Käfig legen und einen zweiten hineinwerfen. Hoffentlich fressen die Katzen ihn nicht und verderben sich den Magen. Zwei Zigarrenstummel werden Wegda an den Rand des Wahnsinns bringen.«

Lachend und schwatzend verteilten die Kinder ihre »Indizien«. Flipp warf einen großen runden Pfefferminzbonbon in den Käfig. Die Katzen rümpften die Nasen und sahen den sonderbaren Gegenstand missbilligend an. Der Geruch gefiel ihnen gar nicht.

Gina stopfte die Hälfte ihrer zerknüllten roten Haarschleife durch das Gitter. Betti schob einen kleinen blauen Knopf hindurch und Rolf einen braunen Schnürsenkel. Zum Schluss warf Dicki einen Zigarrenstummel in den Käfig und legte einen zweiten darunter.

»So!«, sagte er zufrieden. »Nun hat Wegda eine Menge Indizien. Hoffentlich kommt er bald.«

Herr Grimm bei der Arbeit

Gina beobachtete, wie ihre Haarschleife von einem Luftzug über den Boden des Käfigs geweht wurde. »Hoffentlich komme ich jetzt nicht in den Verdacht, Dunkelschön gestohlen zu haben«, sagte sie. »Meine Mutter würde die Haarschleife sofort wieder erkennen.«

»Ach, du lieber Himmel!«, rief Flipp. »An so eine Möglichkeit habe ich gar nicht gedacht.«

»Ihr braucht keine Angst zu haben«, sagte Dicki beruhigend. »Hier habe ich einen großen Briefumschlag. Wir legen die gleichen Dinge hinein, die wir in den Käfig geworfen haben. Ich lege zwei Zigarrenstummel hinein. Gib mal das andere Stück deiner Haarschleife her, Gina.«

Gina gab es ihm. Dann legte Betti einen kleinen blauen Knopf in den Umschlag, Rolf den zweiten Schnürsenkel und Flipp einen Pfefferminzbonbon.

Dicki machte den Briefumschlag zu und steckte ihn in die Tasche. »Wenn einer von uns auf Grund der Indizien, die wir in den Käfig gelegt haben, des Diebstahls beschuldigt wird, brauchen wir nur diesen Briefumschlag vorzuzeigen. Dann sieht jeder, dass es ein Scherz war.«

Im Hillmann'schen Haus läutete eine Glocke. Betti seufzte. »Ich muss ins Bett. Ach, ich habe noch gar keine Lust schlafen zu gehen.«

»Du musst aber«, sagte Flipp. »Sonst bekommst du Ärger. Schade, dass wir nicht zusehen können, wie Wegda und Tupping unsere ›Indizien‹ finden.«

»Warum können wir das denn nicht?«, meinte Rolf.

»Aber ich will auch dabei sein«, rief Betti.

Flipp gab ihr einen Schubs. »Du musst gehen. Da bimmelt es schon wieder.«

»Es ist auch deine Glocke, Flipp. Du musst dich vor dem Abendbrot noch waschen und umziehen.«

Flipp wusste das nur zu gut. Er schwieg missmutig.

»Gina und ich müssen auch nach Haus«, sagte Rolf seufzend. »Sag mal, Dicki, könntest du nicht hier bleiben und beobachten, was weiter geschieht? Deine Eltern scheinen sich nicht viel um dich zu kümmern. Bei dir fällt es nicht weiter auf, wenn du nicht pünktlich heimkommst.«

Dicki war sofort einverstanden. »Kein Problem! Ich klettere auf diesen Baum da und beobachte alles von oben. Das Laub ist sehr dicht. Ich kann hindurchspähen ohne gesehen zu werden.«

»Komm, Betti«, drängte Flipp, obwohl er sich nur ungern von dem Schauplatz trennte, um Dicki allein das Vergnügen zu überlassen.

Da näherten sich Männerstimmen. »Tupping und Wegda kommen zurück«, flüsterte Rolf. »Schnell über die Mauer!«

»Bis Morgen, Dicki!«, rief Flipp leise und ergriff Bettis Hand. Die vier liefen zur Mauer. Bald waren alle auf der anderen Seite.

Dicki kletterte trotz seiner Beleibtheit rasch und behände auf den Baum. Er setzte sich auf einen dicken Ast und bog die Zweige ein wenig auseinander um besser sehen zu können, was sich unter ihm abspielte. Die beiden Männer kamen auf das Katzenhaus zu.

»Nun werde ich mich hier mal ein wenig umsehen«, sagte der Polizist mit wichtiger Miene. »Man weiß nie, ob man nicht wichtige Anhaltspunkte am Tatort findet. Auf diese Weise habe ich schon manchen Verbrecher entlarvt.«

Herr Tupping nickte beifällig. »Das glaube ich, Herr Grimm. Ich würde mich nicht wundern, wenn Luke was liegen gelassen hätte. Er ist vielleicht schlau genug, um eine wertvolle Katze zu stehlen, aber sicherlich nicht so klug, seine Spuren zu verwischen.«

Eifrig machten sich die beiden daran, die Umgebung des Katzenhauses gründlich zu untersuchen. Die Katzen verfolgten sie mit ihren leuchtend blauen Augen. Sie waren ein wenig beunruhigt, weil heute so viele Menschen zu ihnen kamen. Dicki spähte gespannt durch das Geäst seines Baumes.

Zuerst entdeckte Herr Grimm den Zigarrenstummel unter dem Katzenhaus. Er stürzte sich wie ein Raubtier darauf und hielt ihn triumphierend in die Höhe.

»Was ist das?«, fragte Herr Tupping erstaunt.

»Ein Zigarrenstummel!«, rief Herr Grimm strahlend. Doch plötzlich stutzte er, schob seinen Helm nach hinten und kratzte sich am Kopf. »Raucht Luke Zigarren?«, fragte er zweifelnd.

»Natürlich nicht«, antwortete Herr Tupping achselzuckend. »Das ist kein Indiz, Grimm. Wahrscheinlich hat ein Besucher von Frau Kendling den Stummel weggeworfen.«

»Hm«, machte Herr Grimm, dem es nicht passte, dass Herr Tupping seinem Fund jeglichen Wert absprach. »Ich werde darüber nachdenken müssen.«

Dicki grinste. Die beiden Männer suchten weiter. Mit gekrümmten Rücken gingen sie hin und her und ließen die Augen aufmerksam über den Boden schweifen.

Schließlich richtete Herr Tupping sich auf. »Sonst ist anscheinend nichts zu finden. Ob wir nicht auch im Käfig suchen sollten?«

»Das hat keinen Zweck«, antwortete der Polizist. »Na, wir können ja für alle Fälle mal nachsehen. Haben Sie den Schlüssel bei sich?«

Herr Tupping zog den Schlüssel aus der Tasche. Da stieß Herr Grimm einen Schrei der Überraschung aus. Er hatte einen Blick durch das Drahtgitter geworfen und allerlei merkwürdige Dinge auf dem Boden des Käfigs entdeckt. Donnerwetter, dort schien es ja von Indizien zu wimmeln!

»Was ist los?«, fragte Herr Tupping verwundert.

Herr Grimm zeigte in den Käfig. »Sehen Sie den Schnürsenkel dort? Das ist ein schlagendes Beweisstück. Der Dieb hat ihn verloren, als er die Katze stahl.«

Herr Tupping starrte auf das »Indiz«. Dann entdeckte er den blauen Knopf und die Haarschleife. Vor Erstaunen nach Luft schnappend, steckte er den Schlüssel ins Schlüsselloch und schloss die Tür auf. Die beiden Männer gingen in den Käfig hinein, sammelten die »Indizien« vom Boden auf und betrachteten sie eingehend.

»Der Dieb trug also braune Schuhe«, sagte Herr Grimm befriedigt. »Und sehen Sie mal den Knopf. Der ist gewiss von seiner Jacke.«

»Aber was soll das bedeuten?« Herr Tupping hielt dem Polizisten den Pfefferminzbonbon vor die Nase.

Herr Grimm beschnüffelte ihn. »Pfefferminz«, stellte er fest. »Isst Luke Pfefferminzbonbons?«

»Wahrscheinlich. Die meisten Jungens lutschen Bonbons. Aber er trägt keine Haarschleife. Und dort liegt noch ein zweiter Zigarrenstummel.«

Herr Grimm verlor die Freude an seinen Entdeckungen. Verwirrt starrte er auf die Gegenstände in seiner Hand. »Nach diesen Funden zu urteilen, müsste der Dieb Zigarren rauchen, eine Haarschleife tragen, blaue Knöpfe an seiner Jacke und braune Schnürsenkel in seinen Schuhen haben und Pfefferminzbonbons lutschen«, sagte er ratlos. »Daraus werde ich nicht schlau.«

Dicki musste sich große Mühe geben, nicht laut loszulachen. Es war zu komisch, wie die beiden Männer sich den Kopf über die »Indizien« zerbrachen, die von den Kindern in den Käfig gelegt worden waren.

Herr Grimm leckte ein wenig an dem Bonbon und nickte. »Ja, es ist ohne Zweifel Pfefferminz. Die Sache ist wirklich rätselhaft. So viele Spuren und niemand, auf den sie passen. Haben Sie sonst noch was gefunden, Tupping?«

Der Gärtner hatte den Käfig noch einmal sorgfältig durchsucht. »Nichts«, sagte er offenbar sehr enttäuscht. »Kommen Sie raus. Hier gibt es nichts weiter. Bestimmt war Luke der Dieb. Diese Sachen sind wohl nur zufällig in den Käfig geraten.«

»Wie soll ein Pfefferminzbonbon zufällig in den Käfig geraten?«, brummte Herr Grimm. »Ich werde alles mitnehmen und einer gründlichen Prüfung unterziehen.«

Der Polizist verwahrte seine »Indizien« sorgfältig in einem weißen Briefumschlag, klebte ihn zu, schrieb etwas darauf und steckte ihn in die Tasche. Dann wandte er sich dem Gärtner zu.

»Auf Wiedersehen, Tupping. Vielen Dank für Ihre Hilfe. Sicherlich ist Luke der Täter. Ich werde ihn morgen noch einmal verhören. Ich will nicht Theophil Grimm heißen, wenn ich kein Geständnis aus ihm herauspresse.«

Majestätisch machte er kehrt und schritt davon, in Gedanken mit den Indizien in seiner Tasche beschäftigt. Ein blauer Knopf – sehr merkwürdig. Eine Haarschleife – noch merkwürdiger! Ein ganz neuer brauner Schnürsenkel – höchst sonderbar. Ein Pfefferminzbonbon – einfach rätselhaft. Und dann noch zwei Zigarrenstummel. Wenn es wenigstens nur einer gewesen wäre! Es wollte Herrn Grimm nicht in den Sinn, dass der Dieb am Tatort zwei Zigarren geraucht haben sollte.

Plötzlich merkte Dicki, dass er entsetzlich hungrig war. Er wollte heimlaufen und Abendbrot essen. Aufmerksam schaute er sich um. War Herr Tupping ebenfalls verschwunden?

Nein, der Gärtner ging noch einmal in den Käfig zurück und suchte wieder den Fußboden ab. Nach einer Weile kam er heraus, verschloss die Tür und ging, tief in Gedanken versunken, davon.

Dicki wartete, bis seine Schritte nicht mehr zu hören waren, und glitt dann vom Baum.

Bevor er ging, warf er noch einen Blick ins Katzenhaus. Nur gut, dass er Lukes Pfeife sicher in seiner Tasche hatte! Er kicherte. Wie überrascht Wegda gewesen war, so viele »Indizien« zu finden.

Morgen werden wir Luke ein paar Fragen stellen, dachte er auf dem Heimweg. Das war heute ein aufregender Tag.

Aber die Geschichte sollte noch viel aufregender werden.

Betti und Flipp machen einen Besuch

Am nächsten Morgen ging Dicki sehr früh zu Flipp, denn er brannte darauf, den anderen zu erzählen, was er gesehen hatte. Gina und Rolf trafen kurz nach ihm ein. Dicki schilderte in lebhaften Farben, wie die beiden Männer die falschen Indizien gefunden hatten. Die Kinder lachten Tränen.

»Wegda hat Tupping gefragt, ob Luke Zigarren raucht«, erzählte Dicki kichernd. »Ich konnte mir das Lachen kaum verkneifen.«

»Wir haben schon mehrmals gepfiffen«, sagte Flipp. »Aber Luke hat nicht geantwortet und ist auch nicht an die Mauer gekommen. Ob er sich nicht traut?«

Dicki zuckte die Achseln. »Wahrscheinlich. Wir müssen aber mit ihm sprechen. Wir müssen ihm von der Pfeife erzählen, die in dem Käfig lag, und von den vielen Indizien, die wir hingelegt haben. Ich werde noch einmal ganz laut pfeifen. Vielleicht meldet er sich dann.«

Aber selbst auf Dickis lautes und dringendes Pfeifen hin erschien Luke nicht. Die Kinder beschlossen, mittags an der Gartentür auf ihn zu warten. Um ein Uhr ging er immer zum Essen nach Hause.

Doch auch um eins ließ sich Luke nicht blicken. Die Kinder warteten zehn Minuten. Dann läutete im Hillmann'schen Haus die Mittagsglocke.

»Vielleicht hat Frau Kendling ihn entlassen«, meinte Dicki.

»Das wäre ja furchtbar!«, rief Betti.

»Wie sollen wir das denn erfahren?«, fragte Rolf.

»Ob wir Tupping fragen?«, meinte Gina.

»Wir können nicht zu Tupping gehen und ihn etwas fragen!« Rolf begriff nicht, wie Gina einen solchen Vorschlag machen konnte.

»Ich weiß was!«, rief Flipp. »Frau Kendling hat doch gesagt, ich solle sie mal mit Betti besuchen. Wir gehen einfach heute Nachmittag zu ihr. Dann kann ich sie selber fragen.«

»Das ist eine gute Idee«, sagte Dicki. »Ich wollte es selbst gerade vorschlagen. Bei der Gelegenheit kannst du gleich feststellen, wo Frau Kendling zwischen vier und fünf war und ob sie sich unbemerkt zum Katzenhaus schleichen konnte.«

»Sie hat Dunkelschön bestimmt nicht weggebracht«, entgegnete Flipp. »Wer würde schon seine eigene Katze stehlen? Außerdem hat es gar keinen Zweck, die verdächtigen Personen zu befragen. Luke war ja in der fraglichen Zeit am Katzenhaus und hätte jeden sehen müssen, der sich nähert.«

»Na ja, viel Zweck hat es wirklich nicht«, gab Dicki zu. »Der Dieb konnte Dunkelschön nicht stehlen, ohne von Luke bemerkt zu werden. Luke sagt ja selbst, er hätte den Platz nicht verlassen.«

»Da bimmelt unsere Mittagsglocke zum zweiten Mal«, rief Betti. »Wir müssen gehen, Flipp, sonst gibts Krach. Kommt nachher wieder zu uns.«

Die Kinder trennten sich. Sie machten sich Sorgen um Luke. Ob Frau Kendling ihn entlassen hatte? Sonst hätte er sich doch bestimmt gemeldet.

Um halb vier wollten Betti und Flipp zu Frau Kendling hinübergehen. Gina betrachtete die beiden kritisch und schüttelte missbilligend den Kopf.

»So könnt ihr aber nicht gehen! Betti, du musst ein sauberes Kleid anziehen. Und sieh mal deine Shorts an, Flipp. Sie sehen aus, als hättest du auf einem Kohlensack gesessen.«

»Du meinst, wir müssen uns umziehen?«, fragte Flipp, der so etwas hasste.

»In sauberen Sachen macht ihr auf jeden Fall einen besseren Eindruck«, meinte Gina.

Die beiden liefen also ins Haus, um sich zu waschen und umzuziehen.

»Was wollt ihr denn?«, fragte die Mutter.

»Wir wollen uns nur umziehen, Mama«, antwortete Betti.

»Nanu? Was habt ihr denn vor?«

»Wir wollen Frau Kendling besuchen«, sagte Betti, bevor Flipp sie daran hindern konnte.

Die Mutter sah sie erstaunt an. »Frau Kendling? Warum denn?«

Flipp versetzte Betti heimlich einen Rippenstoß. Ihr wurde mit Schrecken klar, dass sie etwas ausgeplaudert hatte, was sie nicht hätte sagen sollen. Schweigend blickte sie die Mutter an.

»Betti scheint die Sprache verloren zu haben«, sagte die Mutter ungeduldig. »Flipp, was soll das bedeuten? Seit wann machst du mit Betti Besuche?«

»Weißt du, Mama, ich habe Frau Kendling gestern zufällig getroffen. Sie war sehr nett und meinte, du hättest ihr viel von Betti und mir erzählt. Wir könnten gern mal in ihren Garten kommen.«

»Wo hast du Frau Kendling getroffen?«, fragte die Mutter. »Ich will nicht hoffen, dass du in ihrem Garten Unfug angestellt hast.«

»Aber nein, Mama«, beteuerte Flipp mit unschuldiger Miene. »Ich werde doch keinen Unfug in Frau Kendlings Garten anstellen. Wenn du etwas dagegen hast, gehen wir natürlich nicht rüber. Aber Betti wird sehr enttäuscht sein.«

Er stieß Betti an. »Los, heule!«, flüsterte er ihr zu.

Sofort begann Betti herzzerreißend zu jammern. »Ich will aber gehen, ich will aber gehen!«

»Nun gut, dann geht«, sagte die Mutter hastig. »Benehmt euch aber anständig, hört ihr?«

»Ich möchte Frau Kendling sagen, wie Leid es uns tut, dass ihre Katze verschwunden ist«, erklärte Flipp.

Die Mutter sah ihn misstrauisch an. »Du bist ja plötzlich außerordentlich höflich und aufmerksam. Ich weiß nicht, mir kommt das verdächtig vor. Dahinter steckt doch bestimmt etwas. Flipp, wenn ich auch nur die kleinste Klage von Frau Kendling über euch zu hören bekomme, gibt es Ärger.«

Endlich durften die Kinder gehen. Sie liefen nach oben um sich umzuziehen. Betti befürchtete, Flipp würde mit ihr schimpfen, weil sie mal wieder etwas ausgeplaudert hatte. Aber er sagte nur: »Mit deinem herrlichen Gejammer hast du alles wieder gutgemacht. Es klang so echt, als würdest du tatsächlich weinen.«

Bald darauf traten die beiden durch Frau Kendlings Gartentor und gingen auf das Haus zu. Sie kamen an dem Gärtner vorbei, der die Hecke beschnitt. Er sah sie böse an.

»Guten Tag, Herr Tupping«, grüßte Flipp höflich. »Was für herrliches Wetter wir heute haben! Aber es wird wohl Regen geben. Glauben Sie nicht auch? Nun, dem Gemüsegarten könnte das nur gut tun.«

Herr Tupping knurrte und klapperte wütend mit seiner Schere. Es sah so aus, als würde er die Kinder am liebsten kurz und klein schneiden. Flipp grinste. Er ging mit Betti weiter und klingelte an der Vordertür. Ein hübsches Mädchen öffnete und lächelte die Kinder freundlich an.

»Ist Frau Kendling zu Hause?«, fragte Flipp.

»Ich glaube, sie ist im Garten und pflückt Rosen. Kommt mit zur Veranda. Dann könnt ihr sie selber suchen.«

»Ist Dunkelschön noch nicht wieder aufgetaucht?«, fragte Flipp, während er und Betti dem Mädchen folgten.

Das Mädchen schüttelte den Kopf. »Nein. Fräulein Harmer ist ganz außer sich. Ich fürchte, Luke hat sie gestohlen. Er war als Einziger zwischen vier und fünf in der Nähe des Katzenhauses.«

»Haben Sie gestern Nachmittag keinen Fremden im Garten gesehen?« Flipp ergriff die Gelegenheit, das Mädchen auszuhorchen.

»Nein. Frau Kendling hatte eine große Teegesellschaft – zehn Personen. Die Köchin und ich hatten alle Hände voll zu tun. Wir kamen gar nicht dazu, in den Garten zu gehen. Sonst hätten wir den Dieb vielleicht gesehen. Er hatte den Tag gut gewählt. Fräulein Harmer hatte frei, Tupping war ebenfalls nicht da, die Köchin und ich hatten keine Zeit aufzupassen, und Frau Kendling war mit ihren Freunden im Haus.«

Flipp nickte. »Es scheint so, als hätte der Dieb das alles gewusst und sich danach gerichtet.«

»Deshalb glauben wir auch, dass es Luke gewesen ist«, sagte das Mädchen. »Schade! Ich mag Luke gern. Er ist immer nett und freundlich. Tupping behandelt den armen Jungen einfach schändlich.«

»Mögen Sie Tupping auch nicht?«, fragte Betti.

»Oh, er ist ein unangenehmer, unfreundlicher Mensch. Dem traue ich alles Mögliche zu. Erzählt aber bitte niemandem, dass ich das gesagt habe. Jetzt muss ich gehen. Lauft nur in den Garten und sucht Frau Kendling.«

Betti und Flipp gingen die Stufen der Veranda hinunter. »Wir können also Frau Kendling, das Stubenmädchen und die Köchin von unserer Liste streichen«, sagte Flipp. »Ach, da kommt Frau Zitter.«

Betti zog ihn am Ärmel. »Ich werde zählen, wie oft ihr der Kneifer von der Nase fällt«, flüsterte sie.

»Guten Tag, Kinder«, begrüßte Frau Sitter die beiden und lächelte. »Sucht ihr Frau Kendling? Bist du nicht das kleine Mädchen, das mit den Erdbeerausläufern weggelaufen ist?«

Sie lachte über ihren eigenen Witz. Der Kneifer fiel ihr von der Nase und baumelte an der Kette. Sie setzte ihn wieder auf.

»Ja, das bin ich«, antwortete Betti. »Wir wollten Frau Kendling besuchen.«

»Sie ist leider gerade weggegangen«, sagte Frau Sitter bedauernd. »Ihr müsst schon mit mir vorlieb nehmen.«

Wieder lachte sie und der Kneifer fiel herunter.

»Zweimal«, zählte Betti leise.

»Wissen Sie vielleicht, wo Luke ist?«, fragte Flipp.

»Nein. Er ist heute gar nicht erschienen. Herr Tupping war sehr ärgerlich.«

»Hat Frau Kendling ihn entlassen, Frau Zitter?«, fragte Betti.

»Mein Name ist Sitter und nicht Zitter. Nein, Frau Kendling hat Luke nicht entlassen. Ich weiß jedenfalls nichts davon. Ein Jammer um die schöne Katze! Um vier Uhr habe ich sie noch gesehen.«

»Ja, meine Mutter hat mir erzählt, dass Sie mit ihr im Katzenhaus gewesen sind. War außer Luke niemand dort?«

»Nein, kein Mensch. Luke grub fleißig in einem Beet. Wir waren nur ein paar Minuten bei den Katzen. Dann musste ich zu den Gästen zurück, denn ich hatte eine Menge zu tun. Ich bin den ganzen Nachmittag kaum zur Besinnung gekommen.«

»Dann können Sie die Katze auch nicht gestohlen haben«, sagte Flipp lachend.

Frau Sitter fuhr zusammen. Ihr Kneifer fiel herunter. Ihre Nase wurde noch röter als vorher. Mit zitternden Fingern befreite sie den Kneifer aus ihrem Spitzenkragen. »Du machst ja Witze! Schon bei dem Gedanken etwas zu stehlen wird mir heiß und kalt.«

»Dürfen wir die Katzen besuchen, Frau Zitter?«, fragte Betti.

»Ja, natürlich. Mein Name ist Sitter und nicht Zitter. Merk dir das. Fräulein Harmer ist bei den Katzen. Wir wollen zu ihr gehen.«

Sie ging mit trippelnden Schritten voran. Den Kneifer hatte sie wieder aufgesetzt. Doch nach kurzer Zeit fiel er erneut von ihrer Nase.

»Viermal«, zählte Betti laut.

»Was ist viermal, mein Kind?« Frau Sitter wandte sich lächelnd zu Betti um. Sie hielt den Kneifer jetzt auf der Nase fest.

»Halten Sie ihn nicht fest«, bat Betti. »Ich zähle, wie oft er runterfällt.«

»Was für Einfälle du hast!«, sagte Frau Sitter leicht gekränkt. Sie ließ den Kneifer nicht los. Betti nahm ihr das übel. Es verstieß gegen die Spielregeln, fand sie.

Vor dem Katzenhaus saß Fräulein Harmer und mischte Futter für die Tiere. Sie sah bedrückt aus. Beim Anblick der Kinder huschte ein Lächeln über ihr Gesicht. »Hallo! Kommt ihr die Katzen besuchen?«

»Ja«, sagte Betti. »Ist es nicht furchtbar, dass Dunkelschön gestohlen worden ist?«

Das Mädchen nickte. »Wäre ich doch bloß nicht weggefahren! Aber Herr Tupping hat angeboten, die Katzen während meiner Abwesenheit zu versorgen. Ich habe mir schon so viele Vorwürfe gemacht, dass ich darauf eingegangen bin.«

»Herr Tupping hat angeboten die Katzen zu versorgen?«, fragte Flipp verwundert. »Das sieht ihm gar nicht ähnlich.«

Fräulein Harmer lachte. »Nein, wirklich nicht. Aber ich wollte so gern nach Hause fahren und dazu brauche ich den ganzen Tag, weil die Fahrt so lange dauert. Sammelst du vielleicht Fahrkarten? Der Beamte an der Sperre hat mir meine Karte nicht abgenommen, als ich zurückkam. Du kannst sie haben, wenn du willst.«

Flipp sammelte wirklich Fahrkarten. Er nahm das Billett dankend entgegen und steckte es in die Tasche.

»Glauben Sie, dass Luke die Katze gestohlen hat?«, fragte er.

Fräulein Harmer schüttelte den Kopf. »Nein, das glaube ich nicht. Luke ist nicht besonders klug, aber grundehrlich. Vielleicht hat sein Freund, der beim Zirkus ist, Dunkelschön gestohlen. Wie heißt er doch gleich? Jokel, glaube ich.«

Das war etwas ganz Neues für die Kinder. Luke hatte ihnen nie etwas von Jokel erzählt. Ein Freund, der beim Zirkus war! Wie aufregend! Warum hatte Luke ihnen das bloß verschwiegen?

»Wohnt dieser Jokel in Peterswalde?«, fragte Flipp.

»Nein, er zieht mit dem Zirkus herum, in dem er auftritt. Augenblicklich ist er in Faring. Das ist ja nicht weit von hier. Dunkelschön könnte sehr wertvoll sein für einen Zirkus. Ich habe ihr bereits ein paar Kunststücke beigebracht.«

Frau Sitter wurde ungeduldig, denn es war bald Teezeit. Sie hüstelte und sofort fiel ihr Kneifer wieder ab.

»Wir müssen jetzt gehen«, sagte Flipp. »Auf Wiedersehen. Sie brauchen uns nicht hinauszubegleiten, Frau Zitter. Wir klettern über die Mauer.«

»Mein Name ist Sitter und nicht Zitter.« Für einen Augenblick verschwand das Lächeln von Frau Sitters Gesicht. »Ihr könnt doch nicht über die Mauer klettern. Ich bringe euch zum Gartentor.«

»Dort schneidet Tupping die Hecke«, sagte Betti.

Bei der Erwähnung des Gärtners fiel Frau Sitter der Kneifer erneut von der Nase. »Nun, wenn ihr durchaus wollt, könnt ihr natürlich auch über die Mauer klettern. Auf Wiedersehen, Kinder. Ich werde Frau Kendling von euch grüßen.«

»Er ist achtmal runtergefallen«, sagte Betti, während sie zur Mauer gingen. »Sag mal, Flipp, findest du es nicht auch komisch, dass Luke uns nichts von Jokel erzählt hat?«

Beim Zirkus

Die Kinder gingen zu Gina und Rolf, um bei ihnen Tee zu trinken. Unterwegs erzählte Flipp, was er und Betti erlebt hatten.

»Luke ist heute gar nicht zur Arbeit erschienen. Das ist seltsam, denn Frau Kendling hat ihn nicht entlassen. Es wundert mich auch sehr, dass er uns gar nichts von Jokel erzählt hat.«

»Wäre es möglich ... ich meine ... vielleicht hat Luke seinen Freund Jokel zum Katzenhaus bestellt und ihm Dunkelschön gegeben«, brachte Rolf stockend hervor. »Wir glauben ja nicht, dass er es getan hat. Aber ich weiß nicht ...«

Zum ersten Mal bekamen die Kinder leise Zweifel an Lukes Unschuld. Er hatte ihnen nichts von Jokel erzählt. Dabei musste er doch wissen, dass sie sich für jemanden interessiert hätten, der beim Zirkus war. Außerdem war nur Luke zwischen vier und fünf in der Nähe des Katzenhauses gewesen.

»Ich glaube trotzdem nicht, dass Luke oder sein Freund Jokel die Katze gestohlen hat«, rief Betti nach kurzem Schweigen. »Und damit basta!«

»Ich glaube es auch nicht«, sagte Gina. »Aber die Sache ist sehr rätselhaft.«

»In den Osterferien waren wir bessere Spürnasen«, meinte Rolf niedergeschlagen. »Was wir damals alles rausgefunden haben! Und lauter verdächtige Personen haben wir befragt!«

»Jetzt können wir alle verdächtigen Personen von unserer Liste streichen«, sagte Flipp. »Nach dem kurzen Besuch bei Frau Kendling weiß ich genau, dass nicht eine einzige von ihnen Dunkelschön gestohlen haben kann.«

»Warum denn nicht?«, fragte Dicki.

»Na, Frau Kendling hatte Besuch. Es ist doch klar, dass sie nicht plötzlich vom Tisch aufstehen konnte um ihre eigene Katze zu stehlen. Die Köchin und das Stubenmädchen hatten alle Hände voll zu tun und können es daher auch nicht getan haben. Und Frau Zitter musste ebenfalls helfen. Frau Kendling wäre wohl sehr erstaunt gewesen, wenn sie plötzlich verschwunden wäre.«

»Weiter«, sagte Dicki. »Wo ist die Liste, Rolf? Wir wollen einen nach dem anderen durchnehmen.«

»Fräulein Harmer kannst du auch gleich streichen«, fuhr Flipp fort. »Sie war gestern in Langstein. Das ist weit von Peterswalde entfernt. Hier ist ihre Rückfahrkarte. Sie hat sie mir geschenkt. Der Mann an der Sperre hat sie ihr nicht abgenommen.«

»Nun bleibt bloß noch Luke übrig«, sagte Rolf. »Donnerwetter! Es scheint wirklich so, als könnte nur ein Freund von Luke der Dieb gewesen sein. Er schlich zum Katzenhaus, machte Luke ein Zeichen zu schweigen, nahm die Katze und lief weg. Wenn wir nur wüssten, wo Luke ist! Dann könnten wir ihn nach Jokel fragen.«

»Ich kann mir denken, wo Luke ist«, erwiderte Flipp. »Er ist wahrscheinlich zum Zirkus gegangen, zu seinem Freund Jokel. Und wenn der Zirkus weiterfährt, wird er mitfahren.«

Die anderen nickten. Ja, so musste es sein. Luke war bei seinem Zirkusfreund.

»Wir wollen gleich nach dem Essen nach Faring radeln«, schlug Dicki vor. »Wenn Luke wirklich dort ist, werden wir ihn schon finden.«

Die anderen waren mit dem Vorschlag einverstanden. Der Gedanke etwas unternehmen zu können munterte alle ein wenig auf. Sie beschlossen, schnell etwas zu essen und dann loszufahren.

Die Mutter von Gina und Rolf war sehr erstaunt, dass die Kinder ihr Essen so hastig hinunterschlangen.

»Seid ihr so hungrig oder habt ihr es eilig?«, fragte sie. »Ihr tut ja so, als hättet ihr seit Ewigkeiten nichts zu essen bekommen.«

»Wir haben es nur eilig«, antwortete Dicki so höflich wie möglich mit vollem Mund. »Wir wollen nämlich eine Radtour machen.«

»Nach Faring«, warf Betti ein. Sofort bekam sie zwei Rippenstöße, einen von Flipp und einen von Rolf. Die beiden wollten sie warnen, nicht zu viel zu sagen.

»Warum denn ausgerechnet nach Faring?«, fragte Frau Tagert verwundert. »Dort ist es doch gar nicht besonders schön.«

»Ach, wir wollen nur einmal hinfahren«, erwiderte Rolf. »Jetzt müssen wir aber los. Sonst kommen wir zu spät zurück.«

Dicki, Betti und Flipp liefen nach Hause um ihre Räder zu holen. Betti durfte diesmal auch mitfahren, weil der Weg nach Faring nicht sehr weit war. Fröhlich schwangen sich die Kinder auf ihre Räder und fuhren los.

Nach einer Weile tauchte ein Radfahrer vor ihnen auf – ein beleibter, stämmiger Mann in Dunkelblau.

»Wegda!«, rief Flipp. »Warten wir lieber, bis er abbiegt. Es ist besser, wenn er uns nicht sieht.«

Aber Herr Grimm bog gar nicht ab, sondern fuhr auch nach Faring. »Hoffentlich will er nicht ebenfalls zu Jokel«, brummte Dicki. »Ob er etwas von Lukes Zirkusfreund gehört hat? Er darf uns nicht zuvorkommen. Dieser Jokel ist vielleicht sehr wichtig.«

Gleich darauf geschah etwas Unvorhergesehenes. Herr Grimm hatte eine Reifenpanne. Er fuhr über eine Glasscherbe und plötzlich war der Reifen seines Hinterrades platt. Der dicke Polizist musste wohl oder übel absteigen. Brummend schob er das Rad auf den Randstreifen und öffnete seine Werkzeugtasche.

Die Kinder fuhren an ihm vorbei. Dicki winkte ihm fröhlich zu. »Tag, Herr Grimm! Es tut mir Leid, dass Sie so ein Pech haben!«

Der Polizist sah überrascht auf. Seine Überraschung verwandelte sich in Wut, als er die fünf Kinder in schneller Fahrt nach Faring radeln sah. Fluchend machte er sich daran, den Schlauch zu flicken. Die Kinder flogen nur so die Straße entlang. Nun hatten sie einen Vorsprung von mindestens einer Viertelstunde.

Schließlich gelangten sie auf einen Hügel, von dem man Faring überschauen konnte. »Dort ist das Zirkuszelt!«, rief Betti. »Und seht nur die Käfige – und die vielen bunten Wagen! Ich bin neugierig, was es dort alles zu sehen gibt.«

Sie fuhren an den Zirkus heran und betrachteten das bunte Treiben auf dem großen Platz. Ein Elefant stand auf einer eingezäunten Wiese. Fünf Tiger in großen Käfigen brüllten hungrig. Sieben wunderschöne pechschwarze Pferde galoppierten unter der Aufsicht des Stallmeisters im Kreis herum. Aus den Schornsteinen der mit grellen Farben angestrichenen Wagen stieg Rauch auf. Essensdüfte durchzogen die Luft.

»Gebratene Heringe«, rief Betti schnuppernd.

»Rostbratwurst«, fiel Gina ein.

»Kohl mit Hammelfleisch«, sagte Flipp. »Ich bekomme schon wieder Appetit.«

Die Kinder lehnten ihre Räder gegen eine Hecke. »Was machen wir nun?«, fragte Rolf. »Suchen wir Luke oder fragen wir nach Jokel?«

»Wir gehen besser nicht alle zusammen«, meinte Dicki. »Ich werde erst einmal allein losziehen und mich nach Jokel erkundigen.«

»Lass mich lieber gehen«, sagte Rolf. »Wenn die Tiger dich sehen, brechen sie womöglich aus, um sich auf den fetten Bissen zu stürzen.«

Nun meldete sich auch Flipp. »Nein, ich will gehen. Ich bin zuerst darauf gekommen, dass Luke beim Zirkus sein könnte.«

»Einigt euch endlich!«, rief Gina ungeduldig. »Wegda wird bald hier sein.«

»Wir werden alle gehen«, entschied Rolf. »Nur Betti nicht. Es wird nicht weiter auffallen, wenn wir einzeln über das Feld schlendern. Andere Kinder machen das ja auch, wie ich sehe. Betti kann hier bleiben und auf die Räder aufpassen.«

Betti verzog das Gesicht. »Warum gerade ich?«

»Du hast doch Angst vor Tigern«, sagte Flipp. »Und vor Elefanten auch. Als wir im Zoo waren, wolltest du nicht mal auf dem Elefanten reiten. Und sieh mal, dort in dem Käfig sind Braunbären.«

Betti sah ängstlich zu dem Käfig hin. »Na gut, ich bleibe hier«, sagte sie.

Die anderen kletterten über den Zaun, der das Zirkusgelände umschloss. Sie trennten sich, schlenderten einzeln über den Platz und sahen sich aufmerksam um.

Flipp fragte ein kleines Mädchen vom Zirkus nach Jokel. Zuerst streckte sie ihm die Zunge heraus und gab ihm eine freche Antwort. Doch dann zeigte sie mit dem Finger auf einen großen Mann, der gerade einem Pferd zu trinken gab. Flipp ging auf ihn zu.

Der Mann sah auf. »Was willst du?«

»Ach, ich suche einen Jungen«, antwortete Flipp. »Er heißt Luke. Ist er vielleicht hier?«

»Nee«, brummte der Mann. »Hab ihn schon wochenlang nicht gesehn.«

»Wie schade!«, rief Flipp enttäuscht. »Ich sollte ihm etwas bestellen. Wissen Sie vielleicht, wo er wohnt?«

»Nee«, brummte der Mann wieder. »Außerdem gebe ich Kindern keine Auskünfte. Scher dich nach Haus und kümmer dich um deine eigenen Angelegenheiten.«

Dicki sah Flipp mit dem Mann sprechen. Er kam näher. »Ist das Jokel?«

Flipp nickte. »Aber er hat Luke schon wochenlang nicht gesehen.«

»Wir sind Lukes Freunde«, sagte Dicki. »Bitte glauben Sie uns doch. Wir wollen mit ihm sprechen.«

»Ich weiß nicht, wo er ist«, wiederholte der Mann ärgerlich. »Macht, dass ihr wegkommt! Ich habe Luke seit Wochen nicht gesehen.«

Betti stand neben den Fahrrädern und verfolgte die Kinder mit den Augen. Hin und wieder spähte sie nach Herrn Grimm aus. Hoffentlich fragte er sie nicht, was sie hier machte, wenn er eintraf. Schließlich kroch sie durch die Hecke und setzte sich auf der anderen Seite ins Gras. Hier konnte kein Vorübergehender sie sehen. In ihrer Nähe stand ein leuchtend roter Zirkuswagen. Müßig glitten ihre Augen darüber hin. Da stutzte sie plötzlich. Der Vorhang des kleinen Fensters wurde ein wenig beiseite geschoben und ein Kopf kam zum Vorschein. Jemand sah zu ihr hin. Es war Luke.

Luke kehrt zurück

Betti saß ganz still und starrte wie gebannt in Lukes Gesicht. Er schob den Vorhang noch mehr beiseite, öffnete das Fenster und streckte vorsichtig den Kopf heraus.

»Hallo, Betti«, sagte er leise. »Was machst du denn hier? Willst du dir den Zirkus ansehen?«

Betti stand auf und ging etwas näher an den Wagen heran. »Nein«, antwortete sie ebenso leise. »Wir wollten gern mit dir sprechen. Fräulein Harmer hat uns erzählt, dass du einen Freund beim Zirkus hast. Da dachten wir, du könntest vielleicht hier sein.«

»Jokel ist mein Onkel«, erklärte Luke. »Ich kann ihn nicht besonders leiden, wusste aber nicht, wo ich sonst hingehen sollte. Ich hatte Angst, man würde mich wegen Dunkelschöns Verschwinden einsperren. Deshalb bin ich weggelaufen.«

»Aber du hast Dunkelschön doch nicht gestohlen, nicht wahr?«

»Natürlich nicht. Ich könnte niemals etwas stehlen. Erstens ist es nicht recht und zweitens hätte ich viel zu viel Angst. Bist du allein hier?«

»Nein. Die anderen wollten Jokel suchen, um ihn nach dir zu fragen.«

»Ach so. Ich habe ihm nichts von der Geschichte mit Dunkelschön gesagt, weil ich dachte, er würde mich dann wegschicken. Ich habe ihm nur erzählt, dass mein Stiefvater mich geschlagen hat. Als ich ihm meine Striemen zeigte, wollte er mich verstecken und mit dem Zirkus mitfahren lassen. Einen starken Jungen wie mich kann man hier immer brauchen.«

Betti sah Luke mitleidig an. »Hat dein Stiefvater dich wirklich geschlagen? Du hast es schwer, Luke. Hoffentlich erzählen die anderen Jokel nichts von der gestohlenen Katze. Aber ich glaube nicht, dass sie es tun werden. Sie wollten nur sagen, sie hätten dir etwas auszurichten.«

»Wenn er erfährt, dass ich verdächtigt werde etwas gestohlen zu haben, darf ich nicht hier bleiben«, sagte Luke. »Zirkusleute wollen nichts mit der Polizei zu tun haben. Erzähle keinem Menschen, dass du mich gesehen hast, Betti. Ich muss mich in diesem Wagen verstecken, bis der Zirkus weiterfährt.«

»Ich werde nur Rolf, Flipp, Gina und Dicki etwas sagen«, versprach Betti. »Du kannst dich darauf verlassen. Ach, Luke, wer kann Dunkelschön nur gestohlen haben? Sie ist zwischen vier und fünf verschwunden. Und du warst zu dieser Zeit allein am Katzenhaus. Hast du denn niemanden gesehen?«

»Aber nein!«, beteuerte Luke.

Betti dachte an Lukes Pfeife, die sie in dem Käfig gefunden hatten. »Luke, ich muss dir noch etwas erzählen.«

Aber bevor sie weitersprechen konnte, näherten sich Stimmen. Hastig schloss Luke das Fenster und zog den Vorhang wieder zu.

Betti guckte über die Hecke. Die anderen Kinder kamen zurück. Sie sahen sehr enttäuscht aus.

»Nichts«, knurrte Dicki. »Wir haben mit Jokel gesprochen. Aber er behauptet, Luke schon wochenlang nicht gesehen zu haben.«

»Ich glaube ihm nicht recht«, sagte Flipp. »Sicherlich weiß er, wo Luke steckt. Er wollte es nur nicht sagen. Es ist wirklich zum Verrücktwerden. Nun haben wir den langen Weg umsonst gemacht.«

Plötzlich stutzte Dicki. »Was ist denn mit dir los, Betti? Du bist ja ganz rot im Gesicht. Hast du etwas erlebt, während wir fort waren?«

»Ach, nichts Besonderes«, sagte Betti gespielt gleichgültig. »Nur ... ich weiß, wo Luke ist.«

Die vier starrten sie ungläubig an.

»Was sagst du?«, rief Flipp. »Wo ist er denn?«

»Seht ihr den roten Wagen dort?« Betti dämpfte ihre Stimme. »Darin versteckt sich Luke. Ich habe ihn gesehen. Er sah zum Fenster raus und hat sich mit mir unterhalten.«

»Na so was!«, rief Rolf. »Wir durchsuchen den ganzen Platz, finden Jokel, erfahren aber nichts von ihm. Und Betti spricht unterdessen mit Luke! Das ist ja einfach toll.«

Betti glühte vor Stolz. Es war reiner Zufall gewesen, dass sie durch die Hecke gekrochen war und sich vor den roten Wagen gesetzt hatte. Das wusste sie sehr gut. Trotzdem kam sie sich klug und tüchtig vor.

»Habt ihr Jokel von dem Diebstahl erzählt?«, fragte sie. »Luke hat nämlich nichts davon erwähnt. Er hatte Angst, dass Jokel ihn dann wegschicken würde. Er hat nur gesagt, er wolle nicht mehr bei seinem Stiefvater bleiben, weil der ihn geschlagen hat.«

»Natürlich haben wir nichts von dem Diebstahl erzählt«, sagte Flipp. »Ob wir wohl mit Luke sprechen können? Aus welchem Fenster hat er geguckt?«

Betti zeigte ihm das Fenster. Flipp pfiff die kleine Melodie, durch die sie sich immer mit Luke verständigten. Der Vorhang bewegte sich ein wenig und die Kinder sahen die Umrisse von Lukes Kopf. Vorsichtig öffnete er das Fenster.

»Hallo, Luke!«, rief Dicki leise. »Wir haben Jokel nichts von dem Diebstahl erzählt. Sag mal, willst du wirklich mit dem Zirkus mitfahren?«

»Ja.«

»Aber dann werden doch erst recht alle glauben, dass du die Katze gestohlen hast«, sagte Rolf. »Es ist nicht klug wegzulaufen.«

Auf der anderen Seite der Hecke bremste ein Fahrrad. Jemand stieg keuchend ab. Die Kinder spähten ahnungsvoll hinüber. Ja, es war Herr Grimm. Er hatte seinen Schlauch ausgebessert und war den Kindern nachgefahren.

»Sind das eure Räder?«, fragte er. »Was macht ihr hier?«

»Wir haben uns den Zirkus angesehen«, antwortete Dicki höflich. »Schöne Tiger gibt es hier. Seien Sie bloß vorsichtig! Raubtiere sind immer so hungrig.«

Herr Grimm schnaufte ärgerlich. »Macht, dass ihr wegkommt! Ich wette, ihr habt wieder nur Dummheiten im Kopf. Habt ihr Luke gesehen?«

»Luke?« Dicki starrte ihn mit großen Augen an. »Ist Luke denn nicht bei Frau Kendling? Wir würden gern mal mit ihm sprechen. Wissen Sie, wo er zu finden ist?«

Herr Grimm schnaufte wieder. Es klang wunderbar, fand Dicki. Wenn er doch auch so schön schnaufen könnte! Damit würde er bestimmt Eindruck bei seinen Schulkameraden machen.

»Macht, dass ihr wegkommt!«, sagte Herr Grimm noch einmal, während er sein Rad bestieg. »Ihr seid hier völlig überflüssig.«

Er fuhr durch das Tor auf das Zirkusgelände. Die Kinder wagten es nicht, Luke noch einmal zu rufen. Sie krochen durch die Hecke. Auf dem Platz sprach Herr Grimm mit einem Mann und ging dann auf Jokel zu, der noch immer die Pferde tränkte.

Dicki nickte. »Das habe ich mir gedacht. Er hat ebenfalls von Jokel gehört. Hoffentlich verrät Jokel ihm nicht Lukes Versteck, wenn er von dem Diebstahl erfährt.«

»Kommt lieber hier weg«, sagte Flipp. »Wegda ist zwar nicht sehr klug. Aber womöglich kommt er doch auf den Gedanken, wir könnten ein besonderes Interesse an dem roten Wagen haben.«

Sie bestiegen ihre Räder und fuhren davon. Luke blieb in dem roten Wagen zurück. Sie hätten ihm gern irgendwie geholfen. Aber das war ja leider nicht möglich. Hoffentlich wurde er nicht entdeckt.

»Er scheint allerdings vom Regen in die Traufe geraten zu sein«, sagte Flipp, während sie rasch nach Hause radelten. »Bei Jokel ist er bestimmt nicht viel besser dran als bei seinem Stiefvater.«

Die Kinder trafen ziemlich spät in Peterswalde ein. An einer Straßenkreuzung bremste Rolf. »Auf Wiedersehen bis morgen!« Er und Gina bogen in die Nebenstraße ein, während die anderen weiterfuhren.

»Wir fahren bei dir vorbei, Dicki«, sagte Flipp. »Schade, dass unser Geheimnis so im Sande verläuft. Luke ist weg. Nun werden wir niemals erfahren, wer Dunkelschön gestohlen hat.«

»Ja, für uns ist der Fall erledigt.« Dicki sprang vom Rad, denn sie waren vor »Haus Sommerlust« angelangt. »Nun kann Wegda niemanden mehr verhören und wir werden auch nichts mehr entdecken.«

»Auf Wiedersehen, Dicki!«, rief Betti. »Bis morgen!«

Als die Geschwister zu Hause ankamen, läutete die Abendglocke.

»Gerade noch zur Zeit«, sagte Flipp. »Heute wirst du nicht ausgeschimpft, Betti. Gute Nacht und träum schön!«

Betti ging ins Badezimmer um sich zu waschen. Flipp ging in sein Zimmer und zog sich um. Dabei pfiff er vor sich hin. Plötzlich bemerkte er, dass er Lukes Melodie pfiff.

Armer Luke!, dachte er, während er seine Hände bürstete. Wir werden ihn wohl nie wieder sehen. Immer, wenn ich diese Melodie höre, werde ich an ihn denken.

Nach dem Abendessen ging Flipp in den Garten um sein Rad zu putzen. Er brauchte erst um halb neun schlafen zu gehen, hatte also noch viel Zeit. Als er mit seiner Arbeit fertig war, setzte er sich in die Laube und las.

Ein paar Mal schien es ihm, als hörte er etwas rascheln. Er sah von seinem Buch auf, bemerkte jedoch nichts Besonderes. Wahrscheinlich war es nur ein Vogel gewesen. Nach einer Weile schlug die Kirchturmuhr halb neun. Er klappte das Buch zu und ging hinein, um seinen Eltern gute Nacht zu sagen.

Da Flipp sehr müde war, schlief er bald ein. Er hatte unruhige

Träume. Herr Grimm saß auf Purzels Rücken und verfolgte ihn. Jokel ritt auf einem Tiger und verfolgte ihn ebenfalls. Plötzlich rannte Luke vor den beiden her. Dann hörte er deutlich Lukes Melodie.

Flipp warf sich auf die andere Seite. Aber der Traum riss nicht ab. Immer war Luke darin. Und immer hörte Flipp klar und deutlich Lukes Melodie.

Plötzlich griff jemand nach seinem Arm. Er fuhr mit einem Schrei in die Höhe.

»Pst, ich bin es«, flüsterte Betti.

»Betti!«, rief Flipp ärgerlich. »Was willst du denn? Wie du mich erschreckt hast!«

»Hör doch nur!«, sagte Betti. »Im Garten pfeift jemand Lukes Melodie. Glaubst du, dass Luke draußen ist? Vielleicht braucht er uns.«

Plötzlich war Flipp hellwach. Er wollte etwas erwidern. Da hörte er die gleiche Melodie pfeifen, die ihn im Traum verfolgt hatte – Lukes Melodie. Nun wusste er, dass der Pfiff kein Traum gewesen war, sondern Wirklichkeit. Er sprang mit einem Satz aus dem Bett.

»Gut, dass du mich geweckt hast, Betti! Es muss Luke sein. Mal sehen, was er will. Das heißt, ich werde gehen. Du bleibst hier.«

»Ich komme mit«, widersprach Betti. »Ich habe ihn gehört, nicht du. Ich komme mit.«

»Du wirst bloß über irgendetwas stolpern und Lärm machen«, sagte Flipp.

»Das werde ich nicht!«, rief Betti laut.

Flipp gab ihr einen Schubs. »Sei still. Du weckst ja das ganze Haus auf. Komm meinetwegen mit, wenn du unbedingt willst. Aber sei um Himmels willen leise.«

Die Geschwister nahmen sich nicht einmal Zeit ihre Bademäntel anzuziehen. Die Nacht war ja auch warm. Leise tappten sie durch den Flur zur Treppe. Dort stolperte Flipp und kollerte ein paar Stufen hinunter. Schließlich gelang es ihm, sich an dem Treppengeländer festzuhalten.

»Was ist denn los, Flipp?«, rief Betti erschrocken.

»Ich bin über die Katze gefallen«, flüsterte Flipp. »Hoffentlich hat es niemand gehört.«

Die beiden setzten sich auf die Treppe und lauschten. Rührte sich da nicht etwas im Schlafzimmer ihrer Eltern? Nein, alles blieb still. Die Katze saß unten an der Treppe. Ihre Augen funkelten grün.

»Ich glaube, sie hat mir mit Absicht ein Bein gestellt«, sagte Flipp. »Seitdem wir Purzel ins Haus gelassen haben, ist sie böse auf uns. Geh weg, Mieze!«

Die Katze miaute und verschwand. Die Kinder tasteten sich weiter die Treppe hinunter. Dann schlichen sie durch den dunklen Gang zur Hintertür. Flipp schloss auf. Sie traten in den stillen Garten. Betti griff nach Flipps Hand. Sie fürchtete sich im Dunkeln.

Nun hörten sie wieder das Pfeifen. »Es kommt von der Laube her«, sagte Flipp. »Komm! Geh auf dem Rasen, damit man uns nicht hört.«

Sie schlichen über den Rasen in den hinteren Teil des Gartens. Neben der Laube bewegte sich ein Schatten. Als sie näher kamen, erkannten sie Luke.

Luke wird versteckt

Flipp zog Luke in die Laube. »Luke! Was ist los? Warum bist du nicht mehr beim Zirkus?«

»Ach, ich muss mich erst einmal setzen.« Luke ließ sich auf die Bank fallen. Die Geschwister nahmen rechts und links von ihm Platz. Betti schob ihre kleine Hand in seine große raue Tatze. Er drückte sie vorsichtig.

»Ich kann nicht beim Zirkus bleiben«, erklärte er. »Der Polizist war bei Onkel Jokel. Er hat ihm von der gestohlenen Katze erzählt und gesagt, ich müsse der Dieb sein.«

»Und da hat dein Onkel dich weggeschickt?«, fragte Flipp.

Luke nickte. »Verraten hat er mich aber nicht. Er sagte dem Polizisten, dass er mich schon wochenlang nicht gesehen hat und auch gar nicht sehen will. Trotzdem wird man den Zirkus wahrscheinlich nach Dunkelschön durchsuchen. Herr Grimm denkt nämlich, sie ist dort irgendwo versteckt.«

»Nach dir werden sie auch suchen«, meinte Betti.

»Bestimmt. Mein Onkel hat gewartet, bis Herr Grimm wieder fort war. Dann ist er zu mir gekommen und hat gesagt, ich solle verschwinden. Er hat nichts dagegen, dass ich meinem Stiefvater weglaufe. Aber er wollte mir nicht dabei helfen, der Polizei zu entwischen.«

»Du kannst unmöglich zu deinem Stiefvater zurückgehen«, sagte Flipp.

»Das will ich auch nicht. Ich habe keine Lust, mich halb totschlagen zu lassen. Aber wo soll ich bleiben? Könnt ihr mir vielleicht etwas zu essen geben? Seit Mittag habe ich nichts bekommen.«

»Armer Luke!«, rief Betti mitleidig. »Warte, ich hol dir was. Ich habe eine Fleischpastete und eine Pflaumentorte im Kühlschrank gesehen.«

Flipp hielt sie zurück. »Mach keine Dummheiten, Betti. Was würde Mama sagen, wenn die Pastete und die Torte plötzlich verschwunden wären? Wir können sie doch nicht belügen. Aber sie darf auch nicht erfahren, dass Luke hier war.«

»Was sollen wir Luke denn geben?«, fragte Betti.

»Butterbrote. Das wird nicht weiter auffallen. Wir können auch ein paar Kekse aus der Keksdose nehmen. Und dann haben wir eine Menge Pflaumen und Pfirsiche.«

»Ja, das genügt völlig«, sagte Luke.

Betti lief in die Küche. Schnell raffte sie etwas Essen zusammen und brachte es in die Laube. Luke machte sich hungrig darüber her.

»Jetzt gehts mir wieder besser«, sagte er schließlich. »Nichts macht den Menschen so fertig wie Hunger.«

»Wo wirst du denn schlafen?«, fragte Flipp.

»Keine Ahnung! Vielleicht irgendwo unter einer Hecke. Es wird wohl das Beste sein, wenn ich auf die Wanderschaft gehe.«

»Tu das nicht«, bat Betti. »Du kannst ein paar Tage bei uns bleiben und hier in der Laube schlafen. Wir legen die Matratze von der Schaukel auf die Bank. Dann ist es nicht so hart.«

»Und dann bringen wir dir immer etwas zu essen«, rief Flipp. »Das wird ein Spaß!«

»Ich will euch keinen Ärger machen«, sagte Luke unschlüssig.

»Aber es ist doch nichts dabei, wenn du eine Weile in unserem Garten bleibst«, entgegnete Flipp. »Vielleicht gelingt es uns bald, das Verschwinden von Dunkelschön aufzuklären. Dann kannst du wieder zu Frau Kendling zurückgehen und alles ist wie früher.«

Betti stand auf. »Ich hole jetzt die Matratze.« Sie lief in den Garten hinaus. Allmählich hatten sich ihre Augen an die Dunkelheit gewöhnt und sie fand sich gut zurecht. Flipp ging ihr nach. Gemeinsam trugen sie die Matratze in die Laube und legten sie auf die Bank. Dann holte Flipp eine alte Decke aus der Garage.

»Die Nacht ist warm«, sagte er zu Luke. »Du wirst nicht frieren. Morgen früh bringen wir dir Frühstück.«

»Wann kommt denn euer Gärtner?«, fragte Luke ängstlich. »Hat er in der Nähe der Laube zu tun?«

»Er ist krank«, antwortete Flipp. »Sicherlich bleibt er noch ein paar Tage weg. Mama ist schon ganz unglücklich. Im Gemüsegarten müsste unbedingt Unkraut gejätet werden. Sie sagt immer, Betti und ich sollen es machen. Aber wir hassen es, Unkraut zu jäten.«

»Dann bin ich hier sicher«, sagte Luke erleichtert. »Gute Nacht und vielen Dank.«

Die Geschwister schlichen aufgeregt ins Haus zurück. Was würden die anderen nur dazu sagen, dass Luke zurückgekehrt war! Betti kuschelte sich zufrieden in ihr Bett. Wie gut, dass sie Luke helfen konnten!

Als die Geschwister am nächsten Morgen erwachten, galt ihr erster Gedanke ihrem Freund Luke. Flipp richtete sich im Bett auf und überlegte, was sie ihm zum Frühstück bringen sollten. Wenn es Würstchen gab, konnten sie leicht eins verschwinden lassen. Bei Spiegeleiern war das schon schwieriger. Und Butterbrote konnten sie bestimmt nicht unbemerkt beiseite bringen.

Betti dachte dasselbe. Sie zog sich rasch an und lief nach unten. Ob sie nicht ein Butterbrot für Luke zurechtmachen konnte, bevor jemand ins Esszimmer kam? Eifrig machte sie sich an die Arbeit. Aber gerade als sie eine dicke Scheibe Brot abschnitt, trat ihre Mutter ins Zimmer. Sie starrte Betti überrascht an. »Was machst du denn da? Bist du so hungrig, dass du nicht auf uns warten kannst? Was für ein schrecklich dickes Stück du abschneidest!«

Notgedrungen musste Betti die Scheibe auf ihren eigenen Teller legen. Zuerst gab es Porridge, dann Würstchen. Die Kinder strahlten. Sie wollten Luke ein paar mitbringen.

»Kann ich zwei Würstchen bekommen?«, fragte Flipp.

»Ich bitte auch«, fiel Betti ein.

»Hast du aber heute einen Hunger, Betti«, sagte die Mutter erstaunt. Sie gab jedem Kind zwei Würstchen. Der Vater war hinter der Morgenzeitung verborgen, konnte also nicht sehen, was sie machten. Wie sollten sie aber vor den Augen der Mutter ein paar Würstchen verschwinden lassen? Das war nicht so einfach.

Da trat Anni, das Stubenmädchen, ins Zimmer. »Wollen Sie etwas für unser Krankenhaus spenden, Frau Hillmann?«, fragte sie. »Draußen ist Frau Lorenz mit einer Sammelliste.«

»Ja, ich komme sofort.« Frau Hillmann stand auf und ging nach oben, um ihre Handtasche zu holen. Die Kinder zwinkerten sich zu. Flipp zog ein sauberes Taschentuch aus der Tasche und wickelte das Würstchen hinein. Betti machte es ihm nach, aber ihr Taschentuch war nicht so sauber. Hastig stopften sie die Würstchen und ein paar Scheiben Brot in ihre Taschen. Da kam die Mutter auch schon zurück. Verwundert blickte sie auf die Teller der Kinder.

»Flipp! Betti! Wie könnt ihr euer Essen so herunterschlingen! Ihr seid ja die reinsten Vielfraße. Jeder von euch hat zwei Würstchen und einen Teller voll Porridge gegessen.«

Betti unterdrückte ein Lachen. Flipp stieß sie unter dem Tisch an. Die beiden wagten es nicht, noch etwas einzustecken, denn die Mutter beobachtete sie mit wachsamen Augen.

Luke machte sich dankbar über das Brot und die Würstchen her. Flipp brachte ihm eine Tasse mit frischem Wasser dazu. Während Luke aß, unterhielten sich die Kinder leise.

»Mittags bringen wir dir wieder etwas«, versprach Flipp. »Außerdem kannst du dir Pflaumen und Pfirsiche pflücken, so viel du willst.«

Luke nickte zufrieden und gab ihm die leere Tasse zurück. Da hörten sie jemanden rufen. Betti sprang auf.

»Es ist Dicki mit Purzel. Hallo, Dicki, wir sind in der Laube.«

Dicki kam durch den Garten. Purzel lief in die Laube und sprang freudig bellend auf seinen alten Freund zu. Luke streichelte ihn.

Nun erschien auch Dicki in der Tür. Als er Luke sah, riss er die Augen auf. Betti lachte. »Wir verstecken Luke hier«, erklärte sie. »Und wir bringen ihm auch etwas zu essen. Ach, Dicki, wenn wir Dunkelschöns Verschwinden doch endlich aufklären könnten! Dann müsste Luke sich nicht mehr verstecken.

Die Geschwister erzählten Dicki, was sich gestern Abend ereignet hatte. Bald erschienen auch Gina und Rolf. Wieder gab es Staunen und freudige Überraschung. Der Vormittag verging unter fröhlichem Geplauder.

»Wo ist die Pfeife, die wir gefunden haben?«, fragte Flipp.

Dicki zog sie aus der Tasche und zeigte sie Luke. »Wir haben sie im Katzenkäfig entdeckt und mitgenommen, damit Wegda sie nicht findet. Dafür haben wir andere Sachen in den Käfig gelegt. Er wird sich wundern! Zum Beispiel habe ich einen Zigarrenstummel in den Käfig geworfen und einen darunter.«

Luke stieß einen Pfiff aus. »Deshalb hat sich Herr Grimm so aufgeregt, als mein Onkel sich eine Zigarre ansteckte. Ich konnte mir das gar nicht erklären. Onkel Jokel hat mir gesagt, der Polizist sei puterrot geworden. Mein Onkel hat eine ganze Kiste Zigarren geschenkt bekommen. Hin und wieder raucht er eine. Das hilft beim Denken, behauptet er.«

Die Kinder freuten sich diebisch. Wegda war also prompt auf ihre »Indizien« hereingefallen.

Luke nahm die kleine Pfeife in die Hand und betrachtete sie. »Ja, die habe ich geschnitzt. Aber das ist schon lange her. Ich muss sie irgendwo im Garten verloren haben. Wie kann sie nur in den Käfig geraten sein?«

Die Kinder sprachen noch eine Weile über das geheimnisvolle Verschwinden von Dunkelschön. Wieder versicherte Luke, niemanden außer Frau Sitter und Frau Hillmann in der Nähe des Katzenhauses gesehen zu haben, während er dort arbeitete. Wie konnte Dunkelschön dann aber verschwinden? Es war und blieb ein Rätsel.

Alle fünf Kinder sparten etwas von ihrem Mittagessen für Luke auf. Gina wurde von ihrer Mutter dabei ertappt, wie sie ein Stück Kuchen in ihre Tasche stopfte.

»Gina«, rief die Mutter ärgerlich. »Warum steckst du den Kuchen in die Tasche?«

»Ach, wie dumm von mir!« Gina zog die Hand aus der Tasche und tat, als hätte sie den Kuchen für ihr Taschentuch gehalten.

»Bringst du etwa Essen für Dietrichs Hund beiseite?«, fragte die Mutter streng. »Das erlaube ich auf keinen Fall. Der Hund ist schon viel zu fett.«

»Das finde ich auch«, antwortete Gina. »Ich denke nicht im Traum daran, ihn noch mehr zu mästen.«

Gemeinsam versorgten die Kinder Luke mit Nahrungsmitteln. Auch brachten sie ihm einen Eimer mit Wasser, Seife und ein Handtuch, damit er sich waschen konnte. Jeden Abend machten sie ihm sogar ein Lager in der Laube zurecht. Zum Dank dafür arbeitete Luke im Gemüsegarten, wenn Frau Hillmann ausging. Er zog das Unkraut aus, begoss und pflegte die Pflanzen. Der Gemüsegarten lag ein Stück vom Haus entfernt. Niemand konnte ihn dort sehen.

»Ich muss mich doch irgendwie erkenntlich zeigen«, sagte er zu den Kindern. Sie fanden das sehr anständig von ihm und gewannen ihn immer lieber. Luke blieb drei Tage in dem Hillmann'schen Garten. Danach ereignete sich wieder etwas.

Herr Grimm schöpft Verdacht

Als Frau Hillmann eines Tages in den hinteren Garten ging, machte sie große Augen. Wie sauber und gepflegt die Gemüsebeete aussahen! Freudig überrascht rief sie Flipp und Betti.

»Wie lieb von euch, hier alles so schön in Ordnung zu bringen ohne ein Wort zu sagen! Ihr habt mir eine große Freude damit gemacht.«

Betti errötete. Sie wollte gerade sagen, dass sie den Garten gar nicht in Ordnung gebracht hatten. Aber Flipp sah sie drohend an. Und da schwieg sie.

Auch Flipp war rot geworden. Ein unverdientes Lob ist fast noch schlimmer als ein ungerechter Tadel, dachte er. Aber er konnte die Sache nicht richtig stellen ohne Luke zu verraten. Daher erwiderte er nichts, nahm sich jedoch vor, wirklich ein bisschen im Garten zu arbeiten. Dann brauchte er sich nicht so sehr zu schämen.

Am nächsten Tag trafen die anderen Kinder die Geschwister beim Unkrautjäten an. Sie trauten ihren Augen kaum.

Luke lachte. »Betti hat mehr Salatpflanzen als Unkraut ausgezogen. Aber das ist nicht weiter schlimm. Es sind immer noch genug Pflanzen übrig.«

Nachmittags traf Dicki den Polizisten auf der Straße. Herr Grimm hielt ihn an, zog ein schwarzes Notizbuch aus der Tasche und blätterte darin.

»Ich habe ein Wort mit dir zu reden, Dietrich«, sagte er streng.

»Das wird sich jetzt leider nicht machen lassen, Herr Grimm«, antwortete Dicki betont höflich. »Ich gehe nämlich mit Purzel spazieren.«

»Du bleibst hier«, erwiderte Herr Grimm ärgerlich. »Ich habe dir etwas zu sagen.«

Dicki zuckte die Achseln. »Sonst sagen Sie doch nur ›weg da!‹ zu mir. Sollte es etwa heute mal was anderes sein?«

»Nimm dich in Acht!«, rief Herr Grimm drohend. »Eines Tages wird man dich wegen Beamtenbeleidigung zur Rechenschaft ziehen.«

»Wirklich?«, fragte Dicki.

Nun hatte Herr Grimm die Seite in seinem Notizbuch gefunden, die er suchte. »Ah, hier steht es! Am fünften dieses Monats bist du zusammen mit den anderen vier Kindern in Faring gesehen worden. Dort habt ihr mit einem Mann namens Jokel gesprochen.«

»Stimmt«, sagte Dicki. Er war neugierig, wie es weitergehen würde.

»Antworte in höflichem Ton, wenn du mit einem Beamten sprichst!«, fuhr Herr Grimm ihn an. Dicki sah ihm unschuldig und ein wenig verwundert ins Gesicht. Herr Grimm hätte ihm am liebsten eine Ohrfeige gegeben. Der Junge hatte eine unverschämte Art, scheinbar höflich zu sein, die ihn rasend machte.

»Bitte, sagen Sie mir jetzt, was Sie von mir wollen«, bat Dicki. »Ich muss gehen. Purzel wird schon unruhig.«

»Wau, wau!«, bellte Purzel bestätigend.

Herr Grimm brachte sein Gesicht ganz nah an das von Dicki, sodass Dicki unwillkürlich einen Schritt zurückwich. »Luke war in dem Zirkuslager, nicht wahr?«

»Er war dort? Dann gehen Sie doch hin und reden mit ihm.«

Herr Grimm schnaufte ärgerlich. »Er ist nicht mehr dort. Einer der Zirkusjungen hat die Katze aus dem Sack gelassen.«

»Er hat die Katze aus dem Sack gelassen?« Dicki tat sehr überrascht. »Meinen Sie Dunkelschön? Sie war also in einem Sack! Wo ist sie jetzt? Warum hat man sie in einen Sack gesteckt?«

»Halt den Mund!«, schrie Herr Grimm. »Du weißt ganz genau,

dass ich nicht von Dunkelschön rede. Der Junge hat erzählt, dass er Luke gesehen hat. Aber als wir das Lager durchsuchten, war er nicht zu finden.«

»Pech!«, meinte Dicki bedauernd.

Herr Grimm starrte ihn wütend an.

»Was ist denn nun schon wieder?«, fragte Dicki gekränkt. »Ich wollte nur meine Teilnahme bekunden. Sie haben mich doch ermahnt höflich zu sein.«

»Hör mal«, sagte Herr Grimm. »Ihr Kinder wisst vermutlich, wo Luke ist. Ich warne euch. Wenn ihr ihn versteckt oder seinen Aufenthalt kennt, ohne die Polizei zu benachrichtigen, macht ihr euch strafbar. Merk dir das!«

Dicki erschrak, ließ sich jedoch nichts anmerken. »Wie kommen Sie denn darauf? Ohne Ihr Wissen könnten wir Luke doch unmöglich versteckt halten. Ein kluger Polizist wie Sie erfährt alles.«

»Darauf kannst du dich verlassen«, erwiderte Herr Grimm. »Ich weiß mehr, als ihr denkt.«

Damit war die Unterredung zu Ende. Herr Grimm klappte sein Notizbuch zu und schritt davon. Dicki ging nachdenklich zu den Hillmanns.

Verflixt, die Sache wurde brenzlig! Tupping musste Luke im Nachbargarten gesehen und seinen Freund benachrichtigt haben. Sie konnten den Jungen nicht länger verstecken. Aber wo sollte er bleiben?

Dicki erzählte den anderen von seinem Gespräch mit dem Polizisten. Er schlug vor, Luke etwas Geld zu geben und ihn wegzuschicken.

Aber Betti erhob Einspruch. »Schickt Luke bitte nicht weg! Vielleicht klären wir das Geheimnis bald auf. Dann kann er wieder bei Frau Kendling arbeiten.«

»Dieses Geheimnis werden wir niemals aufklären«, entgegnete Dicki niedergeschlagen. »Wir sind anscheinend nicht so klug, wie wir dachten. Aber die Sache ist auch zu verwickelt. Ich wette, nicht einmal Inspektor Jenks würde dahinter kommen.«

»Inspektor Jenks!«, rief Gina. Sie sah das kluge und freundliche Gesicht des Inspektors vor sich, der ihnen in den Osterferien bei der Aufklärung eines anderen Geheimnisses geholfen hatte. »Inspektor Jenks! An den habe ich gar nicht mehr gedacht. Könnten wir uns nicht an ihn wenden? Er wird uns sicher glauben, dass Luke unschuldig ist.«

Rolf sah sie nachdenklich an. »Meinst du? Ich weiß jedenfalls nicht mehr weiter. Wenn Wegda den Garten durchsucht und Luke findet, bekommen wir großen Ärger. Ja, wir wollen dem Inspektor alles erzählen. Das wird das Beste sein.«

»Ich mag Inspektor Jenks gern«, sagte Betti.

»Du magst ja alle Leute gern«, entgegnete Flipp.

»Tupping und Wegda nicht«, widersprach Betti. »Inspektor Jenks weiß bestimmt Rat.«

»Ich werde ihn anrufen«, sagte Dicki.

Die anderen blickten ihn bewundernd an. Es beeindruckte sie, dass Dicki ein so »hohes Polizeitier«, wie Betti immer sagte, einfach anrufen wollte.

Dicki hielt Wort. Er ging nach Hause, wartete, bis er allein war, und meldete ein Gespräch mit dem Polizeipräsidium in Wehnstadt an.

Inspektor Jenks war glücklicherweise anwesend. Bald hörte Dicki seine tiefe Stimme.

»Guten Tag, Dietrich. Wie geht es dir? Natürlich erinnere ich mich an unser Zusammentreffen in den Osterferien. Damals hattet ihr ein Geheimnis um einen nächtlichen Brand aufgeklärt. Bearbeitet ihr augenblicklich wieder einen Fall?«

Dicki war froh, dass der Inspektor so freundlich mit ihm sprach. »Deswegen rufe ich an«, antwortete er. »Hier hat sich ein rätselhafter Fall ereignet, mit dem wir einfach nicht weiterkommen. Haben

Sie vielleicht schon von der Geschichte gehört? Eine sehr wertvolle Katze ist plötzlich spurlos verschwunden.«

Der Inspektor schien nachzudenken. »Richtig, jetzt erinnere ich mich an die Sache«, sagte er nach einer kurzen Pause. »Ich glaube, unser Freund Grimm bearbeitet den Fall.«

»Unser Freund ist Herr Grimm eigentlich nicht«, entgegnete Dicki offen. »Aber ein guter Freund von uns wird als Täter verdächtigt. Wir sind in einer schrecklichen Klemme. Vielleicht könnten Sie uns einen Rat geben.«

»Aber gerne«, sagte der Inspektor. »Ich komme morgen sowieso nach Peterswalde. Wollt ihr mich zu einem Picknick am Fluss einladen? Dann können wir alles besprechen.«

»Ach ja!«, rief Dicki erleichtert. »Ich freue mich darauf, Sie wieder zu sehen.«

»Das Vergnügen ist ganz auf meiner Seite«, antwortete der Inspektor. »Gegen vier Uhr komme ich euch abholen. Wartet vor Flipps Haus auf mich.«

»Wird gemacht«, versprach Dicki. »Auf Wiedersehen morgen um vier.«

Er legte den Hörer auf und rannte zu den anderen zurück, um ihnen das Ergebnis seines Gesprächs mitzuteilen.

»Ich habe alles eingeleitet. Der Inspektor wird morgen Nachmittag um vier mit uns ein Picknick machen – draußen am Fluss. Da können wir ihm alles erzählen.«

»Dicki! Kommt der Inspektor wirklich? Du hast ihn zum Picknick eingeladen? Dicki, das ist toll!«, riefen die Kinder durcheinander.

Der Beifall stieg Dicki sofort zu Kopf. »Man muss es verstehen, so etwas zu arrangieren. Für mich ist das eine Kleinigkeit, denn ich habe Grips. Überlasst nur immer alles mir!«

»Gib nicht so an!«, riefen Rolf und Flipp wie aus einem Mund. Aber bald dachten sie nicht mehr an Dickis Prahlerei. Die Aussicht, den netten Inspektor wieder zu sehen, war zu aufregend. Betti war ganz aus dem Häuschen vor Freude. Damals hatte der Inspektor alles mit Leichtigkeit in Ordnung gebracht. Vielleicht würde er es diesmal auch tun.

»Das muss ein ganz besonderes Picknick werden«, sagte Gina. »Wenn wir unseren Eltern erzählen, wer unser Gast ist, dann rücken sie bestimmt was Gutes zu essen heraus. Mit einem Inspektor können wir sogar den Erwachsenen imponieren.«

Gina hatte Recht. Als die Mütter der Kinder erfuhren, dass Inspektor Jenks mit den Kindern zum Fluss gehen wollte, gaben sie das Beste aus ihrer Speisekammer her.

»Schokoladenkuchen!«, rief Gina.

»Rosinenkuchen und Kekse«, fiel Flipp ein. »Schade, dass Luke nicht auch mitkommen kann. Wir werden ihm etwas aufheben.«

»Belegte Brote und eine Sandtorte«, kündigte Dicki an. »Donnerwetter, das wird ein Fest!«

Die Kinder packten alles in Körbe und stellten sich am Gartentor auf, um den Inspektor zu erwarten. Zufällig kam Herr Grimm durch die Straße geradelt. Als er die Kinder sah, stieg er ab. »Ich habe ein Wörtchen mit euch zu reden«, sagte er.

»Das geht jetzt leider nicht«, entgegnete Rolf. »Wir wollen gerade zu einem Picknick gehen. Sie würden bestimmt auch gern daran teilnehmen. Es gibt gute Sachen.«

»Wir haben Schokoladenkuchen, Rosinenkuchen und eine Sandtorte«, zählte Betti auf.

Herr Grimm betrachtete verwundert die gefüllten Körbe. »Wollt ihr das alles allein essen?«, fragte er misstrauisch.

Dicki grinste. Herr Grimm dachte sicherlich, das Essen wäre für Luke. »Nein«, sagte er. »Wir haben einen Gast. Leider können wir Ihnen nicht verraten, wer es ist. Das ist nämlich ein Geheimnis.«

»Soso«, brummte Herr Grimm, der immer misstrauischer wurde. »Wo wollt ihr denn hingehen?«

»Zum Fluss«, antwortete Betti.

Schweigend bestieg Herr Grimm sein Rad und fuhr davon. Er war sehr nachdenklich geworden.

Dicki kicherte. »Wenn der wüsste, dass wir eine Verabredung mit Inspektor Jenks haben! Er denkt bestimmt, wir bringen Luke das Essen. Vielleicht fährt er zum Fluss und stürzt sich dort plötzlich auf uns, um ihn festzunehmen. Und dann findet er stattdessen den Inspektor. Wäre das nicht wunderbar?«

»Da kommt der Inspektor!«, rief Gina.

Ein großer schwarzer Polizeiwagen fuhr vor. Inspektor Jenks stieg aus und schüttelte den Kindern die Hände.

»Ich freue mich sehr euch wieder zu sehen«, sagte er lächelnd. »Wie habt ihr euch damals genannt? Ach, jetzt fällt es mir wieder ein – die sechs Spürnasen. Da ist ja auch Purzel. Der darf natürlich nicht fehlen.«

Sie gingen zusammen zum Fluss. Betti hängte sich an den Arm des großen, breitschultrigen Mannes und zählte all die leckeren Dinge auf, die sie mitgenommen hatten.

»Du machst mir ja den Mund ganz wässrig«, sagte der Inspektor lachend. »Ich schlage vor, wir fangen gleich an zu essen. Wo wollen wir uns hinsetzen?«

Armer Herr Grimm!

Sie wählten einen geschützten Platz nahe am Wasser. Auf dem Uferhang standen dichte Büsche, sodass man sie von oben nicht sehen konnte. Der Platz war wie geschaffen für eine vertrauliche Unterredung.

Zuerst sprachen die Kinder überhaupt nicht von ihren Sorgen. Sie aßen mit großem Appetit. Auch dem Inspektor schien es ausgezeichnet zu schmecken. Purzel kletterte auf seinen Schoß und leckte jedes Krümchen auf, das er fallen ließ.

»Nun«, sagte der Inspektor schließlich, nachdem fast alles verzehrt war, was die Kinder mitgebracht hatten, »wollen wir jetzt zum Geschäftlichen kommen? Ich habe den Bericht über den Fall noch einmal durchgelesen, bin also genau im Bilde. Jetzt möchte ich erst einmal hören, was ihr zu sagen habt. Dieser Junge namens Luke ist euer Freund?«

Die Kinder erzählten dem Inspektor, was sie von dem Fall wussten und was sie unternommen hatten. Aber von den falschen Indizien, die sie in den Käfig gelegt hatten, erwähnten sie nichts. Sie wussten selber nicht recht, warum sie ihm das verschwiegen. Zum Schluss berichteten sie von ihrem Ausflug nach Faring und von dem Auftauchen Lukes im Hillmann'schen Garten.

»Seitdem hat er in unserer Laube geschlafen«, sagte Flipp. »Wir haben ihm etwas zu essen gebracht und auch sonst für ihn gesorgt. Aber jetzt scheint Wegda – ich meine Herr Grimm – Verdacht geschöpft zu haben. Es wäre schlecht für uns alle, wenn er Luke bei uns entdeckt.«

Der Inspektor nickte. »Es war sehr gescheit von euch, mich einzuweihen. Ihr dürft Luke auf keinen Fall noch länger bei euch verstecken. Damit würdet ihr ihm mehr schaden als nützen. Ihr braucht keine Angst zu haben, dass man ihn ins Gefängnis steckt. Erstens ist er erst fünfzehn. Und außerdem wird niemand eingesperrt, ehe nicht klar erwiesen ist, dass er ein Verbrechen begangen hat. Es ist ja noch gar nicht heraus, ob Luke die Katze gestohlen hat, obwohl die Sache schlecht für ihn aussieht.«

»Das ist es ja eben«, sagte Dicki. »Wir werden aus der Geschichte nicht schlau. Wir kennen Luke und können einfach nicht glauben, dass er ein Dieb sein soll. Doch Herr Grimm und Herr Tupping sind überzeugt, dass er der Täter ist.«

Der Inspektor räusperte sich. »Ich möchte Luke raten, aus seinem Versteck zu kommen und seine Arbeit wieder aufzunehmen. Er … er braucht ja nicht zu sagen, wo er so lange gewesen ist. Das ist gar nicht nötig.«

»Aber dann muss er doch wieder zu seinem Stiefvater zurückgehen«, wandte Betti ein. »Er schlägt Luke.«

»Das wird er nicht tun«, beruhigte sie der Inspektor. »Ich werde mit ihm reden. Und sobald ich nach Wehnstadt zurückkomme, werde ich mich eingehend mit diesem geheimnisvollen Fall beschäftigen. Vielleicht gelingt es mir, etwas Licht in das Dunkel zu bringen. Die Sache scheint ja ziemlich verwickelt zu sein.«

Betti griff nach seiner Hand. »Wenn ich mal etwas anstelle, möchte ich nur von Ihnen erwischt werden.«

Die anderen Kinder lachten. Der Inspektor blickte lächelnd in Bettis ernstes Gesicht. »Ich glaube kaum, dass du jemals etwas anstellen wirst. Das würde mich doch sehr wundern.«

»Was hat Purzel denn nur?«, fragte Dicki verwundert.

Purzel hatte die kleine Gesellschaft verlassen. Schon seit einiger Zeit hörte man ihn auf der Uferböschung bellen. Nun rief eine ärgerliche Stimme: »Ruf sofort den Hund zurück! Sonst zeige ich dich an!«

»Wegda!«, sagte Gina leise. »Er hat uns verfolgt. Sicher denkt er, dass Luke bei uns ist. Purzel muss ihn gehört haben.«

»He, du! Wirst du wohl endlich deinen Hund zurückrufen?«, schrie Herr Grimm.

Dicki kletterte die Böschung hinauf und kroch durch die Büsche. Plötzlich sah er sich dem Polizisten gegenüber.

»Ha!«, rief Herr Grimm. »Ich wusste, dass ihr hier seid. Und ich weiß auch, wer bei euch ist.«

»So? Dann wundere ich mich nur, dass Sie nicht etwas höflicher sind«, erwiderte Dicki mit sanftem Vorwurf.

»Höflich! Warum? Ah, jetzt habe ich euch endlich! Ihr habt jemanden versteckt, der ein Verbrechen begangen hat. Diesmal seid ihr zu weit gegangen. Lass mich zum Ufer hinunter. Ich werde den Schurken festnehmen.«

Dicki grinste. Er hielt Purzel am Halsband fest und machte Herrn Grimm bereitwillig Platz. Der Polizist zwängte sich durch die Büsche und sprang dann die Böschung hinab. Er erwartete, vier erschrockene Kinder und einen zitternden Luke zu finden.

Stattdessen sah er mit Erstaunen und Entsetzen den Inspektor. Er traute seinen Augen nicht. Sie standen von Natur vor, aber jetzt sah es so aus, als würden sie ihm im nächsten Augenblick aus dem Kopf fallen. Sprachlos starrte er den Inspektor an.

»Guten Tag, Grimm«, grüßte der Inspektor.

»Guten ...« Der Polizist schluckte heftig. »Guten Tag, Herr Inspektor. Ich ... ich hatte Sie hier nicht erwartet.«

»Wollen Sie mich nicht festnehmen?«, fragte der Inspektor lächelnd.

Herr Grimm schluckte, steckte zwei Finger zwischen seinen Kragen und versuchte krampfhaft zu lächeln. »Sie machen sich über mich lustig«, stammelte er. »Es ist ... eine große Überraschung für mich, Sie hier zu sehen.«

»Die Kinder haben mich wegen der gestohlenen Katze um Rat

gebeten«, erklärte der Inspektor. »Setzen Sie sich, Grimm. Ich möchte gern Ihre Meinung zu dem Fall hören. Sie sind wohl noch nicht weit mit der Aufklärung gekommen, wie?«

»Nun – ich habe eine Menge Indizien gefunden«, antwortete Herr Grimm in dem Bestreben, seine Tüchtigkeit zu beweisen. »Bitte, sehen Sie selbst!«

Er zog einen weißen Briefumschlag aus der Tasche und öffnete ihn. Zum Vorschein kamen zwei Zigarrenstummel, ein blauer Knopf, eine zerrissene Haarschleife, ein Pfefferminzbonbon und ein brauner Schnürsenkel.

Der Inspektor machte ein erstauntes Gesicht. »Was ist denn das für ein Sammelsurium?«, fragte er.

»Ich habe diese Sachen am Tatort gefunden«, erklärte Herr Grimm stolz. »Im Katzenkäfig.«

»Sie haben alle diese Dinge in dem Katzenkäfig gefunden?«, fragte der Inspektor ungläubig. »Den Bonbon auch?«

»Ja, alles. Noch nie habe ich so viele Indizien gefunden.« Herr Grimm war sehr zufrieden mit der Überraschung des Inspektors.

»Ich auch nicht«, antwortete der Inspektor. Er zwinkerte den Kindern verstohlen zu. »Meine herzlichen Glückwünsche zu der reichen Beute, Grimm«, fuhr er mit ernstem Gesicht fort. »Sagt mal, Kinder, habt ihr vielleicht auch etwas gefunden?«

Wortlos holte Dicki den Briefumschlag hervor, in dem er die gleichen Dinge aufbewahrte, die Herr Grimm soeben dem Inspektor gezeigt hatte. Er öffnete ihn langsam und umständlich. Betti unterdrückte ein Kichern.

»Ich weiß nicht recht, ob Sie diese Sachen als Indizien ansehen«, sagte er ohne eine Miene zu verziehen.

Herr Grimm riss den Mund auf. Er glaubte zu träumen, als er die Sachen sah, die sich in Dickis Briefumschlag befanden.

Dicki hielt den Bonbon in die Höhe. »Ein Pfefferminzbonbon«, verkündete er feierlich.

Dann griff er wieder in den Umschlag. »Ein Stück von einer Haarschleife.«

Gina konnte sich nicht länger beherrschen und lachte laut auf.

»Ein brauner Schnürsenkel«, fuhr Dicki fort. »Ein blauer Knopf und schließlich – zwei Zigarrenstummel.«

»Zwei!«, hauchte Herr Grimm. »Was hat das zu bedeuten? Die Sache kommt mir komisch vor.«

»Wirklich sehr seltsam«, stimmte der Inspektor zu. »Meint ihr nicht auch, Kinder?«

Die Kinder wussten nicht, was sie sagen sollten. Sogar Dicki schwieg, obwohl er den Inspektor bewunderte, weil er alles erriet und trotzdem nichts verriet.

Der Inspektor räusperte sich. »Ich denke, die Sachen verschwinden am besten wieder in ihren Umschlägen und wir vergessen sie. Sie werden uns kaum weiterhelfen. Oder sind Sie anderer Meinung, Herr Grimm?«

»Nein, Herr Inspektor.« Das Gesicht des Polizisten war dunkelrot. Er schwankte zwischen Staunen, Schreck und Wut. Die Kinder hatten genau die gleichen Gegenstände gefunden wie er. Was sollte das bedeuten?

Erst als Herr Grimm abends im Bett lag, dämmerte ihm die Wahrheit. Aber da war es zu spät. Er konnte nicht noch einmal auf diese peinliche Sache zurückkommen, zumal der Inspektor auf der Seite der Kinder stand.

»Und nun holen wir Luke aus seinem Versteck«, sagte der Inspektor in geschäftsmäßigem Ton. »Er kann sich schließlich nicht wochenlang verstecken.«

Wieder riss Herr Grimm den Mund auf. Luke aus seinem Versteck holen! Was sollte das nun wieder heißen? Woher kannte der Inspektor Lukes Aufenthalt? Er warf den Kindern einen finsteren Blick zu. Diese unnützen Gören, die sich überall einmischten! Nun würde er Luke nicht in Angst und Schrecken versetzen können, wenn er zum

Vorschein kam. Der Inspektor würde das nicht zulassen. Schwerfällig stand er auf und murmelte etwas Unverständliches.

Der Inspektor erhob sich ebenfalls. »Kommt, Kinder. Jetzt werden wir ein paar Worte – freundliche Worte! – mit dem armen Luke sprechen.«

Eine große Überraschung

Sie brachen auf. Der Inspektor ging voran, Betti an seinem Arm. Grimm folgte als Letzter. Purzel beschnüffelte seine Hosenbeine. Aber der Polizist sagte nicht einmal »weg da!« zu ihm, so niedergeschlagen war er.

Die Kinder hatten nicht erwartet, dass der Inspektor Luke aus seinem Versteck holen und sofort wieder zur Arbeit schicken würde. Was würde Luke nur dazu sagen?

Unterwegs versuchte Dicki, eine Unterhaltung mit Herrn Grimm anzuknüpfen. Aber der Polizist antwortete überhaupt nicht, sondern schnitt ihm hinter dem breiten Rücken des Inspektors Grimassen.

»Am Fluss sitzt es sich schön, nicht wahr, Herr Grimm?«, begann Dicki. »Gehen Sie manchmal an Ihren freien Tagen dorthin? Oder haben Sie niemals frei?«

Herr Grimm schnaufte ärgerlich und warf Dicki einen vernichtenden Blick zu.

»Ist es nicht komisch, dass wir die gleichen Indizien gefunden haben wie Sie?«, fragte Dicki weiter.

Gina lachte. Herr Grimm schnaufte wieder. Seine Augen traten gefährlich hervor.

»Er wird einen Schlaganfall kriegen, wenn du noch ein einziges Wort sagst«, flüsterte Rolf.

Dicki schwieg, beobachtete jedoch mit Befriedigung, dass Purzel dem Polizisten immerzu mutwillig vor die Füße lief.

Schließlich langten sie an dem Hillmann'schen Haus an. »Hier hinein!«, sagte Flipp, während er das Gartentor öffnete. Alle traten in den Garten. Flipp sah den Inspektor an. »Soll ich Luke ein wenig vorbereiten?«

Der Inspektor überlegte. »Ich spreche lieber gleich selbst mit ihm und erkläre ihm, dass er sein Versteck verlassen muss. Du kannst ganz beruhigt sein. Ich werde ihm keine Angst einjagen.«

Herr Grimm schnitt eine Grimasse. Der Inspektor war viel zu weich. Immer gab er den Leuten eine Gelegenheit, sich herauszureden. Nie glaubte er etwas, ehe es nicht bewiesen war. Es war doch sonnenklar, dass Luke die Katze gestohlen hatte.

Aber Herr Grimm durfte leider nicht sagen, was er dachte. Missmutig setzte er sich auf eine Bank und machte Eintragungen in sein Notizbuch. Flipp führte Inspektor Jenks zur Laube. Doch Luke befand sich nicht in seinem Versteck.

»Dort drüben ist er.« Flipp zeigte zum Gemüsegarten, wo Luke fleißig hackte. »Er sagt, er könne nicht so dasitzen und nichts tun. Und er will den Garten in Ordnung halten zum Dank für unsere Hilfe.«

»Ein guter Gedanke, das muss ich sagen«, murmelte der Inspektor. Er beobachtete Luke eine Weile bei der Arbeit. Dann sagte er zu Flipp: »Ruf ihm zu, dass ich mit ihm sprechen möchte.«

»Luke!«, rief Flipp. »Ich habe einen Freund mitgebracht, der mit dir sprechen möchte. Komm doch mal her.«

Luke wandte sich um. Als er den Inspektor sah, erblasste er und blieb wie angewurzelt stehen. »Ich habe die Katze nicht gestohlen«, stieß er hervor.

Der Inspektor ging auf ihn zu, gab ihm die Hand und stellte sich vor. »Ich möchte gern, dass du mir alles erzählst, was du von der Sache weißt«, sagte er dann.

Er zog Luke in die Laube, in der die Kinder so oft über das Geheimnis um die siamesische Katze gesprochen hatten. Luke zitterte vor Angst. Flipp lächelte ihm aufmunternd zu und lief dann zu den anderen Kindern zurück.

Herr Grimm sah von seinem Notizbuch auf. »Ha!«, rief er. »Ihr habt ihn also in eurem Garten versteckt. Warum erzählt ihr das dem Inspektor und nicht mir? Immer wollt ihr mich anführen.«

»Aber Herr Grimm!«, rief Dicki. »Das ist doch gar nicht möglich. Wie sollten wir Sie jemals anführen können? So einen klugen Polizisten wie Sie!«

»Nimm dich in Acht!«, rief Herr Grimm drohend. »So ein frecher Lümmel ist mir noch nicht untergekommen. Wenn ich dein Vater wäre ...!«

»Möchten Sie einen Pfefferminzbonbon haben?«, fragte Dicki freundlich und nahm den Bonbon aus dem Briefumschlag. »Wir brauchen diese Indizien nicht mehr. Die Bonbons können aufgegessen werden.«

Herr Grimm knurrte böse. Es hatte keinen Zweck, es mit Dicki aufnehmen zu wollen. Er behielt doch immer das letzte Wort. Rolf grinste und fragte sich, wie die Lehrer in der Schule wohl mit Dicki fertig wurden.

Der Inspektor blieb ziemlich lange weg. Die Kinder wurden allmählich ungeduldig. Das dauerte ja ewig! Endlich hörten sie Schritte auf dem Kies des Gartenweges.

Herr Grimm klappte sein Notizbuch zu und stand auf. Die Kinder sahen dem Inspektor und Luke gespannt entgegen. Luke sah ruhig und erleichtert aus. Der Inspektor lächelte.

Betti lief auf ihn zu. »Kommt Luke aus seinem Versteck heraus? Was wird er nun tun?«

»Luke ist ebenfalls der Meinung, dass es besser für ihn ist an seine Arbeit zurückzukehren.«

»Aber wird sein Stiefvater ihn nicht wieder schlagen?«, rief Gina besorgt.

»Ach, richtig, das muss ich ja auch noch in Ordnung bringen. Ich wollte eigentlich selber mit ihm sprechen. Aber es ist schon zu spät.« Der Inspektor sah auf seine Uhr. »Ja, ich muss zurückfahren.

Grimm, gehen Sie doch bitte gleich zu Lukes Stiefvater und sagen Sie ihm, dass er große Schwierigkeiten bekommt, wenn er den Jungen noch einmal schlägt. Und dann informieren Sie den Gärtner, dass Luke seine Arbeit wieder aufnimmt. Tupping soll ihn anständig behandeln!«

Das passte Herrn Grimm nun gar nicht. Er hatte sowohl Lukes Stiefvater als auch Herrn Tupping angewiesen, recht streng mit Luke zu verfahren. Es war keine angenehme Aufgabe, ihnen nun plötzlich das Gegenteil sagen zu müssen.

Dicki sah den Inspektor scharf an. Ich glaube, er will Herrn Grimm mit diesem Auftrag dafür strafen, dass er Luke solche Angst eingejagt hat, dachte er.

»Haben Sie mich verstanden, Grimm?«, fragte der Inspektor. Seine Stimme klang liebenswürdig, hatte jedoch einen harten Unterton.

Herr Grimm nickte hastig. »Ja, natürlich, Herr Inspektor. Ich gehe jetzt zu Herrn Braun, dem Stiefvater des Jungen. Und dann werde ich mich sofort zu Herrn Tupping begeben.«

»Wenn mir Klagen über Lukes Behandlung zu Ohren kommen sollten, mache ich Sie dafür verantwortlich, Grimm«, sagte der Inspektor. »Erklären Sie den beiden Männern, dass die Anweisung von mir kommt und unbedingt zu befolgen ist.«

»Ja, gewiss«, versprach Herr Grimm. »Und ... was ist mit der gestohlenen Katze? Mit dem Fall, meine ich? Wird die Untersuchung eingestellt? Soll ich keine Nachforschungen mehr machen?«

»Studieren Sie nur fleißig Ihre Indizien«, antwortete der Inspektor. »Vielleicht gelingt es Ihnen dann die Sache aufzuklären.« Sein Gesicht blieb unbewegt, aber die Kinder glaubten, ein leises Zwinkern seiner Augen zu bemerken.

Herr Grimm antwortete nicht. Der Inspektor verabschiedete sich von den Kindern und schüttelte ihnen herzlich die Hände.

»Ich habe mich sehr gefreut, die sechs Spürnasen wieder zu sehen. Vielen Dank für die Bewirtung. So gut habe ich schon lange nicht gegessen.«

Er stieg in den großen schwarzen Wagen und fuhr ab.

»Ich gehe zu Herrn Braun«, sagte Herr Grimm mürrisch. »Glaubt aber nicht, dass der Fall damit abgeschlossen und vergessen ist. Ich verfolge ihn weiter, auch wenn der Inspektor ihm nicht viel Aufmerksamkeit schenkt. Und ich werde den Dieb schließlich doch überführen. Das versichere ich euch.«

Er warf Luke einen drohenden Blick zu, drehte sich um und ging. Luke sah ihm ängstlich nach. Er wusste, dass der Polizist ihn immer noch verdächtigte. Die Kinder bestürmten ihn mit Fragen. »Wie gefällt dir der Inspektor? – Was hat er zu dir gesagt? – Erzähle uns alles, Luke.«

»Er war sehr nett«, sagte Luke. »Gar nicht wie Herr Grimm, der nur immer schreit und schimpft. Aber warum habe ich ihm bloß versprochen, zu meinem Stiefvater zurückzugehen? Das hätte ich nicht tun sollen. Ich habe Bammel.«

»Bammel?«, fragte Betti erstaunt.

»Ja, Bammel. Ich habe Bammel vor Herrn Tupping und vor Herrn Grimm – und vor meinem Stiefvater auch.«

»Er meint, er hat Angst«, erklärte Dicki. »Bammel ist prima. Ich werde jetzt auch nur noch Bammel sagen.«

»Ich habe auch oft Bammel«, sagte Betti. »Neulich, als ich so schlecht geträumt habe, hatte ich Bammel. Und heute, als Wegda uns anhielt, hatte ich auch Bammel.«

»Aber Luke hat immerzu Bammel.« Gina sah den großen Jungen, dem die strähnigen Haare in die braune Stirn hingen, mitleidig an. »Was können wir nur tun, um ihn davon zu befreien?«

»Wenn wir Dunkelschön wieder finden, braucht Luke keinen Bammel mehr zu haben«, meinte Flipp. »Er hat bloß Angst, weil alle ihn verdächtigen. Ich hätte auch Bammel, wenn ich an seiner Stelle wäre.«

Plötzlich hörten die Kinder etwas rascheln. Purzel spitzte die Ohren und stürzte laut bellend zwischen die Büsche. Es erhob sich ein wütendes Fauchen und Knurren. Dann huschte etwas an einem Baum hinauf. Neugierig liefen die Kinder darauf zu.

Dann blieben sie wie angewurzelt stehen. Dort oben saß eine siamesische Katze und blickte auf sie herab. Ein Irrtum war nicht möglich. Die gelbbraune Zeichnung und die leuchtend blauen Augen waren zu auffallend.

Nach kurzem Schweigen rief Luke: »Es ist Dunkelschön! Seht ihr den hellen Ring an ihrem Schwanz? Dunkelschön ist zurückgekommen.«

Nun sahen die anderen Kinder auch den hellen Ring. Die Katze hatte den Schwanz hoch erhoben und schwang ihn erregt hin und her, während sie Purzel beobachtete, der kläffend an dem Baum hochsprang.

»Bring Purzel weg, Dicki!«, rief Rolf aufgeregt. »Sperr ihn in den Schuppen. Sonst läuft sie uns wieder weg.«

Purzel wurde zu seinem großen Ärger in den Schuppen gesperrt und kratzte verzweifelt an der Tür. Dunkelschön beruhigte sich. Sie leckte sich das Fell und schnurrte.

»Sie ist dünn geworden«, stellte Gina fest.

»Und ihr Fell ist schmutzig und stumpf«, sagte Rolf zustimmend. »Bringen wir sie zu Fräulein Harmer. Die wird Augen machen!«

Luke geht es besser

Dunkelschön ließ sich von Gina auf den Arm nehmen. Die fünf Kinder und Luke gingen durch das Gartentor auf die Straße und dann von vorn in den Nachbargarten. Auf dem Weg zum Katzenhaus trafen sie Frau Kendling. Als sie Dunkelschön in Ginas Armen sah, stieß sie einen Schrei der Überraschung aus.

»Warum nehmt ihr meine Katze aus dem Käfig? Hat Fräulein Harmer euch das erlaubt?«

»Es ist Dunkelschön«, erklärte Rolf. »Sie ist eben in Flipps Garten aufgetaucht. Ist das nicht wunderbar?«

»Das ist ja kaum zu glauben«, rief Frau Kendling. Sie untersuchte den Schwanz der Katze und entdeckte den hellen Ring. »Ja, es ist wirklich Dunkelschön. Wo kann sie nur so lange gewesen sein? Sie sieht ganz verhungert aus.«

Betti streichelte die schnurrende Katze. »Schade, dass sie nicht sprechen kann! Frau Kendling, hier ist auch Luke. Wir hatten ihn versteckt, weil er uns so Leid tat. Sie werden ihn doch wieder aufnehmen, nicht wahr?«

»Natürlich. Inspektor Jenks hat mich angerufen. Du kannst wieder bei mir arbeiten, Luke.«

»Sollen wir die Katze zu Fräulein Harmer bringen?«, fragte Rolf.

»Ja«, sagte Frau Kendling. »Ich komme mit. Ach, da ist ja Frau Sitter. Stellen Sie sich vor«, rief sie ihr entgegen, »Dunkelschön ist wieder da!«

Frau Sitter trippelte aufgeregt auf die kleine Gruppe zu. Natürlich fiel ihr sofort der Kneifer von der Nase. »Das ist ja eine freudige Überraschung! Wo hat man sie gefunden?«

Die Kinder erzählten ihr alles. Sie hörte erstaunt zu und setzte den Kneifer wieder auf. Betti begann zu zählen, wie oft er herunterfiel.

Alle gingen zum Katzenhaus. Fräulein Harmer war starr vor Staunen, Dunkelschön plötzlich vor sich zu sehen. Wortlos breitete sie die Arme aus und Dunkelschön sprang mit einem Satz hinein. Sie schmiegte sich zärtlich an das Mädchen, rieb den Kopf an ihrem Arm und schnurrte zufrieden.

»Dass du wieder da bist!«, rief Fräulein Harmer. »Ich bin so froh, dass wir dich wiederhaben. Wo hast du dich nur so lange rumgetrieben?«

Die Kinder erzählten ihr, wie sie Dunkelschön gefunden hatten. Alle sprachen aufgeregt durcheinander.

Nun sah Fräulein Harmer sich die Katze genauer an. »Sie ist abgemagert. Ihr Fell ist struppig und voll von den kleinen Samen, die sich in der Kleidung festsetzen, wenn man in dieser Jahreszeit durch die Felder läuft. Wahrscheinlich ist sie ausgerissen und durch Felder und Wälder heimgelaufen.«

»Katzen sind sehr klug und finden immer nach Hause zurück«, sagte Dicki. »Dunkelschön ist sicherlich froh wieder hier zu sein.«

Nach einiger Zeit erschien Herr Tupping mit Herrn Grimm. Der Polizist hatte ihm offenbar die Anweisung des Inspektors übermittelt. Er machte ein mürrisches Gesicht und warf Luke einen finsteren Blick zu.

»Dunkelschön ist zurückgekommen, Herr Tupping«, sagte Betti. »Ist das nicht wunderbar?«

Herr Tupping traute seinen Augen nicht. Er starrte Dunkelschön lange an und untersuchte immer wieder ihren Schwanz mit dem hellen Ring darin.

Herr Grimm riss den Mund auf. Seine Augen traten hervor. Er zog das schwarze Notizbuch aus der Tasche und begann eifrig zu schreiben. »Ich muss einen Bericht für den Inspektor machen«, sagte er laut. »Darf ich um Einzelheiten bitten? Waren Sie anwesend, als die Katze zurückkam, Frau Kendling?«

Noch einmal mussten die Kinder die Geschichte von Dunkelschöns plötzlichem Auftauchen erzählen. Mit wichtiger Miene schrieb Herr Grimm alles in sein Notizbuch. Herr Tupping war der Einzige, der keine Freude darüber zeigte, dass Dunkelschön wieder da war. Er sagte überhaupt nichts. Schließlich drehte er sich um und wollte weggehen.

Doch Frau Kendling hielt ihn zurück. »Herr Tupping, ich habe soeben mit Inspektor Jenks über Luke gesprochen. Der Junge wird ab morgen wieder hier arbeiten. Herr Grimm hat Ihnen wohl schon davon erzählt. Ich erwarte, dass Sie Luke anständig behandeln.«

»Frau Kendling, wenn Sie und der Inspektor diesen Burschen ...«, begann Herr Tupping aufgebracht.

Doch Frau Kendling schnitt ihm das Wort ab. »Ich möchte nichts mehr davon hören.« Sie drehte sich um und ging.

Frau Sitter trippelte aufgeregt hinter ihr her. Sie konnte es kaum fassen, dass ihr Widersacher so abgekanzelt wurde. Der Kneifer fiel ihr von der Nase.

»Das war deutlich«, sagte Dicki.

Herr Tupping wurde dunkelrot.

»Schert euch nach Hause«, sagte Herr Grimm zu den Kindern.

»Ich möchte nach Indizien suchen«, entgegnete Dicki boshaft. »Vielleicht ist irgendwo ein Fruchtbonbon liegen geblieben oder ein Sahnetoffee. Haben Sie den Pfefferminzbonbon aufgegessen, Herr Grimm?«

Nun wurde Herr Grimm dunkelrot. Lachend rannten die Kinder davon. Wie Dicki auf solche Dinge kam! Und dass er es wagte, sie auszusprechen! Eilig kletterten sie über die Mauer. Dicki ließ Purzel aus dem Schuppen. Da läutete es im Hause.

Betti seufzte. »Immer, wenn es am spannendsten ist, muss ich nach Hause. Das war vielleicht ein aufregender Tag!«

Flipp nickte. »Das kann man wohl sagen. Erst haben wir mit dem Inspektor ein Picknick gemacht. Dann kam Luke aus seinem Versteck und schließlich kam Dunkelschön zurück. Und jetzt haben wir überhaupt kein Geheimnis mehr aufzuklären!«

»Wir wissen immer noch nicht, wer Dunkelschön gestohlen hatte«, wandte Rolf ein. »Ob sie vielleicht doch einfach ausgerissen war, ohne dass Luke es bemerkt hat? Vielleicht war die Tür nicht richtig zu und die Katze hat sie aufgestoßen.«

»Das halte ich nicht für möglich«, antwortete Dicki. »Aber es ist ja auch egal. Wir haben es nicht geschafft dieses Geheimnis aufzuklären. Am besten, wir tun so, als hätte es überhaupt kein Geheimnis gegeben. Dunkelschön ist ausgerissen und kam zurück, als sie die Freiheit satt hatte.«

Doch keiner von ihnen glaubte daran. Die Spürnasen waren sehr enttäuscht, dass alles im Sande zu verlaufen schien.

Luke ging am Abend wieder zu seinem Stiefvater. Der schlug ihn nicht und schimpfte auch nicht, sondern stellte ihm schweigend sein Essen hin. Herr Grimm hatte ihm wohl eingeschärft den Jungen in Ruhe zu lassen. Nachdem Luke gegessen hatte, wusch er das Geschirr ab.

Am nächsten Morgen nahm er seine Arbeit bei Frau Kendling wieder auf. Er hatte immer noch Angst vor Herrn Tupping. Aber der Gärtner tat ihm nichts. Die Anweisungen Frau Kendlings und des Inspektors wurden genau befolgt. Tupping wollte seine gute Stellung nicht aufs Spiel setzen.

Luke freute sich sehr, dass Dunkelschön wieder da war. Nun schien alles in Ordnung zu sein. Er arbeitete fleißig. Die Kinder hörten ihn pfeifen, wenn er den Schubkarren durch den Garten schob. Sie kletterten über die Mauer und sahen ihm bei der Arbeit zu.

»Hallo, Luke«, rief Betti. »Freust du dich, dass du wieder hier bist?«

Luke nickte. »Ich habe meine Arbeit gern. Vielen Dank für eure

Hilfe. Es war sehr mutig von euch, mich zu verstecken und mir Essen zu bringen.«

»Das war doch selbstverständlich«, sagte Rolf. »Wir haben es gern getan.«

»Ich werde jedem von euch eine Pfeife schnitzen«, versprach Luke. »Nicht so kleine wie die, die ich für Betti gemacht habe, sondern schöne große. Und dann male ich sie an.«

»Toll!«, rief Flipp. »Aber es ist eine Menge Arbeit für dich, fünf Pfeifen zu schnitzen.«

Luke war froh, dass er seinen Freunden eine Freude machen konnte. Er bedauerte nur, dass er kein Geschenk für Purzel hatte.

Der Junge lebte sichtlich auf. Von seinem Stiefvater bekam er keine Schläge mehr und Tupping schrie ihn nur noch manchmal an, wenn niemand in der Nähe war. Ab und zu sprach Frau Kendling ein paar freundliche Worte mit ihm. Die Kinder besuchten ihn im Garten oder gingen mit ihm spazieren, wenn er frei hatte.

Die Tage verliefen friedlich und ohne besondere Aufregungen. Die Kinder spielten miteinander, während Purzel Kaninchen jagte. Sie machten Ausflüge zu Fuß oder mit den Rädern und badeten im Fluss.

»Nun ist das Geheimnis um die siamesische Katze fast vergessen«, sagte Dicki eines Tages. »Ich glaube nun doch, es war überhaupt kein Geheimnis. Eine Katze war verschwunden. Wir wissen zwar nicht, wie, wahrscheinlich aber auf ganz natürliche Weise.«

»Schade, dass wir in diesen Ferien kein Geheimnis aufklären können!«, meinte Betti. »Wozu sind wir die sechs Spürnasen, wenn wir nichts aufzuspüren haben? Wenn doch irgendwas passieren würde!«

»Wenn man es wünscht, passiert gerade nichts«, sagte Dicki.

Aber diesmal irrte er sich. Es geschah bald etwas, was die Spürnasen sehr beschäftigen sollte. Dunkelschön verschwand zum zweiten Mal.

Dunkelschön verschwindet zum zweiten Mal

An einem Nachmittag gegen halb fünf kletterte Luke über die Mauer. Sein rundes Gesicht war leichenblass und er war so aufgeregt, dass er kein Wort hervorbringen konnte. Die Kinder dachten zuerst, Tupping hätte ihn geschlagen.

»Was ist los, Luke?«, fragte Gina.

»Dunkelschön ist wieder verschwunden; direkt vor meiner Nase, genau wie beim ersten Mal.«

»Das ist ja nicht zu glauben«, rief Dicki. »Setz dich und erzähle uns alles. Das ist ja eine tolle Geschichte.«

Luke warf sich ins Gras. »Heute Nachmittag habe ich die Wege vor dem Katzenhaus gewalzt. Das mache ich immer, wenn es geregnet hat. Ich gehe also mit der Walze auf und ab – und genau in der Zeit wird Dunkelschön gestohlen. Direkt vor meiner Nase. Dabei habe ich keine Menschenseele gesehen.«

»Wer hat zuerst entdeckt, dass sie fort ist?«, fragte Rolf.

»Fräulein Harmer. Sie hatte frei. Um zehn Uhr ging sie weg und kam vor ein paar Minuten zurück. Sie kam zum Käfig und schrie: ›Dunkelschön ist verschwunden.‹«

Die Kinder schüttelten die Köpfe. »Hast du auch in den Käfig geguckt?«, fragte Rolf.

»Natürlich. Aber es waren nur die anderen Katzen drin.«

»Woher weißt du denn, dass sie verschwunden ist, während du die Wege gewalzt hast?«, fragte Dicki. »Sie könnte doch schon vorher weg gewesen sein.«

»Nein, vorher war sie noch da. Frau Kendling geht jeden Tag gegen drei zum Katzenhaus und spricht dann immer ein paar Worte mit Fräulein Harmer. Sie war auch heute um drei Uhr dort und hat Dunkelschön noch gesehen.«

»Aber mit Fräulein Harmer kann sie nicht gesprochen haben«, sagte Dicki. »Sie war ja nicht da.«

»Ja, sie ist eben erst zurückgekommen. Herr Tupping ging mit Frau Kendling zum Katzenhaus. Das macht er immer, wenn Fräulein Harmer nicht da ist. Ich sah die beiden vor dem Katzenhaus stehen und hörte Tupping sagen: ›Dort hinten liegt Dunkelschön. Sehen Sie die hellen Haare in ihrem Schwanz?‹ Um drei Uhr war Dunkelschön also noch da.«

»Und du hast dich nicht von dem Katzenhaus entfernt, bis Fräulein Harmer zurückkam und entdeckte, dass Dunkelschön verschwunden ist?«, fragte Rolf.

Luke schüttelte den Kopf. »Jetzt wird es wieder heißen, ich hätte die Katze gestohlen«, sagte er leise. »Beim ersten Mal war ich in der Nähe des Katzenhauses und diesmal wieder. Aber ich habe Dunkelschön nicht angerührt.«

Dicki hatte aufmerksam zugehört. »Ging Fräulein Harmer sofort zum Katzenkäfig, als sie zurückkam?«, fragte er.

»Ja. Tupping lief ihr entgegen und sagte, eine der Katzen scheine krank zu sein. Er betrat den Käfig zuerst und hob eine Katze hoch. Als Fräulein Harmer gleich darauf in den Käfig trat, schrie sie: ›Dunkelschön ist weg.‹«

»Könnte Tupping sie in dem Augenblick rausgelassen haben, ehe Fräulein Harmer den Käfig betrat?«, fragte Rolf.

»Nein. Tupping konnte ich zwar nicht sehen. Aber ich sah die Tür. Sie war geschlossen.«

Die Kinder dachten schweigend nach. Dunkelschön war also zum zweiten Mal vor Lukes Augen verschwunden. Luke hatte wirklich Pech. Wieder war nur er in der Nähe des Katzenhauses gewesen.

»War es deine Idee, die Wege um das Katzenhaus zu walzen?«, fragte Dicki.

»Aber nein! Ich mache doch nichts selbstständig. Herr Tupping weist mir jeden Tag die Arbeit zu. Er trug mir auf, am Nachmittag dort die Wege zu walzen.«

»Als Dunkelschön zum ersten Mal verschwand, hast du auch dort gearbeitet«, sagte Flipp. »Damals hatte Fräulein Harmer frei – und diesmal wieder. Damals betrat Tupping den Katzenkäfig als Erster, nachdem Dunkelschön verschwunden war – und diesmal wieder. Damals war er mit Herrn Grimm zusammen – diesmal mit Fräulein Harmer. Merkwürdig. Alles hat sich fast genauso abgespielt wie damals.«

»Ich habe die Katze damals nicht genommen und diesmal auch nicht«, entgegnete Luke. »Oder bin ich etwa verrückt geworden? Habe ich die Katze herausgelassen und es dann vergessen?« Er fuhr sich verwirrt mit den Fingern durch die strähnigen Haare.

»Nein, Luke, bestimmt nicht«, beruhigte ihn Gina. »Ältere Leute tun manchmal etwas und vergessen es dann. Aber du hast Dunkelschön nicht aus dem Käfig gelassen.«

Dicki stand auf. »Die Geschichte ist rätselhaft. Ich gehe mal rüber und sehe mich ein wenig um. Damals haben wir eine von Lukes Pfeifen in dem Käfig gefunden. Vielleicht liegt wieder eine drin. Es scheint sich doch alles zu wiederholen.«

»Rede keinen Unsinn«, sagte Gina. »Das ist Zufall.«

Dicki zuckte die Achseln. »Vielleicht hast du Recht. Aber wenn wirklich wieder eine von Lukes Pfeifen in dem Käfig liegt, dann ist das kein Zufall. Dann wissen wir, dass sie absichtlich dort hingelegt wurde. Ich gehe mal rüber und sehe nach.«

Die anderen wollten natürlich nicht zurückbleiben. Alle kletterten über die Mauer. Luke war ganz verstört. Purzel wurde an einen Baum gebunden. Er bellte wütend und versuchte vergeblich von dem Strick loszukommen.

Als die Kinder an dem Katzenhaus ankamen, war niemand zu sehen. Fräulein Harmer und der Gärtner waren wahrscheinlich zu Frau Kendling gegangen um ihr zu berichten, dass Dunkelschön wieder verschwunden war. Die Katzen sahen die Kinder mit ihren leuchtend blauen Augen an. Betti zählte sie. Es waren sieben.

Dicki deutete in den Käfig. »Seht ihr? Da liegt wieder eine von Lukes Pfeifen.«

Tatsächlich, auf dem Boden des Käfigs lag eine Pfeife. Luke starrte sie erstaunt an. Dann lief er zu seiner Jacke, die an einem Baum hing.

»Ich hatte sie in die Tasche gesteckt, um sie später fertig zu machen. Sie war für Flipp bestimmt. Jemand hat sie herausgenommen.«

»Und dann in den Käfig gelegt, um den Verdacht wieder auf dich zu lenken«, fügte Dicki mit grimmiger Miene hinzu.

»Könnten wir sie nicht wieder herausholen?«, schlug Gina vor.

»Dazu haben wir keine Zeit«, entgegnete Dicki. »Seht euch rasch nach Indizien um.«

Die Kinder suchten die Umgebung des Katzenhauses ab. Betti drückte ihre Nase gegen das Drahtgitter des Käfigs und schnüffelte.

»Das ist wieder derselbe Geruch wie damals. Was war es doch, Dicki? Ach richtig, Terpentin.«

Dicki ging zu ihr hin und schnüffelte ebenfalls. »Tatsächlich, es riecht nach Terpentin. Ist das nicht merkwürdig? Alles wiederholt sich – sogar der Terpentingeruch. Dies ist die seltsamste Geschichte, die ich je erlebt habe.«

»Schau mal, Dicki, ob dies hier ein Indiz ist?« Gina deutete auf einen Stein mit einem kleinen runden Farbklecks, der neben dem Weg lag.

Dicki betrachtete ihn aufmerksam. »Ich glaube kaum.« Dann hob er den Stein auf. »Sag mal, Luke, ist es möglich, dass du diese

Farbe verkleckst hast? Du malst deine Pfeifen doch an. Hast du es jemals hier getan?«

»Nein, nie. Ich mache es immer in dem Schuppen, wo die Farbtöpfe stehen. Außerdem benutze ich diese gelbliche Farbe nicht. Ich nehme nur leuchtende Farben – Rot, Blau oder Grün.«

»Es kann kein Indiz sein«, sagte Dicki. Dennoch steckte er den Stein für alle Fälle ein.

Nun näherten sich Schritte. Frau Kendling, Frau Sitter, Fräulein Harmer und Herr Tupping kamen auf das Katzenhaus zu. Der Gärtner machte sich ungeheuer wichtig. Die anderen sahen erschrocken aus. Frau Sitters Kneifer blieb nicht zwei Sekunden lang auf ihrer Nase. Alle spähten in den Käfig, als hofften sie, Dunkelschön könnte wieder aufgetaucht sein. Plötzlich stieß Fräulein Harmer einen Schrei aus, zeigte auf Lukes Pfeife und rief: »Was ist denn das?«

Alle starrten auf die Pfeife. »Aha!«, rief Herr Tupping. »Die gehört Luke.«

Fräulein Harmer schloss die Tür des Käfigs auf. Herr Tupping hob die Pfeife auf und gab sie Frau Kendling.

»Ist das deine Pfeife, Luke?«, fragte Frau Kendling.

Luke nickte schweigend. Er war sehr blass.

Dicki zog seine Pfeife aus der Tasche. »Es könnte ja auch eine von unseren Pfeifen sein, Frau Kendling«, meinte er. »Luke hat uns welche geschenkt.«

»Wie ist sie aber in den Käfig geraten?«, fragte Frau Kendling.

Nun mischte sich Herr Tupping ein. »Wie sie in den Käfig geraten ist? Ganz einfach. Luke ging hinein, griff sich die Katze und verlor dabei die Pfeife ohne es zu merken. Dann schloss er den Käfig zu, legte den Schlüssel an seinen Platz und brachte Dunkelschön weg.«

»Ich weiß doch nicht einmal, wo der Schlüssel aufbewahrt wird«, rief Luke.

»Normalerweise habe ich ihn in der Tasche«, sagte Fräulein Harmer. »Wenn ich weggehe, gebe ich ihn Herrn Tupping. Wo bewahren Sie den Schlüssel auf, Herr Tupping?«

»Ebenfalls in meiner Tasche. Aber heute Nachmittag habe ich meine Jacke hier irgendwo liegen lassen. Luke konnte den Schlüssel leicht herausnehmen. Sicherlich hat er die Katze irgendwo versteckt. Das haben Sie von Ihrer Gutmütigkeit, Frau Kendling. Ich wusste ja, dass es kein gutes Ende nehmen würde mit diesem Burschen. Wie oft habe ich zu Herrn Grimm gesagt ...«

»Es interessiert mich nicht, was Sie zu Herrn Grimm sagen«, unterbrach ihn Frau Kendling. »Ich denke, wir wenden uns diesmal direkt an Inspektor Jenks.«

Die Kinder strahlten. Aber leider war der Inspektor nicht zu erreichen. Also musste doch Herr Grimm benachrichtigt werden. Er kam umgehend und stellte mit wichtiger Miene allerlei Fragen.

Den Kindern warf er einen misstrauischen Blick zu. Dann spähte er in den Käfig. Aber diesmal entdeckte er keine Indizien darin. Außer der Pfeife, die Frau Kendling ihm gab, war nichts Besonderes zu sehen.

»Habt ihr wieder etwas gefunden?«, fragte er Dicki.

»Nur einen Geruch und einen Stein mit einem Farbklecks«, platzte Betti heraus.

Die anderen sahen sie böse an und machten ihr Zeichen zu schweigen. Sie erschrak und hätte sich am liebsten auf die Zunge gebissen. Wie konnte sie Herrn Grimm das nur erzählen!

»Einen Geruch und einen Stein mit einem Farbklecks?«, fragte der Polizist ungläubig. »Ihr wollt mich wohl wieder anführen. Aber das wird euch nicht gelingen. Diesmal glaube ich nicht an Pfefferminzbonbons, Schnürsenkel, Haarschleifen oder Gerüche. Ich pfeife auf eure Indizien. Denkt daran, was ich euch schon immer gesagt habe: Wenn ihr euch in polizeiliche Ermittlungen einmischt, werdet ihr eines Tages ernsthafte Schwierigkeiten bekommen.«

Er drehte den Kindern den Rücken zu. Sie liefen zur Mauer, kletterten hinüber und warfen sich ins Gras.

»Betti!«, rief Flipp vorwurfsvoll. »Wie kannst du nur Wegda von unseren Indizien erzählen! Bist du verrückt geworden?«

»Wahrscheinlich.« Betti war den Tränen nahe. »Ich weiß selber nicht, wie es kam. Es ist mir einfach rausgerutscht.«

»Ach, das macht nichts«, sagte Dicki tröstend. »Gerade weil du es ihm erzählt hast, wird er es nicht glauben.«

»Es ist eine rätselhafte Geschichte«, meinte Gina. »Das Geheimnis um eine siamesische Katze. Auf welche Weise ist sie verschwunden? Und wo ist sie geblieben?«

Purzel ist ein kluger Hund

»Es ist doch komisch, dass sich alles genauso abgespielt hat wie beim ersten Mal«, sagte Dicki nachdenklich. »Nur Luke war in der Nähe des Tatortes. Fräulein Harmer hatte frei und im Käfig lag eine Pfeife.«

»Und wieder muss der Verdacht auf Luke fallen«, ergänzte Rolf. »Um drei Uhr befand sich Dunkelschön noch im Käfig. Frau Kendling und Herr Tupping haben sie ja gesehen. Und Luke war in der Nähe des Katzenhauses, bis Fräulein Harmer zurückkam und entdeckte, dass die Katze verschwunden war.«

»Und Luke behauptet, in der Zwischenzeit keinen Menschen gesehen zu haben«, fuhr Flipp fort. »Ich kann mir beim besten Willen nicht vorstellen, wie Dunkelschön gestohlen werden konnte.«

Schweigend grübelten die Kinder eine Weile über das Rätsel nach. Es gab eigentlich nur eine vernünftige Erklärung, nämlich die, dass Luke der Dieb war. Aber das konnten die Kinder einfach nicht glauben.

Sie blieben zusammen, bis Betti ins Bett musste. »Wir wollen uns morgen wieder hier treffen«, sagte Dicki und stand auf. »Es wird zwar nichts dabei herauskommen. Aber vielleicht hat doch einer von uns eine Idee, wie wir in der Sache weiterkommen können. Wir müssen heute Abend alle scharf nachdenken.«

»Wenn wir wenigstens ein paar Indizien hätten«, meinte Flipp. »Mit einem Geruch und einem bekleckstem Stein ist nichts anzufangen.«

»Sogar Wegda hat sich darüber lustig gemacht«, sagte Dicki.

»Na, auf Wiedersehen bis morgen! Strengt euren Grips an! Wir müssen das Rätsel lösen, sonst ist Luke erledigt.«

An diesem Abend konnten die Kinder lange nicht einschlafen. Ihre Gedanken kreisten um das Geheimnis. Trotzdem wusste keiner von ihnen etwas Neues zu sagen, als sie sich am nächsten Morgen trafen. Nur Betti schien etwas auf dem Herzen zu haben, wollte jedoch nicht recht mit der Sprache heraus. Sie befürchtete, von den anderen ausgelacht zu werden.

»Ist einem von euch etwas eingefallen?«, fragte Dicki.

»Ich dachte ... wir könnten vielleicht eins von unseren Indizien ein wenig untersuchen«, meinte Betti zögernd.

»Welches Indiz?«

»Ich meine den Geruch – den Geruch nach Terpentin. Er war gestern da – und damals auch. Also muss er doch irgendwie mit Dunkelschöns Verschwinden zusammenhängen. Das ist ein richtiges Indiz und wir müssen der Sache auf den Grund gehen.«

»Wie sollen wir das denn machen?«, fragte Flipp spöttisch.

»Wir könnten in den Garten von Frau Kendling gehen und feststellen, wo die Terpentinflasche aufbewahrt wird«, erwiderte Betti. »Vielleicht führt es zu nichts, aber wir könnten es doch wenigstens versuchen.«

»Betti hat Recht«, sagte Dicki. »Beide Male hat es am Käfig nach Terpentin gerochen. Wir suchen mal nach der Terpentinflasche. Vielleicht bringt uns das auf eine Spur.«

Flipp sprang auf. »Was du tun willst, tue gleich. Kommt über die Mauer! Passt aber auf, dass Tupping uns nicht erwischt!«

Sie sperrten Purzel in den Schuppen und kletterten über die Mauer. Dann ging Flipp voraus um zu sehen, wo Tupping steckte.

Er kam mit der Nachricht zurück, dass der Gärtner in der Nähe des Hauses beschäftigt war. »Die Luft ist rein. Gehen wir erst einmal zum Käfig und stellen fest, ob der Geruch noch bemerkbar ist. Und dann suchen wir die Terpentinflasche.«

Die Kinder gingen zum Käfig und schnüffelten. Noch immer hing ein schwacher Terpentingeruch in der Luft. Nach kurzer Zeit erschien Fräulein Harmer. Sie war nicht so freundlich wie sonst.

»Geht weg«, sagte sie. »Ich möchte hier niemanden sehen, nachdem Dunkelschön zum zweiten Mal verschwunden ist.«

»Benutzen Sie eigentlich Terpentin um den Käfig zu reinigen?«, fragte Dicki.

»Terpentin? Nein, die Katzen hassen den Geruch. Ich nehme immer ein gewöhnliches Desinfektionsmittel.«

»Wie kommt es dann, dass es hier nach Terpentin riecht?«, fragte Rolf. »Riechen Sie es nicht auch?«

Aber Fräulein Harmer hatte keine besonders feine Nase und bemerkte daher nichts von dem Geruch.

»Haben Sie gestern Nachmittag auch nichts gerochen?«, fragte Rolf.

Fräulein Harmer dachte nach. »Doch, das könnte sein. Aber beschwören kann ich es nicht. Ich war viel zu aufgeregt um auf so etwas zu achten.«

Noch einmal gingen die Kinder schnüffelnd an dem Käfig entlang, aber Fräulein Harmer schickte sie weg.

»Nun wollen wir mal sehen, ob wir irgendwo Terpentin finden«, sagte Dicki. Die Kinder gingen zu den beiden Schuppen, die in der Nähe der Gewächshäuser standen. In dem einen befanden sich Gartengeräte, in dem anderen Kartons, Töpfe und allerlei Gerümpel.

»Komm, Gina, wir untersuchen mit Betti diesen Schuppen hier«, sagte Dicki. »Rolf und Flipp nehmen sich den anderen vor.«

Die Kinder machten sich daran, die beiden Schuppen gründlich zu untersuchen. Sie stöberten in den Gartengeräten, Blumentöpfen und Flaschen. Dabei wussten sie nicht einmal, wie der Fund einer Terpentinflasche ihnen weiterhelfen sollte.

Nach einer Weile kam Luke an den Schuppen vorbei. Er sah sehr niedergeschlagen aus. Rolf guckte zur Tür hinaus und pfiff leise. »Hallo, Luke! Ist dir die Petersilie verhagelt?«

»Du würdest auch nicht gerade singen, wenn du solchen Bammel wie ich hättest«, antwortete Luke.

»Bammel ist prima«, sagte Rolf grinsend. »Das Wort gefällt mir.«

Aber nichts konnte Luke aufheitern. Er fürchtete, dass Herr Grimm jeden Moment auftauchen und ihn verhaften würde. »Was sucht ihr denn in dem Schuppen?«, fragte er. »Wenn Herr Tupping euch hier erwischt, gibt es Ärger.«

Nun steckte auch Flipp den Kopf durch die Tür. »Wir suchen Terpentin«, erklärte er.

»Terpentin?«, fragte Luke erstaunt. »Wozu denn? Die Terpentinflasche steht da drüben.«

Er führte die Jungen in den anderen Schuppen und zeigte auf ein Brett, auf dem verschiedene Flaschen standen. »Dort muss es sein.«

Die Jungen nahmen eine Flasche nach der anderen in die Hand und berochen sie. Aber Terpentin fanden sie nicht.

»Auf dem Brett haben wir längst nachgesehen«, brummte Gina.

»Das Terpentin stand aber dort«, sagte Luke verwundert. »Gestern habe ich die Flasche noch gesehen. Wo kann sie denn nur geblieben sein?«

»Geheimnis um eine verschwundene Terpentinflasche«, murmelte Dicki. Die anderen kicherten.

»Wir müssen sie finden«, rief er.

»Warum denn?«, fragte Gina.

»Weiß nicht. Jedenfalls müssen wir sie finden. Vielleicht hat jemand sie versteckt. Die Flasche muss herbei.«

»Wie denn?«, fragte Rolf. »Wir können doch nicht den ganzen Garten absuchen. Schließlich sind wir keine Hunde.«

»Aber Purzel ist ein Hund. Er muss die Flasche suchen.«

»Und er wird sie auch finden«, rief Betti überzeugt. »Purzel ist klug.«

»Wir können ihm doch nicht sagen, er soll eine Flasche mit Terpentin suchen«, wandte Rolf ein. »Er ist schon klug, aber das wird er wohl kaum verstehen.«

»Ach, das mache ich schon«, erwiderte Dicki. »Habt ihr Terpentin, Flipp?«

»Ja.«

»Hol es bitte. Ich hole Purzel. Geht alle zur Mauer. Tupping darf uns nicht sehen.«

Luke ging an seine Arbeit. Die anderen liefen zur Mauer. Flipp und Dicki kletterten hinüber. Flipp ging in den Geräteschuppen, der sich im hinteren Teil des Gartens befand, und kam mit einem Fläschchen Terpentin zurück. Dicki befreite Purzel aus seinem Gefängnis. Der kleine Hund sprang an ihm hoch und begrüßte ihn so stürmisch, als hätte er ihn wochenlang nicht gesehen.

Dicki nahm ihn auf den Arm. »Komm, Purzel, ich habe eine Aufgabe für dich. Jetzt kannst du beweisen, wie klug du bist.«

Bald waren die beiden Jungen wieder im Nachbargarten.

»Wo ist Tupping?«, fragte Dicki.

»Noch immer in der Nähe des Hauses«, antwortete Rolf.

»Soll Purzel jetzt die Flasche aufspüren?«, fragte Betti aufgeregt.

Dicki nickte. Er goss etwas Terpentin aus Flipps Fläschchen auf sein Taschentuch und hielt es Purzel vor die Nase. »Hier, riech mal. Merk dir den Geruch gut. Es ist Terpentin. Nun lauf durch den Garten und sieh zu, ob du den Geruch wieder findest. Such, Purzel, such!«

Purzel mochte den Terpentingeruch nicht. Er wandte sich von dem Taschentuch ab. Dann nieste er heftig.

Dicki wedelte mit dem Tuch zu ihm hin. »Such, Purzel, such!«

Purzel sah ihn an. Er wusste sehr gut, was »such, such!« bedeutete, denn er musste oft Sachen für Dicki suchen. Nach kurzem Zögern trottete er den Weg entlang, die Nase am Boden, den Schwanz hoch in der Luft.

Gina sah ihm zweifelnd nach. »Er wird Terpentin riechen, wo er geht und steht. Du hast ihn ja nahezu betäubt, Dicki.«

Purzel lief durch das Gebüsch und um die beiden Schuppen herum. Dann wandte er sich zum Katzenhaus und rannte auf den Wegen hin und her.

Rolf schüttelte den Kopf. »Er sucht nach Kaninchen und nicht nach Terpentin. Seht mal, da hat er schon ein Kaninchenloch entdeckt. Nun ist er für die Welt verloren.«

Purzel hatte tatsächlich ein Loch gefunden. Winselnd steckte er die Schnauze hinein. Dann begann er heftig zu graben, sodass die Erde nur so flog.

»Lass das, du Dummkopf!«, rief Dicki ärgerlich. »Ich sagte Terpentin, nicht Kaninchen.«

Er zog Purzel an den Hinterbeinen von dem Loch weg. Dabei rollte etwas über den Boden. Es war ein Korken. Die Kinder starrten ihn an. Dicki hob ihn auf und roch daran.

»Es riecht nach Terpentin!«, rief er aufgeregt.

Die anderen umringten ihn und schnüffelten eifrig. Wirklich, der Korken roch nach Terpentin.

Dicki kniete vor dem Loch nieder, griff hinein und zog eine Flasche heraus. Das Schild darauf war zerrissen, aber man konnte trotzdem noch die Buchstaben »Terp« erkennen. Außderdem befand sich noch etwas Terpentin in der Flasche.

»Hier, das ist es, was wir suchen«, rief Dicki triumphierend.

Die Flasche wanderte von Hand zu Hand. Betti kniete sich hin und spähte neugierig in das Loch.

»Da ist ja noch was drin, Dicki«, schrie sie und zog eine Blechdose heraus. Die anderen betrachteten den neuen Fund. Alle waren sehr aufgeregt.

»Lass mal sehen«, sagte Rolf. »Aha, eine Dose Ölfarbe. Warte mal, ich mache sie mit einem Messer auf.«

Er hob den Deckel ab. In der Dose war eine gelbliche Farbe.

»Sieh mal an«, sagte Dicki. »Es ist dieselbe Farbe wie die auf dem Stein, den wir beim Katzenhaus gefunden haben.«

Er zog den Stein aus der Tasche und verglich den Klecks darauf mit der Farbe in der Dose. Wirklich, es war genau derselbe Farbton.

Nun kniete sich auch Rolf vor das Loch und fuhr mit der Hand hinein. Aber er fand nichts mehr.

Dicki sah abwechselnd auf die Flasche und auf die Dose. »Das ist ein Fund! Wer hat die Sachen in dem Loch versteckt? Und warum hat er sie dort versteckt?«

Jagd nach einem Geruch

Die Kinder waren sehr aufgeregt. Sie hatten einen wichtigen Fund gemacht, wussten allerdings nicht recht, was sie damit anfangen sollten.

»Wozu wird Terpentin gebraucht?«, fragte Betti.

»Um Pinsel zu reinigen oder Farbkleckse zu entfernen«, antwortete Rolf. »Diese Farbe und das Terpentin gehören zweifellos zusammen. Eigentlich komisch, dass kein Pinsel dabei ist.«

Gina bückte sich zu dem Loch hinunter. »Vielleicht ist der Pinsel noch drin.« Doch Purzel kam ihr zuvor. Er steckte seine Schnauze in die Öffnung und fing wieder an zu graben. Als er die Schnauze schließlich herauszog, hielt er einen kleinen Pinsel zwischen den Zähnen.

Betti klatschte in die Hände. »Ist er nicht klug?«

»Sehen wir mal nach, ob noch etwas drin ist.« Dicki legte sich auf den Boden und steckte den Arm bis zur Schulter in die Öffnung. Als er nichts mehr fand, stand er wieder auf. Plötzlich stutzte er. »Horcht mal, Tupping ruft nach Luke. Wir müssen sehen, dass wir verschwinden. Rolf, hilf mir mal, den Boden hier ein bisschen zu ebnen. Wer auch immer die Sachen hier versteckt hat – er darf nicht merken, dass wir sie gefunden haben. Das würde ihn nur warnen.«

Die beiden Jungen glätteten den Boden, während Flipp mit den Mädchen vorausging. Gina half Betti über die Mauer. Gleich nach ihnen kletterten Dicki und Rolf auf die andere Seite. Es war höchste Zeit, denn ein paar Minuten später kam Herr Tupping an der Stelle vorbei, wo sie den Fund gemacht hatten. Die Kinder liefen in die Laube und betrachteten ihre Beute.

»Eine Flasche mit Terpentin, eine Dose mit gelblicher Farbe und ein kleiner alter Pinsel«, stellte Dicki fest. »Wozu wurden diese Dinge benutzt? Wer hat sie gebraucht? Und wann wurden sie gebraucht? Wenn wir das wüssten, könnten wir das Geheimnis um Dunkelschöns Verschwinden aufklären.«

»Es war eine gute Idee von Betti, den Terpentingeruch zu verfolgen«, meinte Rolf.

»Ja, das war es«, stimmte Dicki zu. »Hast du vielleicht noch eine Idee, Betti?«

Betti dachte angestrengt nach. Ausgerechnet am Katzenkäfig hatte sie den Terpentingeruch bemerkt. Dabei konnten die Katzen ihn nicht leiden. An welcher Stelle des Käfigs mochte Terpentin benutzt oder vergossen worden sein?

»Dicki«, sagte sie zögernd, »sollte man nicht mal in den Katzenkäfig gehen und feststellen, woher der Terpentingeruch genau kommt? Ich meine, ob er auf den Bänken ist oder auf dem Boden oder an dem Drahtgitter. Ich weiß zwar nicht, wie, aber es könnte uns doch weiterhelfen.«

»Eine blöde Idee«, brummte Flipp.

«Ich wüsste auch nicht, was das für einen Sinn haben soll«, stimmte ihm Rolf kopfschüttelnd zu. »Außerdem können wir ja gar nicht in den Käfig. Fräulein Harmer hat den Schlüssel.«

»Ich finde Bettis Idee nicht schlecht«, widersprach Dicki. »Was es uns nützen soll die Stelle zu finden, an der Terpentin benutzt worden ist, weiß ich zwar auch nicht. Aber ich habe das Gefühl, dass wir es versuchen sollten. Betti, du hast brauchbare Einfälle.«

Betti errötete vor Freude. Sie wurde oft von den anderen aufgezogen, und dieses Lob von Dicki machte vieles wieder gut.

»Wie kommen wir an den Schlüssel?«, fragte Gina. »Fräulein Harmer hat ihn in der Tasche.«

Dicki überlegte. »Es ist heute sehr heiß«, sagte er schließlich. »Fräulein Harmer hat ihre Jacke sicherlich ausgezogen und irgendwo hingehängt. Jetzt wird sie wohl nicht bei den Katzen sein. Vielleicht arbeitet sie in den Gewächshäusern. Das gehört ja auch zu ihren Aufgaben. Dort wird sie bestimmt keine Jacke anhaben. Wir müssen versuchen den Schlüssel aus der Jacke zu holen.«

»Sie wird ihre Jacke vermutlich nicht aus den Augen lassen«, wandte Rolf ein.

Flipp stand auf. Er schob ein loses Brett der Laubenwand zur Seite, versteckte die drei Indizien in der Öffnung dahinter und schob das Brett wieder auf seinen Platz zurück. »So! Die Sachen kann keiner finden. Ich schlage vor, wir gehen jetzt rüber und sehen nach, was Fräulein Harmer macht.«

Die Kinder kletterten wieder über die Mauer. Purzel wurde jedoch vorher in den Fahrradschuppen gesperrt. Sie konnten den Hund bei ihrem Vorhaben nicht brauchen.

Dicki ging voraus um festzustellen, wo Fräulein Harmer sich befand. Wie vermutet, arbeitete sie in einem Gewächshaus. Sie trug Hosen und eine dünne Bluse. Ihre Jacke hing an einem Nagel. Sie konnten den Schlüssel unmöglich aus der Tasche nehmen, ohne dass Fräulein Harmer es merkte. Dicki ging zu den anderen zurück und erklärte ihnen die Lage.

»Wir müssen Fräulein Harmer für kurze Zeit aus dem Gewächshaus locken«, sagte Flipp.

Alle überlegten, wie das zu machen wäre. Einige Vorschläge wurden besprochen und wieder verworfen. Endlich fand Gina eine sehr einfache Lösung.

»Ich schleiche zum anderen Ende des Gewächshauses. Es hat doch an beiden Enden Türen, nicht wahr? Dann verstecke ich mich in einem dichten Busch und rufe: ›Fräulein Harmer! Fräulein Harmer!‹ Sie wird aus dem Gewächshaus kommen um zu sehen, wer sie ruft. Bevor sie zurückkehrt, muss einer von euch durch die andere Tür hineinschlüpfen und den Schlüssel aus der Jacke nehmen.«

»Es wird uns schlecht bekommen, wenn man uns dabei erwischt«, meinte Rolf. »Aber wir sind nun einmal Spürnasen und müssen auch mal was riskieren. Wer holt den Schlüssel?«

»Ich«, meldete sich Flipp sofort. »Ich bin sehr schnell.«

»Das stimmt«, sagte Dicki. »Pass auf. Du versteckst dich an dem Ende des Gewächshauses, wo Fräulein Harmer arbeitet, Gina am anderen Ende. Sie ruft Fräulein Harmer. Sobald Fräulein Harmer aus der Tür geht, schlüpfst du durch die andere Tür hinein und nimmst den Schlüssel aus der Jacke. Alles klar?«

»Es hört sich kinderleicht an«, meinte Flipp. »Aber wer weiß, ob alles so glatt geht. Wartet ihr anderen am Katzenhaus auf uns?«

»Ja. Los, wir müssen uns beeilen. Sonst zieht Fräulein Harmer die Jacke womöglich wieder an.«

Gina und Flipp schlichen zum Gewächshaus. Fräulein Harmer arbeitete noch immer an derselben Stelle. Flipp stellte sich hinter einen Baum in der Nähe der Tür. Gina lief ans andere Ende und versteckte sich dort in einem dichten Busch.

Es ging alles wie am Schnürchen. Gina rief: »Fräulein Harmer!«

Fräulein Harmer stutzte und wandte den Kopf.

Gina rief noch einmal.

Fräulein Harmer ging durch das Gewächshaus und öffnete die Tür am anderen Ende. »Hier bin ich«, meldete sie sich. In diesem Augenblick erschien Frau Sitter, den Kneifer schief auf der Nase.

»Haben Sie mich gerufen?«, fragte Fräulein Harmer.

Gina hörte der Unterhaltung belustigt zu.

»Nein«, antwortete Frau Sitter. »Aber ich habe auch jemanden gehört. Vielleicht war es Frau Kendling.«

»Wo ist sie denn?«

»Dort hinten auf dem Rasen. Warten Sie, ich führe Sie hin.«

Die beiden gingen weg und waren bald nicht mehr zu sehen. Flipp zögerte keine Sekunde. Er schlüpfte ins Gewächshaus und durchsuchte die Taschen von Fräulein Harmers Jacke. Bald hatte er den Schlüssel gefunden. Dann lief er mit Gina zum Katzenhaus, wo die anderen schon ungeduldig warteten.

»Hier ist der Schlüssel«, rief er. »Nun wollen wir den Käfig mal ein bisschen beschnüffeln.«

»Betti und ich gehen hinein«, sagte Dicki. »Ihr anderen müsst draußen bleiben, sonst kriegen die Katzen Angst. Ich habe eine sehr feine Nase. Und da es Bettis Idee war, soll sie mitkommen.«

Die beiden traten in den Käfig. Sie schlossen die Tür hinter sich zu und liefen schnüffelnd herum. Es roch nach einem Desinfektionsmittel. Aber auch der Terpentingeruch war unverkennbar.

Systematisch beschnüffelten sie den Fußboden, das Drahtnetz und schließlich die Bänke. Die Katzen ließen sich nicht stören und verfolgten sie nur mit den Augen. Eine streckte eine Pfote aus und schlug spielerisch nach Dicki.

»Der Geruch scheint von dieser Bank zu kommen«, sagte Dicki. »Komm mal her, Betti. Riecht es hier nicht nach Terpentin?«

Betti schob die Katze, die auf der Bank lag, sanft beiseite und schnüffelte. »Nein, auf dieser Bank rieche ich kein Terpentin.«

Dicki schnüffelte noch einmal. »Jetzt rieche ich plötzlich auch nichts mehr«, sagte er erstaunt.

Betti schob die Katze auf ihren Platz zurück.

»Nanu?«, rief Dicki. »Der Geruch kommt wieder zurück. Riech doch nur, Betti!«

»Tatsächlich!«, rief Betti überrascht. »Der Geruch ist gar nicht an der Bank, Dicki. Er kommt von der Katze. Jetzt rieche ich es ganz deutlich.«

Nun berochen die beiden die Katze vom Kopf bis zum Schwanz. Die Katze schnurrte.

»Riecht die Katze nach Terpentin?«, fragte Flipp.

Dicki nickte. Sein Gesicht war rot vor Anstrengung. »An welcher Stelle der Katze riechst du Terpentin, Betti?«

Betti wies auf den Schwanz. »Hier.«

»Dort rieche ich es auch.« Nachdenklich betrachtete Dicki den langen Schwanz der Katze.

»Dicki! Betti!«, rief Rolf plötzlich. »Es kommt jemand.«

Aber die Warnung kam zu spät. Herr Tupping erschien, bevor die beiden aus dem Käfig schlüpfen konnten. Er war sprachlos, als er sie dort erblickte. Sie gingen schnell hinaus. Dicki machte die Tür zu und verschloss sie mit klopfendem Herzen. Betti zitterte an allen Gliedern. Die anderen Kinder hatten sich rasch im Gebüsch versteckt.

»Was macht ihr hier?«, schrie Herr Tupping, der die Sprache endlich wieder gefunden hatte. »Woher habt ihr den Schlüssel? Ihr seid also daran schuld, dass hier dauernd Katzen verschwinden. Jetzt habe ich euch auf frischer Tat ertappt. Ihr seid die Diebe. Ich werde sofort zu Herrn Grimm gehen und euch anzeigen.«

Die Aufklärung

Herr Tupping entfernte sich mit großen Schritten. Betti war leichenblass und griff ängstlich nach Dickis Hand. Sogar Dicki hatte etwas von seiner Sicherheit verloren. Schweigend kletterten die Kinder über die Mauer und gingen in die Laube.

»Das war Pech«, murmelte Rolf.

»Wird man uns ins Gefängnis stecken?«, fragte Betti. »Ich habe solche Angst!«

»Bammel meinst du wohl«, sagte Rolf in der Absicht sie aufzuheitern. »Du brauchst keinen Bammel zu haben, Betti. Es wird alles wieder in Ordnung kommen. Wir werden Inspektor Jenks erzählen, dass wir den Schlüssel aus Fräulein Harmers Jacke genommen haben, um einer Spur nachzugehen. Dann kann Wegda ruhig einen Bericht machen und uns verdächtigen, Dunkelschön gestohlen zu haben. Der Inspektor wird ihm doch nicht glauben.«

Dicki war ungewöhnlich schweigsam. »Hast du auch Bammel?«, fragte Gina ihn verwundert.

Dicki schüttelte den Kopf. »Nein. Was macht es schon, dass man uns in dem Käfig gefunden hat? Ich dachte gerade an den Terpentingeruch auf dem Schwanz der Katze. Das ist ein sehr wichtiges Indiz. Wie kommt der Geruch dahin? Und warum roch es bei den Katzen ebenfalls nach Terpentin, als Dunkelschön das erste Mal verschwunden war?«

Betti, die ihm aufmerksam zugehört hatte, sagte: »Terpentin wird dazu benutzt, Pinsel zu reinigen oder Farbflecke zu entfernen. Vielleicht ist die Katze mit dem Schwanz an frische Farbe gekommen und jemand hat ihn mit Terpentin abgewischt.«

Dicki starrte sie an. Plötzlich sprang er mit einem lauten Schrei in die Höhe und schlug mit der Faust auf den Tisch. Sein Gesicht war dunkelrot.

»Was ist los?«, fragte Rolf erschrocken. »Hat dich eine Wespe gestochen?«

Dicki setzte sich wieder hin. Er war sehr aufgeregt. »Hört mal zu. Betti hat den Nagel auf den Kopf getroffen. Das Terpentin ist benutzt worden, um Farbe vom Schwanz der Katze zu entfernen. Wie kam die Farbe aber dorthin und wie sah sie aus? Nun, den Farbton kennen wir. Wir haben die Dose mit der Ölfarbe gefunden, die benutzt wurde, und wir haben einen Stein mit einem Klecks von der gleichen Farbe gefunden. Sie ist – gelblich.«

Die anderen sahen ihn verständnislos an. Dicki holte die Dose hinter dem losen Brett hervor. Er tauchte den Pinsel hinein und tupfte leicht auf den dunkelbraunen Tisch.

»Seht ihr den gelblichen Fleck? So ein Klecks muss auch auf dem Schwanz der Katze gewesen sein, und zwar in der Mitte. Gelblich auf dunkelbraun! Welche Katze hat gelbliche Haare im Schwanz?«

»Dunkelschön!«, riefen die anderen mit glänzenden Augen.

»Ganz recht. Der Täter hat der Katze einen hellen Fleck auf den Schwanz gemalt, damit man sie für Dunkelschön halten soll. Später hat er die Farbe wieder abgewischt. Deshalb roch es in dem Käfig jedes Mal nach Terpentin, wenn Dunkelschön verschwand.«

»Donnerwetter!«, rief Rolf. »Das ist ja eine tolle Geschichte. Der Dieb ist sehr schlau vorgegangen. Wahrscheinlich hat er Dunkelschön schon am Vormittag gestohlen und dann den Schwanz der anderen Katze gefärbt, damit man sie für Dunkelschön hält. Jeder wusste ja, dass sie einen Ring heller Haare an der Stelle hat, wo sie gebissen worden war.«

»Ja. Alle, die zum Katzenkäfig kamen, hielten die Katze mit dem gefärbten Schwanz für Dunkelschön. Beim ersten Mal Flipps Mutter und Frau Sitter und beim zweiten Mal Frau Kendling selbst.

Dann richtete es Tupping so ein, dass er den Käfig zuerst allein betrat. Er wischte die Farbe wieder ab, ohne dass es jemand sah, und verkündete, Dunkelschön sei verschwunden.«

Betti starrte ihn an. »Hast du Tupping gesagt? Wenn Tupping die Farbe abgewischt hat, muss er den Schwanz auch angemalt haben. Dann hat ja Tupping Dunkelschön gestohlen!«

»Ja, es war Tupping. Eine andere Möglichkeit gibt es nicht.« Dicki war außer sich vor Erregung. »Ist das zu glauben? Und dann hat er den Verdacht auf den armen Luke gelenkt.«

»So eine Gemeinheit«, rief Flipp. »Er hat die Katze geklaut und einer anderen einen Farbklecks auf den Schwanz gemalt. Dann gab er Luke Arbeit in der Nähe des Katzenhauses und zeigte die falsche Katze vor. Und danach wischte er die Farbe wieder ab und sagte, Dunkelschön sei verschwunden. Es musste so aussehen, als könnte nur Luke sie gestohlen haben. Ganz schön schlau!«

Dicki nickte. »Als Betti dann zu Wegda sagte, wir hätten einen Geruch und einen Farbklecks gefunden, bekam Tupping es mit der Angst zu tun. Er versteckte die Terpentinflasche und die Dose mit der Ölfarbe, weil er befürchtete, man könnte seine Fingerabdrücke darauf finden. Aber Purzel hat die Sachen aufgespürt.«

Gina stieß einen tiefen Seufzer aus. »Fassen wir das alles noch einmal zusammen: Tupping will Dunkelschön stehlen und den Verdacht auf Luke lenken. Er wählt einen Tag, an dem Fräulein Harmer frei hat. Denn Fräulein Harmer kennt die Katzen so genau, dass sie sich bestimmt nicht durch ein paar gefärbte Haare täuschen lässt.«

Dicki nickte. »Ganz bestimmt nicht. Tupping wartet also, bis sie weg ist. Dann nimmt er Dunkelschön aus dem Käfig und übergibt sie einem Komplizen. Er geht in den Käfig zurück und malt einer anderen Katze einen hellen Ring in den Schwanz. Er sorgt dafür, dass jemand die Katzen besichtigt, und deutet auf die angemalte Katze, die natürlich für Dunkelschön gehalten wird.«

»Beim ersten Mal führt er Wegda zu den Katzen. Er entfernt die Farbe am Schwanz der Katze mit einem mit Terpentin getränkten Lappen und erzählt ihm, Dunkelschön sei verschwunden. Was für eine Frechheit, den Polizisten in den Käfig zu bringen, nachdem er Dunkelschön am Vormittag gestohlen hatte!«

»Beim zweiten Mal gelang es ihm sogar Fräulein Harmer zu täuschen«, fuhr Flipp fort. »Er schlüpfte rasch vor ihr in den Käfig und entfernte die Farbe. Alle hat er mit diesem Trick reingelegt. Alle glaubten, Dunkelschön wäre noch im Käfig, als sie schon lange gestohlen war.«

»Beim ersten Mal muss Dunkelschön entwischt und heimgelaufen sein«, meinte Gina. »Wer weiß, wo sie jetzt steckt.«

»Nun, Tupping wird es der Polizei verraten müssen«, antwortete Dicki. »Ich bin froh, dass er der Dieb ist und nicht Luke. Wie gemein von ihm, Lukes Pfeifen in den Käfig zu legen, damit alle Luke für den Dieb halten.«

»Wird Tupping nun bestraft?«, fragte Betti.

»Natürlich.«

Betti atmete auf. »Dann braucht Luke nicht mehr unter ihm zu arbeiten.«

»Aber jetzt ist Tupping erst mal zu Wegda gegangen um ihm mitzuteilen, dass er uns beide im Katzenhaus erwischt hat«, entgegnete Dicki. »Was sollen wir nun eigentlich machen?«

»Wir rufen Inspektor Jenks an«, schlug Flipp vor. »Er muss erfahren, dass wir das Geheimnis aufgeklärt haben. Außerdem möchte ich nicht, dass Wegda hier auftaucht und Betti verhaftet.«

Betti sah ihn entsetzt an. Lachend legte Dicki den Arm um ihre Schultern. »Hab keine Angst, Betti. Dir wird nichts geschehen. Du hast ja nichts Unrechtes getan. Wir rufen den Inspektor an. Das ist wirklich das Beste.«

»Was machen wir mit dem Schlüssel zum Katzenkäfig?«, fragte Rolf. »Müssen wir ihn nicht zurückbringen?«

»Ja, du hast Recht«, sagte Dicki. »Ich denke, wir gehen zu Fräulein Harmer und gestehen ihr, dass wir ihn ausgeborgt haben. Sie wird vielleicht böse sein. Aber es kommt ja doch raus. Besser, wir sagen es gleich.«

Die Spürnasen kletterten über die Mauer, konnten Fräulein Harmer jedoch nirgends finden.

»Vielleicht ist sie in einem der Schuppen«, meinte Dicki.

Sie öffneten die Tür eines kleinen Schuppens in der Nähe der Gewächshäuser. Dicki steckte den Kopf hinein.

»Hallo! Hier bewahrt Tupping anscheinend seine Sachen auf. Seht mal, dort hängt sein Regenmantel. Und darunter stehen seine Gummistiefel.«

Betti schnüffelte. »Wie es hier nach Terpentin stinkt!«

»Stimmt«, sagte Dicki, ebenfalls schnüffelnd. Er ging zu dem alten Regenmantel und zog ein schmutziges Taschentuch aus der Tasche. In einer Ecke war Tuppings Monogramm eingezeichnet. Das Tuch roch durchdringend nach Terpentin.

»Er hat es mit Terpentin getränkt und dazu benutzt, die Farbe auf dem Schwanz der Katze zu entfernen. Noch ein Indiz. In der Nacht, bevor Dunkelschön verschwand, hat es geregnet. Tupping hatte also sicherlich den Regenmantel und die Gummistiefel an. Und was ist denn das hier?«

Er zeigte den anderen ein paar gelbliche Flecke auf den Stiefelspitzen. Tupping musste Farbe verkleckst haben, als er den Katzenschwanz anmalte. Ein kleiner Klecks war auch auf den Stein gekommen, den Dicki in seiner Tasche hatte.

»Wir nehmem die Stiefel und das Taschentuch mit«, sagte Dicki. »Komm, Purzel. Jetzt haben wir einwandfreie Indizien gegen Herrn Tupping. Was für einen Schreck wird er bekommen, wenn er das erfährt!«

Als die Kinder aus dem Schuppen kamen, stießen sie auf Luke. »Es gibt Ärger«, sagte er bedrückt. »Tupping ist zu Herrn Grimm gegangen um ihm zu melden, dass er Dicki und Betti im Katzenkäfig erwischt hat. Er behauptet, ihr hättet Dunkelschön gestohlen, während ich dort gearbeitet habe. Und ich hätte nichts gesagt, um euch nicht zu verraten. Jetzt gibt es Ärger für euch.«

Ende

Dicki ging nach Hause um Inspektor Jenks anzurufen. Er hatte Glück und erreichte ihn sofort.

»Wir haben das Geheimnis um die siamesische Katze aufgeklärt«, sagte er nach einer kurzen Begrüßung. »Könnten Sie herkommen? Dann erzählen wir Ihnen alles.«

»Kein Problem!«, antwortete der Inspektor sofort. »Ich wollte sowieso nach Peterswalde fahren. Grimm hat soeben einen ziemlich rätselhaften Bericht durchgegeben. Ihr Kinder sollt in dem Katzenkäfig erwischt worden sein und die Katze gestohlen haben. Na, am besten erklärt ihr mir selbst die ganze Geschichte.«

»Kommen Sie zu Frau Kendling?«, fragte Dicki.

»Ja, wir treffen uns in einer Stunde dort.«

Dicki ging erleichtert zu den anderen zurück. Sie empfingen ihn erregt und empört. Herr Grimm war bei Frau Hillmann gewesen und hatte sich über Betti beschwert, weil sie in den Katzenkäfig eingedrungen war. Darauf hatte er sich zu Dickis Eltern begeben.

»Mama ist sehr ärgerlich. Weil du nicht hier warst, habe ich lieber gar nichts gesagt. Ich wusste ja nicht, wie viel ich verraten durfte. Mama hat furchtbar mit mir geschimpft.«

»Lass nur, Betti«, sagte Dicki tröstend. »Bald wird der Inspektor hier sein. Wenn er unseren Bericht gehört hat, bringt er bestimmt alles in Ordnung. Wir sollen ihn in einer Stunde bei Frau Kendling treffen. Unsere Indizien nehmen wir mit.«

Mit den verschiedensten Dingen beladen, gingen die Kinder nach einer Stunde zu Frau Kendling. Diesmal wählten sie den Weg über die Straße. Sie hatten eine Terpentinflasche bei sich, eine Dose mit Ölfarbe, einen alten Pinsel, einen Stein mit einem Farbklecks, ein Taschentuch, das stark nach Terpentin roch, und ein Paar mit Farbe bekleckste Gummistiefel.

»Das einzige Indiz, das wir nicht mitbringen können, ist der Geruch auf dem Schwanz der Katze«, sagte Betti. »Und gerade das ist das Allerwichtigste.«

»Seht mal, dort geht Herr Grimm ins Haus«, rief Gina. »Tupping ist bei ihm. Und da kommt Luke. He, Luke, wo willst du hin?«

»Ich soll mich waschen und zu Frau Kendling gehen«, antwortete Luke bedrückt.

»Hast du Bammel?«, fragte Dicki.

»Ja.«

»Du brauchst keinen Bammel zu haben. Jetzt wird sich alles aufklären. Kopf hoch, Luke!«

Aber Luke war nicht zu trösten. Niedergeschlagen ging er in einen Schuppen um sich zu waschen.

Gleich darauf fuhr ein schwarzer Polizeiwagen vor. Inspektor Jenks stieg aus. Lächelnd winkte er die Kinder zu sich heran. »Wer ist denn nun der Dieb?«

»Tupping«, antwortete Dicki. »Sicher haben Sie es bereits erraten, obwohl Sie überhaupt keine Indizien haben.«

»Ich hatte ihn von Anfang an im Verdacht. Das war kein Wunder, denn ich wusste, dass er schon einen ähnlichen Diebstahl begangen hatte. Damals handelte es sich um einen Rassehund. Geht jetzt ins Haus. Ich komme gleich nach.«

Alle versammelten sich in dem großen Wohnzimmer. Außer Frau Kendling waren Frau Sitter und Fräulein Harmer dort. Frau Sitters Kneifer fiel ihr dauernd von der Nase. Ihre Hände zitterten und sie sah so verängstigt aus, als wäre sie der Dieb.

»Setzt euch«, sagte Frau Kendling zu den Kindern.

Auf Dickis Rat hin hatten sie einige von ihren Indizien draußen gelassen. Tupping durfte seine Gummistiefel und die Dose mit Ölfarbe noch nicht sehen. Die Kinder setzten sich. Dicki nahm Purzel auf den Schoß, um Herrn Grimm vor seinen Angriffen zu schützen.

Nach kurzer Zeit trat der Inspektor ins Zimmer. Er schüttelte Frau Kendling die Hand, zwinkerte den Kindern zu und begrüßte Herrn Grimm mit einem Kopfnicken.

Alle setzten sich. Herr Grimm machte ein strenges, von Wichtigkeit erfülltes Gesicht. Er warf Betti und Dicki einen vernichtenden Blick zu. Jetzt würden die unnützen Gören was erleben! Der Gärtner hatte ihm gemeldet, dass sie den Schlüssel gestohlen hatten und in das Katzenhaus eingedrungen waren.

»Nun, Grimm«, sagte der Inspektor. »Sie haben mir heute einen etwas verworrenen Bericht durchgegeben. Die Sache erschien mir ernst und so bin ich gekommen, um nach dem Rechten zu sehen.«

»Das war auch unbedingt notwendig.« Herr Grimm reckte sich. »Gute Gründe sprechen dafür, dass diese Kinder hier mehr von dem Verschwinden der wertvollen Katze wissen, als wir dachten. Jetzt werden sie endlich die Wahrheit sagen müssen. Ein paar Worte von Ihnen werden sehr heilsam für sie sein.«

»Auch ich bin der Meinung, dass die Kinder mehr von der Sache wissen, als Sie denken, Grimm«, antwortete der Inspektor. »Es wird wohl das Beste sein, wenn ich sie selbst befrage.«

Er wandte sich an Dicki. »Dietrich Kronstein, kannst du uns etwas zu der Sache sagen?«

Nichts wäre Dicki lieber gewesen. Er war fast ebenso von Wichtigkeit durchdrungen wie der Polizist. »Wir Spürnasen wissen, wer Dunkelschön gestohlen hat«, sagte er.

Der Gärtner schnaubte verächtlich und Herr Grimm tat es ihm nach. Luke sah Dicki ängstlich an. Frau Sitter fiel der Kneifer von der Nase.

»Nun?«, fragte der Inspektor.

»Ich will Ihnen genau erklären, wie der Diebstahl begangen wurde«, fuhr Dicki fort.

Die anderen Kinder sahen ihn bewundernd an. Dicki fand doch immer die richtigen Worte.

»Ich bin sehr interessiert deine Erklärung zu hören«, antwortete der Inspektor mit einem Zwinkern in den Augen.

»Dunkelschön wurde zweimal gestohlen, wie Sie wissen«, begann Dicki. »Beide Male war Fräulein Harmer nicht da und Herr Tupping kümmerte sich um die Katzen. Beide Male wurde Dunkelschön nicht am Nachmittag gestohlen, sondern bereits am Vormittag.«

Alle außer den Kindern waren sehr überrascht. Herr Grimm starrte Dicki mit offenem Mund an. »Das ist doch ...«, rief er.

Aber Inspektor Jenks ließ ihn nicht zu Wort kommen. »Unterbrechen Sie uns jetzt bitte nicht, Grimm.«

Herr Grimm schwieg gekränkt.

»Ja, Dunkelschön wurde bereits am Vormittag gestohlen«, wiederholte Dicki. »Der Dieb nahm sie aus dem Käfig und brachte sie weg. Dann pinselte er einer anderen Katze eine hellen Ring in den Schwanz, sodass jeder, der die Katzen nicht sehr genau kannte, sie für Dunkelschön halten musste.«

Es ertönten überraschte Ausrufe. Frau Sitter fiel der Kneifer von der Nase.

Dicki fuhr unbeirrt in seinem Bericht fort. »Jeder, der am Nachmittag nach den Katzen sah, musste denken, Dunkelschön wäre noch da, während sie in Wirklichkeit schon weg war. Später entfernte der Dieb die Farbe auf dem Schwanz der Katze mit einem mit Terpentin getränkten Lappen und verkündete, Dunkelschön sei verschwunden. Es sah daher so aus, als wäre sie erst am Nachmittag gestohlen worden.«

»Deswegen fiel der Verdacht natürlich auf mich«, warf Luke ein. »Ich war ja nachmittags ganz allein in der Nähe des Katzenhauses.«

»Ja, Luke, das gehörte zum Plan des Diebes. Der Verdacht sollte auf dich fallen. Aus diesem Grund hatte man dich beide Male angewiesen beim Katzenhaus zu arbeiten. Und aus diesem Grund legte der Dieb beide Male eine von deinen Pfeifen in den Käfig.«

Lukes Gesicht rötete sich vor Zorn. »Wer war der Schurke?«, rief er. »Ich drehe ihm den Hals um.«

Der Inspektor warf ihm einen missbilligenden Blick zu. Luke senkte den Kopf und schwieg beschämt.

»Woher willst du das alles so genau wissen?«, fragte Herr Grimm, zwischen Erstaunen, Zweifel und Hohn schwankend. »Das ist doch nur dummes Gerede. Du musst das erst einmal beweisen.«

»Ich kann es beweisen!«, rief Dicki triumphierend. Er steckte die Hand in die Tasche und zog die Terpentinflasche heraus. »Sehen Sie diese Flasche? Sie war in einem Kaninchenloch versteckt. Dort haben wir auch eine Dose mit gelblicher Ölfarbe und einen alten Pinsel gefunden. Rolf, hol mal die anderen Sachen.«

Dicki hielt die Terpentinflasche und den Pinsel hoch, damit alle sie sehen konnten. Frau Sitter fiel der Kneifer von der Nase. Mit zusammengekniffenen Augen starrte sie auf die Indizien und dann auf Dicki. Offensichtlich hielt sie ihn für den größten Detektiv der Welt.

Rolf brachte die Gummistiefel und die Dose mit der Ölfarbe herein und stellte beides vor Dicki hin. Dem Gärtner fielen fast die Augen aus dem Kopf.

Dicki griff nach der Dose und hielt sie hoch. »Hier ist die Ölfarbe, die der Dieb benutzt hat. Purzel hat sie ebenfalls in dem Kaninchenloch aufgestöbert. Nicht wahr, Purzel?«

»Wau!«, bellte Purzel zustimmend.

Dicki stellte die Dose wieder hin und hob die Stiefel hoch. »Diese Stiefel trug der Dieb, als er den Schwanz der Katze angemalt hat. Hier sehen Sie Farbkleckse auf den Spitzen. Und hier ist das Taschentuch, das er mit Terpentin tränkte, um die Farbe damit abzuwischen. Das erste Mal ging er vor Herrn Grimm in den Käfig, das zweite Mal vor Fräulein Harmer.«

»Könnte ich das Taschentuch mal sehen?«, fragte der Inspektor.

Dicki reichte es ihm. Der Inspektor roch daran und betrachtete es genau.

Dicki gab ihm auch den Stein mit dem Farbklecks. »Diesen Stein haben wir vor dem Katzenkäfig gefunden. Er ist eins unserer Indizien. Ein anderes war der Terpentingeruch im Katzenhaus. Betti hat ihn zuerst bemerkt. Sie ist eine ausgezeichnete Spürnase.«

Betti errötete vor Freude. Der Inspektor lächelte ihr zu und blickte dann wieder auf das Taschentuch in seiner Hand. »Auf diesem Tuch steht ein Monogramm«, sagte er. »Ist es das Monogramm des Täters?«

Dicki nickte. Luke beugte sich gespannt vor. »Wer ist es? Nun sag es doch endlich!«

»Ja, wer ist es?«, fragte auch Fräulein Harmer.

Der Inspektor sah sich ernst im Kreise um. Herr Tupping wurde blass und schluckte nervös. Der selbstsichere Ausdruck verschwand von seinem Gesicht. Er schien mehr »Bammel« zu haben, als Luke jemals gehabt hatte. Einer nach dem anderen sah zu ihm hin. Plötzlich wussten alle, wer der Dieb war.

»Was haben Sie dazu zu sagen, Tupping?«, fragte der Inspektor. Seine Stimme klang hart wie Eisen.

»Was, es ist Tupping?«, presste Herr Grimm hervor. Er warf dem Gärtner einen wütenden Blick zu. »Sie sind es gewesen? Sie haben mich in den Käfig geführt und mir einen Haufen Lügen erzählt. Sie haben mich lächerlich gemacht.«

»Betti hat Ihnen doch erzählt, dass wir zwei Indizien gefunden hätten – einen Geruch und einen Stein mit einem Farbklecks«, sagte Dicki. »Aber Sie haben uns nur ausgelacht.«

»Tupping, wo ist die Katze?«, fragte der Inspektor mit derselben harten Stimme wie vorher. »Sie sind des Diebstahls überführt. Versuchen Sie nicht zu leugnen. Andere Geschichten aus Ihrer Vergangenheit passen übrigens recht gut zu dieser Tat.«

Der Gärtner brach zusammen. Aus dem harten Mann wurde ein um Gnade flehender Jammerlappen.

»Leuteschinder sind immer Feiglinge«, flüsterte Dicki dem neben ihm sitzenden Rolf zu. »Jetzt kommt seine wahre Natur zum Vorschein.«

»Sie haben ja Bammel«, sagte Luke verächtlich zu Tupping. »Das geschieht Ihnen ganz recht.«

Die anderen fanden das auch. Nun fing Tupping an alles zu gestehen. Ja, er hatte Dunkelschön gestohlen. Er steckte in Schulden und wollte sich durch den Verkauf der Katze Geld verschaffen. Er würde sagen, wo die Katze jetzt war. Die Polizei könnte sie dann zurückholen. Er hatte den Verdacht auf Luke gelenkt. Er hatte den Schwanz einer anderen Katze angepinselt und die Farbe dann wieder mit Hilfe von Terpentin entfernt. Er hatte es zweimal getan, denn beim ersten Mal war die Katze entwischt. Er bereute, was er getan hatte. Nie wieder wollte er so etwas tun.

»Sie werden vorläufig auch keine Gelegenheit dazu haben«, antwortete Inspektor Jenks grimmig. »Man wird Sie an einen Ort bringen, wo so etwas nicht möglich ist. Grimm, führen Sie ihn ab!«

Herr Grimm ließ seine Hand schwer auf Tuppings Schulter fallen und zerrte ihn von seinem Stuhl hoch. »Kommen Sie mit«, befahl er.

»Sie haben in diesem Fall nicht gerade geglänzt, Grimm«, sagte der Inspektor mit eisiger Stimme. »Diejenigen, die auf der richtigen Spur waren, haben Sie verdächtigt, und mit dem Dieb haben Sie sich angefreundet. Ich hoffe, Sie sind in Zukunft umsichtiger.«

»Ja ... gewiss ... Inspektor«, stotterte Herr Grimm. »Ich habe mein Bestes getan.«

»Glücklicherweise sind diese Kinder besser vorangekommen als Sie mit Ihrem Besten«, antwortete der Inspektor. »Wir haben ihnen viel zu verdanken, weil sie das Geheimnis um die siamesische Katze aufgeklärt haben. Meinen Sie nicht auch, Herr Grimm?«

»Ja, gewiss.« Herr Grimm war puterrot. »Es sind kluge Kinder.«

»Ich freue mich, dass wir darin übereinstimmen«, sagte der Inspektor etwas freundlicher. »Gehen Sie jetzt.«

Herr Grimm und Herr Tupping verließen das Zimmer. Die Kinder atmeten auf.

»Er ist weg«, sagte Gina zufrieden. »Hoffentlich kommt er nie wieder hierher.«

»Mit Sicherheit kommt er nie wieder hierher«, versicherte Frau Kendling, die der Verhandlung schweigend zugehört hatte. »Es tut mir von Herzen Leid, dass der arme Luke so viel unter ihm zu leiden hatte.«

»Ach, das ist ja vorbei.« Luke war so gerührt über die freundlichen Worte von Frau Kendling, dass er seine Wut auf Tupping sofort vergaß. »Wenn Sie mich behalten wollen, will ich fleißig für Sie arbeiten, bis Sie einen anderen Gärtner haben. Den sechs Spürnasen aber werde ich niemals vergessen, was sie für mich getan haben. Ich kann es einfach nicht begreifen, wie sie hinter das Geheimnis gekommen sind.«

»Betti hat uns auf die richtige Spur gebracht«, sagte Dicki.

»Jeder von uns hat etwas dazu beigetragen, das Rätsel zu lösen«, erwiderte Betti. »Ich bin froh, dass alles vorbei ist. Kommt Dunkelschön nun wieder zurück?«

»Dafür werde ich sorgen.« Der Inspektor stand auf. »Ich muss zurückfahren. Ich danke den sechs Spürnasen für ihre Hilfe bei diesem Fall. Vielleicht werden wir ja auch in Zukunft zusammenarbeiten.«

»Ja, ja, ja!«, riefen die fünf Kinder begeistert, während Purzel zustimmend bellte. Sie begleiteten den Inspektor vors Haus. Er stieg in seinen Wagen und brauste davon.

»Bis zum nächsten Geheimnis!«, rief Dicki ihm nach.

Geheimnis
um einen entführten Prinzen

Inhalt

Ein langweiliger Ferienbeginn

»Diesmal sind die Ferien aber öde!«, beklagte sich Betti bei ihrem Bruder Flipp. »Ohne Gina, Rolf und Dicki finde ich es furchtbar langweilig.«

»Du hast doch mich«, erwiderte Flipp gekränkt. »Habe ich nicht genug Radtouren und andere Ausflüge mit dir gemacht?«

»Ja, ja, das war ja auch schön. Aber du hast es nur getan, weil Mama es wollte. Glaubst du, ich hätte das nicht gemerkt?«

»Undank ist der Welten Lohn«, murmelte Flipp.

Betti seufzte. »Nun bist du schon wieder beleidigt. Wenn die anderen doch erst da wären!«

»Sie kommen ja bald. Und wir haben noch drei Wochen Ferien.«

»Ob die Zeit ausreicht um ein Geheimnis aufzuklären?« Betti, die mit Flipp auf dem Rasen lag, rollte sich in den Schatten. »Sonst haben wir in den Ferien doch immer Geheimnisse aufgeklärt. Das fehlt mir diesmal richtig.«

»Und mir fehlt Purzel.«

»Mir auch.« Sehnsüchtig dachte Betti an den kleinen Scotchterrier, der unzertrennlich von Dicki war. »Nur Wegda treffe ich andauernd. Und nach dem hab ich gar keine Sehnsucht.«

Wegda nannten die fünf Kinder Herrn Grimm, den dicken Dorfpolizisten, weil er immer »weg da!« rief, wenn er sie sah. Ein paar Mal am Tag radelte er mit wichtiger Miene durch Peterswalde und an jeder Straßenecke klingelte er laut.

»Da kommt der Postbote!«, rief Flipp. »Geh mal nachsehen, ob er was für uns hat.«

Betti stand langsam auf. Es war sehr heiß, und obwohl sie nur ihren Badeanzug trug, glaubte sie fast vor Hitze zu schmelzen. »Guten Morgen!«, rief sie dem Postboten zu, während sie ihm entgegenging. »Haben Sie etwas für uns?«

»Ja, zwei Karten«, antwortete der Postbote. »Eine für dich und eine für deinen Bruder.«

Betti nahm die Karten und lief zu Flipp zurück. »Eine Karte von Gina und Rolf an dich und eine von Dicki an mich! Mal sehen, was sie schreiben.«

Flipp las seine Karte laut vor. »Lieber Flipp! Wir kommen übermorgen zurück. Ist in Peterswalde wieder etwas passiert? Dann müssen wir die Sache schleunigst aufklären. Wir sind braun wie Schokolade. Ihr werdet uns kaum wieder erkennen. Viele Grüße, auch an Betti, von Gina und Rolf.«

Betti jubelte. »Sie werden also morgen hier sein. Nun hör zu, was Dicki schreibt: Liebe Betti! Wie gehts dir? Übermorgen komme ich zurück. Ich hoffe, du hast dafür gesorgt, dass es für die Spürnasen wieder etwas aufzuklären gibt, damit wir nicht ganz verrosten. Ich freu mich auf dich und Flipp. Dein Dicki.« Sie schwenkte die Karte durch die Luft. »Hurra, morgen sind wir endlich wieder alle zusammen! Dicki stößt sicher auf ein Geheimnis, sobald er hier ist.«

»Hoffentlich!« Flipp legte sich wieder ins Gras und dachte an die Geheimnisse, die die fünf Kinder und Purzel, die sechs Spürnasen, wie sie sich nannten, schon aufgeklärt hatten. Da war der nächtliche Brand gewesen, die verschwundene Katze, das verborgene Zimmer und noch eine Menge anderer Geheimnisse.

Plötzlich richtete er sich mit einem Ruck auf. »Betti, hol mal die Morgenzeitung. Mal sehen, ob hier in der Gegend etwas Besonderes passiert ist. Dann erzählen wir es Dicki und machen uns sofort daran, die Sache aufzuklären.«

Betti lief ins Haus und kam kurz darauf mit der Zeitung zurück. Die Geschwister studierten sie gemeinsam, fanden aber keine aufregenden Nachrichten.

»Es steht ja nur etwas über Mode und Pferderennen und das Wetter drin«, sagte Flipp enttäuscht. Das einzige Interessante ist der Fußballbericht.«

Betti zeigte auf eine kleine Notiz. »Sieh mal, hier steht etwas über Peterswalde.« Dann las sie laut vor: »Der Wettergott meint es gut mit den Kindern des Zeltlagers zwischen Peterswalde und Marlow. In dieser Woche ist dort der kleine Prinz Bongawah von Tetarua eingetroffen, der sogar einen Prunkschirm mitgebracht hat. Da er bei seinem ersten Ausgang großes Aufsehen damit erregte, lässt er ihn seitdem lieber zu Hause.«

Flipp zuckte die Achseln. »Das ist doch nichts Geheimnisvolles! Wer interessiert sich schon für einen Prinzen Bongabang oder wie er heißt!«

»Bongawah«, verbesserte Betti. »Wo liegt denn Tetarua, Flipp?«

Flipp wusste es nicht. Es war ihm auch höchst gleichgültig. Gelangweilt rollte er sich auf den Bauch und drückte das Gesicht ins Gras. »Ist das eine Hitze! Ich werde ein bisschen schlafen. Warum gibt es nicht mal anderes Wetter! Schon vier Wochen lang haben wir diese Affenhitze.«

»Das macht doch nichts«, erwiderte Betti. »Die Hauptsache ist, dass morgen die anderen Spürnasen kommen.«

Am nächsten Morgen trafen Gina und Rolf mit ihren Eltern in Peterswalde ein. Nachdem sie ihrer Mutter beim Auspacken geholfen hatten, gingen sie sofort zu Flipp und Betti.

Betti lief ihnen entgegen. »Rolf! Gina! Ich hatte euch noch nicht so früh erwartet. Seid ihr braun!«

»Na, du bist auch ganz schön braun gebrannt«, erwiderte Gina und umarmte Betti.

Rolf klopfte ihr auf die Schulter und schüttelte Flipp die Hand. »Tag, Flipp! Was gibts Neues in Peterswalde? Du bist furchtbar schreibfaul. Ich hab dir vier Postkarten geschrieben und du hast kein einziges Mal geantwortet.«

»So eine Angeberei!«, rief Gina. »Ich hab die Postkarten geschrieben. Du hast sie nicht mal adressiert.«

»Aber gekauft hab ich sie«, erwiderte Rolf lachend. »Habt ihr schon etwas von Dicki gehört?«

»Er kommt auch heute«, antwortete Betti. »Dann sind wir endlich wieder alle zusammen.«

Während Betti sich mit Gina und Rolf unterhielt, horchte sie mit einem Ohr nach draußen, ob vielleicht Dickis Fahrradklingel oder Purzels Bellen zu hören sei. Sie konnte es kaum erwarten, Dicki und Purzel wieder zu sehen.

Die vier Kinder hatten sich auf den Rasen gesetzt. Als im Haus eine Klingel schrillte, sagte Flipp: »Das Telefon! Hoffentlich ist es nicht für mich. Ich hab gar keine Lust aufzustehen.«

Kurz darauf erschien Frau Hillmann am Fenster und rief: »Dietrich hat angerufen. Er lässt euch sagen, dass er bald hier sein wird. Ihr sollt gut nach ihm ausschauen, weil er so braun ist, dass ihr ihn kaum erkennen werdet. Na, ihr seid ja alle braun wie Schokolade.«

»Schade, dass ich nicht am Telefon war!«, sagte Betti. »Ich höre Dickis Stimme so gern. Sie klingt immer so, als ob er heimlich lacht.«

»Ja, als ob er einen auslacht«, stimmte Rolf zu. »Ich wäre gern so selbstsicher wie Dicki. Er lässt sich nie aus der Fassung bringen.«

»Und er weiß sich immer zu helfen. Sagt mal – ob er etwa maskiert herkommt?«

»Das kann schon sein«, meinte Rolf. »Bestimmt hat er wieder einen Haufen neuer Sachen zum Verkleiden mitgebracht und neue Tricks gelernt, die er an uns ausprobieren will.«

»Wir müssen gut aufpassen, damit er uns nicht gleich am ersten Tag reinlegt«, sagte Gina.

Wenn Dicki sich verkleidete, war er nicht wieder zu erkennen. Er konnte sein Gesicht unnatürlich dick machen, indem er sich Gummipolster in die Backen steckte. Er besaß ein falsches Gebiss, das er über seine eigenen Zähne stülpte, zottige Augenbrauen, die er sich über seine eigenen Brauen klebte, und eine Auswahl verschiedener Perücken. Fast sein ganzes Taschengeld ging für solche Sachen drauf und es gab immer viel Spaß und Gelächter, wenn es ihm gelang alle Welt zu täuschen.

»Macht die Augen auf, Spürnasen!«, sagte Flipp nun. »Jeden, der durch die Gartentür kommt, müssen wir genau aufs Korn nehmen. Mann, Frau oder Kind – jeder kann Dicki sein.«

Die Kinder brauchten nicht lange zu warten, bis jemand kam. Bald hörten sie die Gartentür gehen. Schwere Schritte wurden laut und über der Hecke erschien ein großer Federhut. Gleich darauf sahen sie auch den Kopf, zu dem der sonderbare Hut gehörte. Das braune volle Gesicht war von schwarzen Locken eingerahmt und an den Ohren baumelten große goldene Ohrringe. Die Frau lächelte den Kindern zu. »Kauft mir etwas Heidekraut ab«, bat sie und kam näher. Es war eine Zigeunerin in einem langen schwarzen Rock und einer rosa Bluse. Die Federn auf ihrem Hut wippten.

»Dicki!«, schrie Betti und lief auf sie zu. »Dicki, ich habe dich an der Stimme erkannt. Du hast sie nicht gut genug verstellt.«

Endlich kommt Dicki

Die Zigeunerin trat einen Schritt zurück. »Was fällt dir ein, mich Dicki zu nennen!«, rief sie. Dann hielt sie Betti ein paar Stängel Heidekraut vor die Nase und sagte: »Kauf mir etwas Heidekraut ab, kleines Fräulein. Weißes Heidekraut bringt Glück.«

Betti sah sich Hilfe suchend nach den anderen Kindern um. Sie waren sitzen geblieben, weil sie sofort gesehen hatten, dass die Frau größer war als Dicki. Alle lachten und Betti wurde rot.

Die Zigeunerin fuchtelte mit ihrem Heidekraut herum und rief: »Wenn du mein Heidekraut nicht willst, lass mich wenigstens aus deiner Hand lesen.«

»Ich hab kein Geld«, sagte Betti. »Ich muss meine Mutter fragen.«

»Warum hat sie mich Dicki genannt?«, fragte die Frau ärgerlich und zeigte auf Betti. »Ich lasse mich nicht von Kindern beleidigen.«

In diesem Augenblick kam die Köchin aus dem Haus.

Die Frau hielt ihr das Heidekraut entgegen. »Kaufen Sie mir etwas ab!«, bat sie.

»Betti, frag deine Mutter, ob sie was kaufen will«, sagte die Köchin.

Betti lief ins Haus. Da drehte sich die Zigeunerin plötzlich um und rannte weg.

Die Kinder schüttelten die Köpfe. »Was hat sie denn auf einmal?«, fragte Gina.

»Das sieht Betti ähnlich!«, rief Flipp. »Wie konnte sie die Frau nur für Dicki halten! Allerdings hatte sie eine ziemlich tiefe Stimme.«

»Ich dachte im ersten Augenblick, es ist Dicki«, sagte Gina. »Seht mal, da kommt wieder jemand!«

Ein Junge mit einer weißen Schürze fuhr laut pfeifend auf dem Rad zur Hintertür.

»Ob das Dicki ist?«, meinte Flipp.

»Er hat sich schon einmal als Fleischerlehrling verkleidet«, sagte Betti, die wieder zurückgekommen war.

Alle standen auf und beobachteten den Jungen. Der lehnte, noch immer laut pfeifend, sein Rad ans Haus. Die Köchin guckte aus dem Fenster. »Dich erkennt man schon an deinem Pfeifen, Tom«, sagte sie. »Es geht einem durch Mark und Bein. Leg das Fleisch bitte auf den Küchentisch, ja?«

Die Kinder waren näher gekommen und starrten auf den Jungen. Er hatte krauses braunes Haar, aber das konnte natürlich auch eine Perücke sein. Er ging ins Haus. Als er wieder herauskam und die vier Kinder sah, die ihn aufmerksam betrachteten, fragte er: »Na, habt ihr noch nie einen Fleischerlehrling gesehen?« Dann drehte er sich und zeigte sich von allen Seiten. »Schaut mich nur genau an. Es lohnt sich.«

Die Kinder standen schweigend da und musterten ihn ernst. Der Junge war ungefähr so groß wie Dicki. Allerdings hatte er vorstehende Zähne. Ob sie echt waren? Als Flipp einen Schritt vorwärts machte um besser sehen zu können, wich der Junge zurück. »Was habt ihr denn?« Unsicher sah er an sich herab.

»Sind deine Haare echt?«, fragte Betti, die plötzlich davon überzeugt war, dass er eine Perücke trug.

Der Junge antwortete nicht. Verwirrt fuhr er sich mit der Hand durchs Haar. Dann sprang er auf sein Rad und raste davon. Das Pfeifen war ihm vergangen.

Die vier Kinder sahen ihm schweigend nach. Schließlich sagte Rolf: »Falls das Dicki war, hat er das Spiel gewonnen. Ich konnte ihn beim besten Willen nicht erkennen.«

»Sehen wir mal nach, was er auf den Küchentisch gelegt hat«, schlug Flipp vor. »Wenn Dicki als Fleischerlehrling rumfährt, nimmt er bestimmt keine großen Fleischstücke mit. Würstchen sind viel billiger.«

Die Kinder gingen in die Küche und untersuchten das Fleisch, das auf dem Tisch lag. Als sie sich gerade neugierig darüber beugten, kam die Köchin herein. »Nanu, habt ihr etwa schon wieder Hunger?«, fragte sie. »Aber Flipp, du willst doch nicht etwa rohes Fleisch essen!«

Es sah wirklich so aus, als wollte Flipp in das Fleisch beißen. Er betrachtete es aus nächster Nähe und roch daran, um sich zu überzeugen, ob es nicht etwa eine Attrappe sei. Aber nein, es war wirklich echtes Fleisch.

Kaum hatten die Kinder die Küche verlassen, da klingelte es an der Haustür. »Das muss Dicki sein!«, rief Betti und lief ums Haus herum.

Vor der Tür stand ein Telegrafenbote. »Dicki!« Betti lief auf den Jungen zu und umarmte ihn von hinten.

Aber was für einen Schreck bekam sie, als er sich umdrehte! Das war ja gar nicht Dicki. Der Junge hatte ein schmales Gesicht und kleine Augen. Wenn Dicki sich auch noch so perfekt maskierte, so sehr konnte er sein Gesicht doch nicht verändern.

Betti wurde dunkelrot. »Verzeihung!«, murmelte sie. »Ich ... ich habe mich geirrt.«

Inzwischen hatte Frau Hillmann die Tür geöffnet und erstaunt gesehen, wie Betti den fremden Jungen umarmte. »Was soll das heißen, Betti?«, rief sie. »Lass die dummen Witze!«

Der Telegrafenbote gab ihr verwirrt und schweigend ein Telegramm und starrte Betti nach, die sich beschämt davonschlich. Gina, Rolf und Flipp, die alles mit angesehen hatten, bogen sich vor Lachen.

»Ihr habt gut lachen«, sagte Betti. »Mama wird mir nachher noch was erzählen! Aber ich dachte wirklich, es ist Dicki. Er hat doch auch so eine Postuniform.«

»Deswegen muss nicht jeder Telegrafenbote Dicki sein«, erwiderte Flipp. »Aber wo bleibt er nur? Er hat Mama am Telefon gesagt, dass er gleich hier sein wird. Und das ist schon ziemlich lange her.«

Kaum hatte Flipp ausgesprochen, da kam Dicki lachend auf seinem Rad angefahren und Purzel lief nebenher.

»Dicki, Dicki!«, schrien alle vier Kinder wie aus einem Mund und rannten ihm entgegen.

Als er vom Rad gestiegen war, wurde er von allen umringt und stürmisch begrüßt. Purzel sprang um die Gruppe herum und bellte wie rasend.

Betti umarmte Dicki und zog ihn in den Garten. »Wir haben so auf dich gewartet! Wir dachten, du würdest dich verkleiden.«

»Betti hat dich schon mit allen möglichen Leuten verwechselt«, erzählte Flipp. »Eben erst hat sie einen Telegrafenboten umarmt. Er war sehr erschrocken.«

Dicki lachte. »Ich habe ihn getroffen. Er sah ganz entgeistert aus und guckte sich ängstlich um, als könnte Betti ihn verfolgen.«

»Ach, Dicki, gut, dass du wieder da bist!«, rief Betti. »Jetzt verstehe ich selber nicht mehr, wie ich dich mit der alten Frau, dem Lehrling und dem Telegrafenboten verwechseln konnte.«

»Wir dachten alle, dass du verkleidet kommst«, sagte Rolf. »Aber braun bist du! Ist das echt?«

Dicki lachte. »Ich habe weder Puder noch Schminke genommen. Aber ihr seid auch ganz schön braun gebrannt.«

»Wau!«, bellte Purzel und versuchte auf Bettis Schoß zu klettern.

Betti zog den kleinen Scotchterrier an sich. »Purzel will sagen, dass er auch braun gebrannt ist. Bei ihm sieht man es bloß nicht.«

Alle tranken eisgekühlte Limonade, die die Köchin ihnen gebracht hatte.

Dicki sah die anderen an und grinste. »So gute Spürnasen, wie ich dachte, seid ihr doch nicht. Ihr habt mich alle in meiner Verkleidung nicht erkannt.«

Die Kinder setzten ihre Gläser ab und starrten ihn verblüfft an. »Wie meinst du das?«, fragte Rolf. »Du bist doch gar nicht verkleidet.«

Dicki nahm einen Schluck Limonade. »Aber ich bin heute schon mal hier gewesen. Ihr seid mir schöne Detektive! Nur Betti hätte mich beinahe durchschaut.«

Betti überlegte, wer an diesem Morgen schon da gewesen war. »Frau Lacy warst du nicht – und der Postbote auch nicht. Der Mann, der das Dach reparieren kam, hatte überhaupt keine Zähne. Die alte Zigeunerin war zu groß. Und sie ist plötzlich weggerannt, als ich Mama holen wollte.«

»Der Fleischerlehrling warst du auch nicht«, sagte Rolf.

»Und der Telegrafenbote hatte ein viel zu schmales Gesicht«, wandte Gina ein. »Du bist noch gar nicht hier gewesen.«

Dicki nahm einen Schluck Limonade. »Ich bin wirklich hier gewesen«, sagte er. »Und Betti ist die einzige von euch, die meine Verkleidung beinahe durchschaut hätte.«

Die Kinder sahen ihn ungläubig an. »Wer bist du denn gewesen?«, fragte Rolf.

»Die Zigeunerin.«

»Das kann nicht sein«, rief Gina.

Statt einer Antwort zog Dicki ein Paar große goldene Ohrringe aus der Tasche und machte sie an seinen Ohrläppchen fest. Dann zog er aus der anderen Tasche eine Perücke mit schwarzen Locken und setzte sie auf den Kopf. Schließlich holte er ein paar Heidekrautstängel hervor und fuchtelte Gina damit vor dem Gesicht herum.

»Kauf mir weißes Heidekraut ab; das bringt Glück«, bat er.

Die anderen Kinder starrten ihn fast erschrocken an. Sogar ohne den großen Federhut und die Frauenkleider sah Dicki plötzlich genau wie die Zigeunerin aus.

Gina schob das Heidekraut zur Seite. »Du bist mir unheimlich, Dicki. Man kann ja direkt Angst vor dir kriegen. Da sitzt du einem direkt gegenüber – und im nächsten Augenblick bist du eine echte Zigeunerin. Nimm die Perücke ab!«

Dicki nahm sie lachend ab. »Na, glaubt ihr mir jetzt? Ich hätte mir fast den Fuß verstaucht, als ich wegrannte, weil Betti ihre Mutter holen wollte. Meine Absätze waren so schrecklich hoch.«

»Ach, deshalb warst du so groß!«, sagte Flipp. »Deine Füße waren unter dem langen Rock nicht zu sehen. Du hast uns reingelegt. Kommt, Spürnasen, wir trinken auf Dickis Wohl!«

In dem Moment kam Frau Hillmann in den Garten. Sie hatte Dicki kommen hören und wollte ihm guten Tag sagen. Dicki stand höflich auf.

Als Frau Hillmann ihn ansah, stutzte sie. »Aber Dietrich! Seit wann trägst du Ohrringe?«

Betti kicherte. »Du hast vergessen sie abzunehmen.«

Verlegen riss Dicki die Ohrringe ab und versuchte gleichzeitig Frau Hillmann die Hand zu schütteln und ein paar höfliche Worte zu sagen. Betti beobachtete ihn begeistert. Wenn Dicki kam, war immer etwas los!

Eine Maskerade

Betti war sicher, dass es nun, da Dicki wieder hier war, bald ein neues Abenteuer oder Geheimnis geben würde. Am nächsten Morgen erwachte sie voller Erwartung. Bestimmt würde sich bald etwas Aufregendes ereignen!

Die Spürnasen wollten sich vormittags bei Dicki treffen. Er hatte im Garten seiner Eltern einen kleinen Schuppen ganz für sich allein. Hier bewahrte er alle Sachen auf, die er zum Verkleiden brauchte. Wenn die Kinder ihn besuchten, hatte ihnen schon ein alter zerlumpter Landstreicher die Tür geöffnet oder ein grinsender Botenjunge mit aufgeblasenen Backen und vorstehenden Zähnen oder eine alte dicke Frau mit runzligem Gesicht, der ein paar Vorderzähne fehlten.

Dicki konnte sich nämlich sogar die Zähne wegschminken. Er machte sie schwarz und wenn er dann sprach oder lachte, sah es so aus, als hätte er Zahnlücken. Als Betti das zum ersten Mal gesehen hatte, war sie erschrocken, weil sie dachte, er hätte sich die Zähne ausgeschlagen.

Aber an diesem Morgen war Dicki er selber, als er öffnete. Auf dem Fußboden des Schuppens lagen ein paar aufgeschlagene Bücher. Die Kinder traten vorsichtig über den freudig bellenden Purzel und betrachteten sie neugierig. Betti las die Titel. *Fingerabdrücke. Befragung von Zeugen. Verkleidungen.* »Dicki, gibt es wieder ein Geheimnis?«

»Nein.« Dicki klappte die Bücher zu und stellte sie ins Regal. »Aber ich bin aus der Übung gekommen und muss meine Kenntnisse auffrischen.« Dann fragte er nach Herrn Grimm.

Die Kinder, die mit ihren Fahrrädern gekommen waren, hatten

den Polizisten unterwegs getroffen. An einer Straßenecke hatte er so laut geklingelt, dass er ihr Klingeln überhaupt nicht gehört hatte und mit ihnen zusammengestoßen war.

»Er ist vom Rad gefallen«, berichtete Gina. »Und wir haben uns nicht getraut anzuhalten und ihm zu helfen, weil er so böse war.«

Dicki lachte. »Vielleicht sitzt er immer noch dort und schimpft. Na, dann wird er uns wenigstens nicht stören.«

»Wau!«, bellte Purzel zustimmend.

»Was wollen wir denn in den letzten Ferienwochen unternehmen, wenn es kein Geheimnis gibt?«, fragte Flipp. »Ausflüge haben Betti und ich schon zur Genüge gemacht. Peterswalde ist im Sommer immer so verschlafen. Es passiert überhaupt nichts.«

»Ich könnte Inspektor Jenks anrufen und ihn fragen, ob er Hilfe braucht«, meinte Dicki.

»Aber das geht doch nicht!«, rief Betti, obwohl sie genau wusste, dass Dicki alles tat, was er sich vornahm. »Natürlich würde ich ihn sehr gern wieder sehen.«

Inspektor Jenks war ein guter Freund der Spürnasen. Sie hatten ihm schon mehrmals geholfen, rätselhafte Fälle aufzuklären, und er war sehr zufrieden mit ihnen gewesen. Herrn Grimm gefiel das gar nicht. Er würde die Kinder am liebsten meilenweit von Peterswalde entfernt sehen, so ärgerte er sich über sie.

»Ich will den Inspektor nicht belästigen, solange nichts Besonderes los ist«, sagte Dicki nun. »Aber wir könnten uns im Verkleiden üben. Wochenlang haben wir nichts getan und sind völlig aus der Übung gekommen.«

»Ach ja, wir wollen uns verkleiden!«, stimmte Betti begeistert zu.

Dicki, der mit seinen Eltern eine Mittelmeerreise gemacht hatte, öffnete einen Koffer und zog ein paar farbenprächtige Kleider heraus. »Seht mal, das hab ich in Marokko im Souk gekauft. Das ist ein großer Markt. Die Sachen waren ganz billig. Damit können wir uns alle verkleiden.«

Begeistert begannen alle in den Kleidern zu wühlen. Gina wählte sich einen langen roten Seidenrock mit weißen Streifen aus.

»Dazu gehört eine weiße Bluse«, sagte Dicki, suchte die Bluse heraus und reichte sie Gina. »Sieh nur, sie ist mit roten Rosen bestickt. Das Kostüm wird dir bestimmt gut stehen.«

»Was soll ich denn anziehen?«, fragte Betti, während sie ein paar Sachen aus dem Koffer zog. »Bei dir gibts doch immer Überraschungen und du tust Dinge, auf die kein anderer Mensch kommt. Flipp würde nie so etwas von einer Reise mitbringen.«

»Ich bin ja auch kein reicher Mann wie Dicki«, erwiderte Flipp lachend.

Tatsächlich hatte Dicki immer reichlich Geld zur Verfügung – fast wie ein Erwachsener. Er hatte reiche Verwandte, die ihm oft etwas schenkten. Aber er war auch sehr großzügig und teilte gern mit seinen Freunden.

Für Betti suchte er ein prächtiges Gewand aus, das ihr bis zu den Knöcheln reichte. Es war sehr weit und wurde durch eine breite Schärpe zusammengehalten. Die anderen betrachteten Betti bewundernd, nachdem sie es angezogen hatte.

»Sie sieht wie eine ausländische Prinzessin aus«, sagte Rolf. »Mit ihrem braunen Gesicht könnte sie eine Inderin sein. Eine wunderbare Verkleidung!«

Lächelnd stolzierte Betti durch den Schuppen. Als sie sich in Dickis großem Wandspiegel erblickte, erschrak sie fast, so fremd kam sie sich vor. Sie zog die Kapuze des Gewandes über den Kopf und blinzelte den anderen aus halb geschlossenen Augen zu.

Dicki klatschte Beifall. »Toll, Betti! Du könntest eine echte indische Prinzessin sein. Hier, Rolf, nimm den Anzug hier. Und du diesen, Flipp.«

Nachdem die Jungen die farbenprächtigen Kleider angezogen hatten, zeigte ihnen Dicki, wie man sich einen Turban bindet. Mit ihren braun gebrannten Gesichtern wirkten die Kinder in der phantastischen Kleidung ganz fremdartig und sahen gar nicht mehr wie Europäer aus. Dicki musterte sie und überlegte, wie man Herrn Grimm mit diesen Verkleidungen einen Streich spielen könnte.

Mitten in seine Gedanken hinein sagte Betti: »Wir könnten Verwandte von Prinz Bongawah sein. So ungefähr müssten die doch aussehen.«

»Wer ist denn Prinz Bongawah?«, fragte Rolf.

»Er kommt aus Tetarua und hält sich augenblicklich in dem Zeltlager zwischen Peterswalde und Marlow auf«, erklärte Betti. »Flipp und ich haben es in der Zeitung gelesen. Er hat einen Prunkschirm mitgebracht, soll aber nur einmal damit ausgegangen sein.«

Rolf lachte. »Das kann ich mir denken. Hast du auch einen Prunkschirm, Dicki?«

»Nein, leider nicht«, antwortete er. »Ihr seht wirklich phantastisch aus. Niemand würde denken, dass ihr Engländer seid.«

»Verkleide dich auch und dann gehen wir alle zusammen so durchs Dorf!«, rief Betti.

Plötzlich begann Purzel wie wild zu bellen und schoss aus der halb geöffneten Tür ins Freie hinaus.

»Was hat er denn?«, wunderte sich Dicki. »Ob etwa Herr Grimm in der Nähe ist?«

Betti spähte neugierig durchs Fenster. »Da kommen drei Jungen. Ach herrje, einer von ihnen ist Ern!«

Alle liefen zur Tür und guckten hinaus. Wirklich, da kamen drei Jungen auf den Schuppen zu. Purzel umtanzte Ern und bellte wie rasend.

Schnell zog Dicki die Tür zu und drehte sich zu den anderen um. Seine Augen blitzten. »Ich werde ihnen erzählen, dass ihr ausländische Fürstlichkeiten seid. Sprecht gebrochenes Englisch und quasselt irgendwelchen Unsinn. Ich bin neugierig, ob Ern auf den Schwindel reinfällt.«

Ern war ein Neffe von Herrn Grimm. Er hatte im vergangenen Jahr die Ferien in Peterswalde verbracht und war dabei in ein aufregendes Geheimnis verwickelt worden. Herr Grimm hatte ihn ziemlich schlecht behandelt. Deshalb hatte sich Ern den Spürnasen angeschlossen. Dicki bewunderte er ganz besonders.

Bald hörten die Kinder, dass sich Schritte näherten. Ern sagte streng: »Dass ihr euch anständig benehmt, hört ihr? Spuck deinen Bonbon aus, Bern.«

Betti kicherte und Flipp versetzte ihr einen warnenden Rippenstoß.

Nun wurde an die Tür geklopft. Dicki öffnete mit ernstem Gesicht. Dann lächelte er und streckte die Hand aus.

»Guten Tag, Ern! Das ist aber eine Überraschung! Komm rein. Ich habe gerade ausländischen Besuch.«

Ern, Wern und Bern

Ern war ziemlich dick und hatte ein rotes Gesicht. Seine Augen standen vor wie die seines Onkels, wenn auch nicht so stark. Er lächelte Dicki schüchtern an und starrte dann ehrfürchtig auf die prächtig gekleideten »Ausländer«.

»Ich freu mich, dich wieder zu sehen, Dicki«, sagte er und wollte Dickis Hand gar nicht mehr loslassen. Dann drehte er sich zu den beiden anderen Jungen um. Sie waren jünger als er und glichen einander wie ein Ei dem anderen.

»Dies sind meine Zwillingsbrüder Wern und Bern«, stellte er vor. »Kommt her und sagt guten Tag.«

»Guten Tag!«, sagte Wern und neigte den Kopf mit dem verwuschelten Haar, während sein Gesicht dunkelrot wurde vor Verlegenheit.

»Err!«, machte Bern. Er öffnete kaum den Mund.

Ern warf ihm einen wütenden Blick zu. »Lutschst du noch immer an dem Sahnebonbon? Ich hab dir doch gesagt, du sollst ihn ausspucken.«

Bern zeigte mit gequälter Miene auf seinen Mund und schüttelte den Kopf.

»Er kann nicht sprechen, weil seine Zähne zusammengeklebt sind«, erklärte Wern. »Gestern konnte er den ganzen Tag nicht sprechen.«

»Ach, du lieber Himmel«, rief Dicki. »Lebt er denn von Sahnebonbons?«

Bern versuchte vergeblich den Mund zu öffnen und brachte wieder nur ein »err« hervor.

»Heißt das nun ja oder nein?«, fragte Dicki. »Aber jetzt muss ich euch meinen vornehmen Besuchern vorstellen.«

Mit unverhohlener Bewunderung starrten die drei Brüder die verkleideten Kinder an. Betti fürchtete, nicht länger ernst bleiben zu können, und wandte den Kopf ab.

»Gewiss habt ihr schon von Prinz Bongawah aus Tetarua gehört«, sagte Dicki. »Dies hier ist seine Schwester Bongawy.« Damit deutete er auf Betti.

»Das ist die Schwester von Prinz Bongawah?«, rief Ern beeindruckt. »Sein Zelt steht direkt neben unserm.« Er wandte sich seinen Brüdern zu. »Man sieht sofort, dass sie Bruder und Schwester sind, nicht wahr? Sie gleichen sich wie ein Ei dem anderen.«

Wern nickte schweigend. Bern mahlte mit den Zähnen und machte »err«.

Betti neigte majestätisch den Kopf und sagte hochmütig: »Poppel dippi doppi.«

»Was hat sie gesagt?«, erkundigte sich Ern.

»Sie sagt, deine Haare sind struppig«, antwortete Dicki.

Verlegen fuhr sich Ern mit der Hand durchs Haar. »Wenn ich gewusst hätte, dass ich hier so hohe Herrschaften treffen würde, hätte ich mich natürlich gekämmt. Wer sind denn die andern, Dicki?«

»Dies ist Pua-Tua, die Cousine der Prinzessin«, sagte Dicki und zeigte auf Gina.

Ern und Wern verbeugten sich vor Gina, während Bern immer noch mit seinem Sahnebonbon kämpfte.

»Die anderen sind Kim-Flippi-Tok und Kim-Rolfiana-Tik«, stellte Dicki die beiden Jungen vor.

Flipp trat vor und rieb seine Nase an der von Ern. Ern wich überrascht zurück. Betti musste sich Mühe geben, nicht laut zu lachen.

»Du hast aber vornehmen Besuch«, sagte Ern beeindruckt. »Wo sind denn deine anderen Freunde – Gina und Betti und Rolf und Flipp?«

»Ach, die sind ganz in der Nähe. Sag mal – ihr zeltet also hier?«

»Ja. Ma sagt, sie ist froh, wenn sie uns mal 'ne Weile nicht sieht. Deshalb haben wir uns ein Zelt geliehen und es neben dem Zeltlager der Schule aufgeschlagen. Da haben wir es nicht schlecht.«

»So isses«, sagte Wern bestätigend.

»Err«, machte Bern. Dann zog er eine runde Blechdose aus der Tasche, nahm den Deckel ab und hielt sie Dicki hin.

Dicki guckte in die Dose, die mit dunkelbraunen, zusammengeklebten Bonbons gefüllt war. »Danke!«, sagte er. »Ich will mir nicht den Appetit zum Mittagessen verderben. Biete meinen Besuchern bitte nichts davon an. Sie müssen wahrscheinlich heute Nachmittag Ansprachen halten. Ich möchte nicht, dass sie von deinen Bonbons stumm werden.«

»Err!« Bern nickte und steckte die Dose wieder ein.

»Woher hat er die Bonbons, Ern?«, fragte Dicki.

»Von dem Rummelplatz beim Zeltlager. Er ist ein As im Ringewerfen und gewinnt jeden Tag eine Dose.«

»Err!«, sagte Bern stolz und strahlend.

Plötzlich rief Rolf: »Ticki pickli odgeri podgeri puh!«

Die drei Brüder starrten ihn mit offenem Mund an. »Was hat er gesagt?«, fragte Wern.

»Er sagt, Bern sieht selbst wie ein Sahnebonbon aus, und zwar wie ein ziemlich abgelutschter«, übersetzte Dicki.

Die Brüder schwiegen betreten, während die anderen Kinder sich nur mit Mühe das Lachen verbeißen konnten.

»Höflich ist er nicht gerade«, meinte Ern. »Na, wir müssen jetzt gehen. Schade, dass die anderen Spürnasen nicht da sind!«

»Hast du deinen Onkel schon besucht?«, fragte Dicki.

»Natürlich nicht. Weißt du nicht mehr, wie er mich voriges Jahr behandelt hat? Wenn ich ihn nur von weitem sehe, mache ich einen großen Bogen. Wern und Bern mögen ihn auch nicht. Sag mal, Dicki, gibt es nicht wieder ein Geheimnis aufzuklären?«

»Im Augenblick nicht. Aber man weiß ja nie, was kommt.«

Nun trat Flipp einen Schritt vor und sagte: »Tuki ula rikitti wimmi wu. Wir – gehen – holen – Eis.«

»Er kann ja Englisch!«, rief Ern überrascht. »Hast du das gehört? Wollen wir uns nicht alle Eis holen? Unten am Fluss habe ich einen Eiswagen gesehen. Ins Dorf möchte ich nicht gehen; dort könnte ich meinen Onkel treffen.«

Die vier verkleideten Kinder sahen Dicki fragend an. Er grinste. Warum sollten sie nicht gehen? Ern und seine Brüder waren ja so herrlich auf die Verkleidung reingefallen. Der Weg zum Fluss war meistens nicht sehr belebt, sodass sie kein allzu großes Aufsehen erregen würden. Und was für Gesichter würden die Leute machen, denen sie begegneten! Das gab einen Spaß!

»Icki picki tomini wippli wopp, Kim-Flippi-Tok«, sagte er und verbeugte sich vor Flipp. »Wir gehen zum Fluss und kaufen uns Eis. Die Prinzessin geht voran, Ern.«

»Ja, natürlich!« Ern machte Betti hastig Platz. »Sie müsste einen Prunkschirm wie ihr Bruder haben. Ich würde ihn für sie tragen.«

Betti zog die Kapuze übers Gesicht um ihr Lachen zu verbergen.

Dicki schlug sich mit der Hand vor den Kopf. »Gut, dass du mich daran erinnerst, Ern! Natürlich darf Prinzessin Bongawy nicht ohne ihren Prunkschirm ausgehen.«

»Hat sie denn einen?«, fragte Ern mit großen Augen.

Dicki verschwand ohne eine Antwort zu geben. Die anderen warteten gespannt. Er kehrte mit einem riesigen bunten Schirm zurück, den er aufgespannt über seinem Kopf balancierte. Es war der Golfschirm seiner Mutter. Da Ern und seine Brüder noch nie beim Golfspiel zugesehen hatten, ahnten sie nichts davon. »Hier, Ern, nimm den Schirm und halte ihn über der Prinzessin.«

»Hat sie auch nichts dagegen?«, fragte Ern schüchtern.

Betti lächelte ihm zu und sagte freundlich: »Dimini duli tibbli tock.«

»Was hat sie gesagt?«, fragte Ern errötend.

»Sie findet dich nett und möchte gern, dass du ihr den Schirm trägst«, übersetzte Dicki ohne lange zu überlegen.

»Wie gut du ihre Sprache verstehst! Aber du kannst ja einfach alles. Ich bin stolz den Schirm tragen zu dürfen. Bern und Wern, ihr geht hinter mir!«

Die Spürnasen waren nahe daran, laut herauszuplatzen. Flipps Gesicht war dunkelrot vor Anstrengung, das Lachen zu unterdrücken. Da rief Dicki schnell: »Tickli kickli ku, jinni perana huk!« und brach in lautes Gelächter aus, als habe er einen Witz gemacht. Die anderen Spürnasen fielen schallend ein. Sie bogen sich vor Lachen, während die drei Brüder verdutzt zusahen.

»Was gibts denn zu lachen?«, fragte Ern misstrauisch.

»Das ist schwierig zu übersetzen.« Dicki schnappte nach Luft. »Kommt, gehen wir! Die Prinzessin voran, dann Ern mit dem Schirm, dahinter Pua-Tua und wir anderen.«

Langsam begab sich der kleine Zug durch den Garten zum Tor. Ein Mädchen, das vor der Küchentür eine Decke ausschüttelte, sah den sonderbaren Gestalten mit offenem Mund nach, bis sie verschwunden waren. Auf dem Weg zum Fluss trafen sie nur Frau Winstanton und den Fleischerlehrling. Frau Winstanton war so kurzsichtig, dass sie nur den großen Schirm sah. Sie glaubte, es regne, und eilte schleunigst heim um nicht nass zu werden. Der Lehrling starrte die Kinder verwundert an. Betti unterdrückte ein Kichern. Ern grüßte mit einer würdevollen Verbeugung, was den Jungen völlig aus der Fassung brachte. Was machten diese Leute hier und wohin gingen sie? Er folgte dem Zug ein Stück, kehrte dann aber um, weil er seine Waren ausliefern musste. Einer verwunderten Hausfrau erzählte er aufgeregt von »ganz komischen Fremden mit einem riesigen Schirm«.

Am Fluss war es menschenleer. »Da ist der Eiswagen!«, sagte Ern. »Na, Bern wird wohl kein Eis essen können, fürchte ich.«

Herr Grimm und die Prinzessin

Der Eismann lag auf der Uferböschung im Gras und schlief fest. Sein Dreirad mit dem Eiskasten hatte er im Schatten eines Baumes abgestellt. Als Dicki ihn weckte, richtete er sich verschlafen auf und musterte erstaunt die glänzende Gesellschaft unter dem großen Schirm. »Nanu?«, rief er. »Was soll denn das bedeuten? Wir haben doch nicht Fasching.«

Ern, der schon etwas müde vom Tragen des Schirmes war, wollte ihm die Prinzessin vorstellen, aber Dicki gab ihm durch ein Zeichen zu verstehen, dass er schweigen solle. Er hatte das Gefühl, dass der Eismann nicht so leicht hereinzulegen war. Und es wäre schade, den Brüdern den Spaß zu verderben. Sie waren so froh und stolz, dass sie eine Prinzessin begleiten durften.

»Bitte geben Sie uns neun Portionen Eis«, sagte er zu dem Eismann.

»Du meinst wohl acht«, verbesserte ihn Ern.

»Und Purzel?«

»Ach, richtig, Purzel isst ja auch Eis.«

Der Scotchterrier war dem Zug bisher sehr brav gefolgt und hatte keinen der Hunde begrüßt, denen sie begegnet waren.

Der Eismann stand auf und gab jedem Kind eine Eiswaffel. »Gut, dass du nicht nass wirst!«, sagte er spöttisch zu Ern. »Es gießt ja in Strömen.«

»Sehr komisch«, erwiderte Ern achselzuckend.

»Nicht so komisch wie du. Woher hast du den Schirm? Vom Zirkus?«

»Zirkus! Sie haben ja keine Ahnung.«

»Sei still, Ern!«, sagte Dicki, der einen Streit vermeiden wollte. »Kommt, wir gehen in den Schatten und essen dort unser Eis.«

Der Eismann versprach Ern, ihm einen Clownshut zu dem Schirm zu besorgen. Dicki ließ es nicht zu, dass Ern etwas darauf erwiderte, und drängte ihn weiter. Der Schirm verfing sich in den Zweigen eines Baumes. Betti blieb stehen, während Ern ihn loszubekommen versuchte und mit rotem Kopf noch ein paar spöttische Bemerkungen des Eismannes anhören musste.

Endlich setzte sich der Zug wieder in Bewegung. Kaum waren die Kinder ein paar Schritte gegangen, da tauchte an der nächsten Wegbiegung ein Radler auf – ein dicker Mann mit einem roten Gesicht in einer dunkelblauen Uniform und mit einem Helm auf dem Kopf.

»Onkel!«, hauchte Ern erschrocken.

Der Polizist kam rasch näher. Sobald Purzel ihn erblickte, schoss er auf ihn zu und schnappte nach seinen Hosen. Herr Grimm stieg ab und stieß mit dem Fuß nach ihm. »Weg da!«, rief er ärgerlich. »He, du, ruf deinen Köter zurück oder ich werfe ihn in den Fluss!«

»Guten Tag, Herr Grimm!«, grüßte Dicki höflich. »Ich hab Sie ja lange nicht gesehen. Komm her, Purzel, bei Fuß!«

Purzel gehorchte widerwillig und Herr Grimm fand endlich Zeit, die Kindergruppe genauer zu betrachten. Er riss erstaunt den Mund auf. Diese Fremden in ihren phantastischen Kleidern! Und Ern war bei ihnen! Seit wann befand er sich überhaupt in Peterswalde?

Mit strenger Amtsmiene trat er auf seinen Neffen zu, der vor Schreck fast den Schirm fallen ließ. »Was machst du denn hier, Ern? Und da sind ja auch Wern und Bern! Und warum trägst du den großen Schirm?«

»Schrei bitte nicht so, Onkel!«, bat Ern. »Dies ist eine Prinzessin und deshalb trage ich den Schirm für sie. Es ist ein Prunkschirm.«

Herr Grimm sah seinen Neffen ungläubig an, doch Ern fuhr eifrig fort: »Du hast doch sicherlich von Prinz Bongawah aus Tetarua gehört, der drüben im Zeltlager ist. Dies ist seine Schwester Prinzessin Bongawy – und das ist ihre Cousine Pua-Tua.«

Herr Grimm wollte seinen Ohren nicht trauen und starrte Betti neugierig an. Obwohl sie Angst hatte, dass er sie erkennen könnte, stand sie sehr gerade und hielt den Kopf hoch erhoben. Die Kapuze hatte sie halb über ihr braun gebranntes Gesicht gezogen. Sie kam dem Polizisten irgendwie bekannt vor, aber an Betti Hillmann dachte er nicht im Entferntesten. Er räusperte sich und sah Dicki an, aber Dicki schwieg.

»Die Herrschaften waren zu Besuch bei Dicki«, erklärte Ern. »Ich habe Prinz Bongawah im Zeltlager gesehen. Er und seine Schwester ähneln sich wie ein Ei dem anderen.«

»Und wie kommt es, dass du sie begleitest?«, fragte Herr Grimm.

»Ihr Neffe hat die Prinzessin zufällig bei mir getroffen.« Dicki gab sich große Mühe ernst zu bleiben. »Sie hat ihn gebeten den Schirm zu tragen. Sie wissen ja, wie höflich und hilfsbereit Ern ist.«

Davon wusste Herr Grimm allerdings nichts. Seiner Meinung nach hatte Ern überhaupt keine Manieren. Er starrte zuerst seinen Neffen, dann die hochmütige kleine Prinzessin und schließlich Dicki an. Dicki verzog keine Miene.

»Ist sie wirklich eine Prinzessin?», fragte der Polizist ihn leise und vertraulich.

Ehe Dicki etwas antworten konnte, sagte Betti mit hoher Stimme: »Ikki ula doffle wickle tok?«

»Was hat sie gesagt?«, fragte Herr Grimm.

»Sie will wissen, ob Sie ein richtiger Polizist sind. Was soll ich ihr antworten?«

Herr Grimm warf ihm einen wütenden Blick zu und wollte etwas entgegnen, aber wieder schaltete sich Betti ein. »Ribbli rukate puddi pol«, sagte sie.

»Was heißt das?«, fragte Herr Grimm.

Dicki machte ein bestürztes Gesicht. »Das ... das möchte ich lieber nicht sagen.«

»Warum nicht?«

»Es war etwas über Sie.«

»So sag es doch schon!«, drängte Herr Grimm.

»Ja, sag es ihm!«, rief Ern. Er freute sich, dass die Prinzessin offenbar eine freche Bemerkung über seinen Onkel gemacht hatte.

»Err!«, sagte Bern plötzlich.

Herr Grimm drehte sich zu ihm um. »Misch dich gefälligst nicht in unsere Unterhaltung ein! Was fällt dir ein, in der Gegenwart von königlichen Herrschaften mit vollem Mund zu reden!«

»Err«, entgegnete Bern verzweifelt.

»Seine Zähne sind von einem Sahnebonbon zusammengeklebt, Onkel«, erklärte Ern. »Er kann ihn nicht ausspucken.«

Betti lachte. Dann sagte sie schnell: »Wonga bonga stinki fiddli tok.«

»Da quasselt sie schon wieder!«, rief Herr Grimm. »Sag mir endlich, was sie will, Dietrich!«

»Ich möchte es lieber nicht sagen«, wiederholte Dicki und machte Herrn Grimm dadurch immer neugieriger. Der Polizist konnte sich kaum noch beherrschen. Sein Gesicht rötete sich und seine Augen quollen hervor.

Betti kicherte. »Ich sagen ... er hat ... Froschgesicht«, erklärte sie.

Alle brachen in Gelächter aus. Nur der arme Bern bekam den Mund immer noch nicht auf und erstickte fast.

Wütend ging Herr Grimm auf die Kinder los. Ern hielt ihm unwillkürlich den Schirm entgegen. »Lass die Prinzessin in Ruhe, Onkel!«, rief er mit bebender Stimme.

Nun hielt Purzel die Zeit für gekommen, sich ein wenig an dem Spiel zu beteiligen. Kläffend umtanzte er den Polizisten und schnappte nach seinen Hosen.

»Weg da!«, schrie Herr Grimm. »Ich werde den Hund anzeigen. Und dich auch, Ern. Du hast mich mit dem Schirm bedroht.«

»Aber Herr Grimm, Sie werden doch die Beziehungen zwischen England und Tetarua nicht trüben wollen«, sagte Dicki mit ernster Miene. »Es wäre sehr unangenehm, wenn Prinz Bongawah sich darüber beschwert, dass Sie seine Schwester unfreundlich behandelt haben. Tetarua ist ein befreundeter Staat. Falls der Prinz dem Auswärtigen Amt den Zwischenfall meldet, könnte das ...«

Herr Grimm wollte nichts mehr hören. Er wusste nichts von Tetarua, aber er wusste, dass gerade kleine Staaten sehr empfindlich sind, wenn ihr Nationalgefühl verletzt wird. Geschlagen bestieg er sein Rad, stieß noch einmal mit dem Fuß nach Purzel und radelte dann dunkelrot im Gesicht, aber würdig davon. »Wir sprechen uns noch, Ern!«, rief er über die Schulter zurück.

Ern erschrak, hielt jedoch mutig den Schirm hoch. Die anderen Kinder warfen sich lachend ins Gras und sogar Bern gelang es, seinen Mund weit genug zu öffnen um ein Lachen herauszulassen.

»Unser schönes Eis ist fast zerschmolzen!«, rief Betti bedauernd. Keinem fiel es auf, dass sie plötzlich fließend Englisch sprach, nur Dicki runzelte die Stirn und machte ihr ein Zeichen.

Nachdem die Kinder das Eis verzehrt hatten, sah er sich zufrieden im Kreise um. »Das war eine wunderbare Vorstellung. Herzlichen Glückwunsch, Prinzessin!«

»Bina bonga banga«, antwortete Betti gnädig.

Dicki schlug vor, neues Eis zu holen. Aber Ern und seine Brüder hatten keine Zeit mehr. Soeben hatte es vom Kirchturm zwölf geschlagen und sie mussten um halb eins zum Essen im Lager sein.

Ern gab Dicki den Schirm und verbeugte sich vor Betti. »Ich freue mich, dass ich Sie kennen gelernt habe, Prinzessin. Wenn ich

Ihren Bruder sehe, werde ich es ihm erzählen. Sie beide gleichen sich wirklich wie ein Ei dem anderen.«

Nachdem auch Wern und Bern sich verabschiedet hatten, gingen die drei zur Fähre, um sich auf die andere Seite des Flusses übersetzen zu lassen.

»Gott sei Dank, dass wir endlich wieder richtig sprechen können!«, sagte Rolf aufatmend.

Der Prinz verschwindet

Zwei Tage später geschah etwas, was die Spürnasen in große Aufregung versetzte. Dicki war schon vor seinen Eltern am Frühstückstisch, goss sich Kaffee ein und legte die Morgenzeitung neben sich, um sie in Ruhe zu lesen. Kaum aber hatte er einen Blick darauf geworfen, da riss ihn eine fette Überschrift aus seiner behaglichen Ruhe. *Prinz in der Nacht aus dem Zeltlager verschwunden!*, las er. *Kein Lebenszeichen von Prinz Bongawah.*

Zur selben Zeit las Rolf die Nachricht seiner Schwester Gina vor, nachdem er die Zeitung von draußen hereingeholt hatte. Die Geschwister bekamen einen Schreck und beschlossen, sofort nach dem Frühstück zu Dicki zu gehen.

Flipp aber las die Zeitung wie gewöhnlich am Frühstückstisch von hinten nach vorn. Während sein Vater sich in die erste Seite vertiefte, studierte er die Rückseite, die aber leider nur Berichte über Pferderennen, Golf und Tennis enthielt und ihn wenig interessierte. Also musste er warten, bis sein Vater sich mit dem Sportteil befasste, damit er die erste Seite lesen konnte. Als es nun endlich so weit war, starrte er verdutzt auf eine fett gedruckte Überschrift. *Prinz in der Nacht aus dem Zeltlager verschwunden! Botschaft von Tetarua informiert. Jungen im Lager werden befragt.*

Er stieß Betti an und deutete mit dem Kopf auf die Zeitung. Sie erschrak, als sie die Zeilen las. Es musste sich um Prinz Bongawah handeln, dessen Schwester sie vorgestern gespielt hatte. Ob man ihr Vorwürfe machen würde, wenn es herauskam? Aber die Spürnasen hatten Ern ja nur einen harmlosen Streich gespielt. Das war doch nichts Schlimmes, dachte sie.

Auch Herr Grimm interessierte sich sehr für das Verschwinden des Prinzen. Er las ebenfalls in der Morgenzeitung davon und ein paar Minuten später bekam er die Nachricht auch telefonisch vom Polizeipräsidium.

Ich kenne ja die Schwester des Prinzen, vielleicht könnte ich von ihr etwas erfahren, überlegte er. Am besten, ich rufe den Inspektor an. Den Chefinspektor meine ich natürlich, verbesserte er sich selber. Jenks ist ja befördert worden. Komisch, ich werde nie befördert! Ich muss Feinde haben, die mich nicht hochkommen lassen. Wenn ich nur wüsste, wer dahinter steckt!

Eine Weile brütete er über die bösen Menschen nach, die seine Beförderung hintertrieben. Dann rief er das Polizeipräsidium an und verlangte Chefinspektor Jenks.

Der Chefinspektor sei sehr beschäftigt, wurde ihm gesagt. Ob es sehr dringend sei und worum es sich handele.

»Es handelt sich um das Verschwinden von Prinz Bongawah«, antwortete Herr Grimm. »Ich habe eine wichtige Mitteilung in der Sache zu machen.«

Er musste ein paar Minuten warten. Dann hörte er die klare Stimme seines Vorgesetzten, die ein wenig ungeduldig klang. »Was ist denn los, Grimm? Ich habe sehr wenig Zeit.«

»Es ist wegen dieses Prinzen Bongawah«, sagte Herr Grimm. »Ich habe seine Schwester, die kleine Prinzessin Bongawy, kennen gelernt. Vielleicht sollte man sie verhören. Sie könnte etwas über das Verschwinden ihres Bruders wissen.«

Der Chefinspektor antwortete nicht sofort. »Schwester?«, fragte er schließlich erstaunt. »Von einer Schwester des Prinzen weiß ich ja gar nichts.«

Herr Grimm schwoll förmlich an vor Wichtigkeit. »Ich bin ihr hier in Peterswalde begegnet. In ihrer Begleitung befanden sich ihre Cousine Pua-Tua und zwei Jungen aus ihrem Gefolge. Alle waren ganz groß in Gala.«

Wieder schwieg Chefinspektor Jenks eine Weile. Dann sagte er vorsichtig: »Das klingt alles sehr seltsam. Sind Sie wirklich am Apparat, Grimm?«

»Ja, natürlich«, antwortete Herr Grimm. »Ich gebe Ihnen telefonisch Bericht, wie es meine Pflicht ist. Wollen Sie, dass ich die Prinzessin verhöre?«

»Warten Sie einen Augenblick. Ich möchte erst jemanden fragen, der gerade bei mir ist. Bisher wussten wir nichts von einer Schwester und einer Cousine des Prinzen. Ich will mal hören, warum uns nichts davon berichtet wurde.«

Herr Grimm wartete. Es gefiel ihm, dass sein Anruf im Präsidium so viel Wirbel machte. Sollte der Chefinspektor nur fragen, so viel er wollte! Er würde ihm den Fall ja schließlich doch übertragen müssen. Was für ein Glück, dass er Dietrich mit diesen Tetaruanern getroffen hatte! Woher mochte der Junge die königlichen Herrschaften nur kennen?

Dieser verflixte Bengel!, dachte Herr Grimm. Wenn der Chef hört, dass ich die Prinzessin durch Dietrich kenne, wird er ihn wahrscheinlich anrufen. Und dann nimmt der Junge mir den Fall wieder weg.

Finster brütend saß Herr Grimm da und presste den Telefonhörer an sein linkes Ohr. Plötzlich kam ihm ein Gedanke und sein Gesicht erhellte sich. Er konnte sagen, dass sein Neffe Ern ihn mit den Herrschaften bekannt gemacht hatte. Es war ja auch wirklich so gewesen. Dietrich brauchte er überhaupt nicht zu erwähnen.

Die Stimme des Chefinspektors riss Herrn Grimm aus seinen Gedanken. »Sind Sie noch da, Grimm? Von einer Schwester des Prinzen, Prinzessin Bongawy genannt, ist hier nichts bekannt. Wie haben Sie sie denn kennen gelernt?«

»Mein Neffe Ern war mit ihr zusammen. Er sagte mir, wie sie heißt und wer sie ist.«

»Ihr Neffe Ern?« Der Chefinspektor war sehr erstaunt. Er erinnerte sich ziemlich gut an den Jungen, der im vergangenen Jahr in einen geheimnisvollen Fall verwickelt worden war und keine schlechte Rolle dabei gespielt hatte. Aber Ern in Gesellschaft einer tetaruanischen Prinzessin? Wollte sich vielleicht jemand am Telefon einen Scherz mit der Polizei erlauben? Nein, das konnte nicht sein, die Stimme von Herrn Grimm kannte Chefinspektor Jenks zu gut.

»Was hatte Ihr Neffe denn mit der Prinzessin zu schaffen?«, fragte er schließlich.

»Er ... er trug einen Prunkschirm für sie.« Herr Grimm hatte plötzlich das Gefühl, dass die Geschichte sehr unwahrscheinlich klang.

Der Chefinspektor wusste nicht, was er denken sollte. War Herr Grimm nicht recht bei Sinnen? Hatte er vielleicht einen Sonnenstich? Die Prinzessin ... mit Ern ... unter einem Prunkschirm – das klang ja wie ein Märchen!

»Die Sache kommt mir komisch vor, Grimm«, sagte er. »Da Sie mich aber deswegen anrufen, muss ja wohl etwas dran sein. Setzen Sie sich also meinetwegen mit dieser – Prinzessin in Verbindung und stellen Sie ihr ein paar Fragen; wann sie angekommen ist, wo sie wohnt, wer sich in ihrer Begleitung befindet und so weiter. Ich werde dann jemanden nach Peterswalde schicken um die Sache zu überprüfen.«

»Sehr wohl, vielen Dank!«, antwortete Herr Grimm erfreut, legte den Telefonhörer auf und holte seinen Helm. Zu dumm nur, dass er nun diesen Dietrich Kronstein aufsuchen musste! Aber diesmal wollte er sich keine Frechheiten von ihm bieten lassen, sondern verlangen, dass der Junge alle Fragen wahrheitsgetreu beantwortete.

Mit diesem Vorsatz radelte der Polizist zu den Kronsteins und klingelte energisch. Als das Mädchen öffnete, fragte er nach Dicki.

»Dietrich ist nicht zu Hause«, sagte das Mädchen.

»Wo ist er denn?«, wollte Herr Grimm wissen.

Frau Kronstein, die seine laute Stimme gehört hatte, kam in die Diele hinaus. »Guten Tag, Herr Grimm!«, begrüßte sie ihn. »Dietrich ist nicht da. Was wollen Sie denn von ihm?«

»Ich möchte mich bei ihm nach Prinzessin Bongawy erkundigen. Aber vielleicht können auch Sie mir Auskunft geben, Frau Kronstein. Wohnt die Prinzessin bei Ihnen?«

»Was für eine Prinzessin?«, fragte Frau Kronstein erstaunt.

»Sie ist die Schwester von Prinz Bongawah, der heute Nacht verschwunden ist«, erklärte Herr Grimm.

Frau Kronstein hatte zwar von dem Verschwinden des Prinzen gelesen, sich aber nicht besonders dafür interessiert. Wahrscheinlich war der Junge weggelaufen, weil es ihm im Zeltlager nicht gefiel, hatte sie gedacht. Was Dietrich mit der Sache zu tun haben sollte, konnte sie sich nicht erklären.

»Wir sind erst seit drei Tagen von der Reise zurück«, sagte sie. »Ich kann mir nicht denken, dass Dietrich inzwischen eine Prinzessin kennen gelernt hat. Auf Wiedersehen, Herr Grimm.«

»Aber ... haben Sie die Prinzessin denn nicht zum Tee eingeladen?«, fragte Herr Grimm verzweifelt.

»Warum sollte ich jemanden zum Tee einladen, den ich gar nicht kenne?« Frau Kronstein musterte den Polizisten misstrauisch und schloss die Tür.

Herr Grimm blieb draußen stehen und wischte sich den Schweiß von der Stirn. Er musste Dietrich suchen. Vielleicht war der Junge bei seinen unzertrennlichen Freunden, den Hillmanns oder den Tagerts.

Er radelte zuerst zu den Tagerts, hatte aber auch dort kein Glück. Gina und Rolf waren nicht zu Hause. »Sie sind bestimmt bei Dietrich Kronstein«, meinte das Mädchen.

Nein, dort waren sie nicht; das wusste Herr Grimm besser. Sein Gesicht rötete sich vor Ärger. Keuchend radelte er zu den Hillmanns und klingelte heftig.

Die fünf Kinder und Purzel waren hinten im Garten. Als der Scotchterrier das laute Klingeln hörte, knurrte er und wollte nach vorn stürzen, aber Dicki hielt ihn zurück. Betti lief an der Hecke entlang und spähte ums Haus um zu sehen, wer gekommen war. Atemlos kehrte sie zu den anderen Spürnasen zurück.

»Es ist Wegda!«, stieß sie hervor. »Er ist ganz rot im Gesicht und sieht wütend aus. Ob er uns nach der Prinzessin fragen will, die ich gespielt habe? Ich glaube, er ist wirklich auf unsere Maskerade reingefallen.«

»Verschwinden wir durch die hintere Gartentür«, schlug Dicki vor. »Wegda soll ruhig hinter der Prinzessin herjagen. Sei still, Purzel. Dass du nicht etwa bellst und uns verrätst!«

Leise liefen die Kinder zur hinteren Gartentür, die auf einen Heckenweg führte. Purzel verhielt sich mäuschenstill. Er merkte wohl, dass die Kinder etwas vorhatten.

Als Frau Hillmann mit Herrn Grimm in den Garten kam, war nichts mehr von den Kindern zu sehen. Auch in der Laube waren sie nicht. »Komisch«, sagte Frau Hillmann. »Ich habe sie doch eben noch gehört. Flipp! Betti! Wo seid ihr?«

Es kam keine Antwort. Nachdem Frau Hillmann noch ein paar Mal vergebens gerufen hatte, sagte sie zu Herrn Grimm: »Die Kinder sind vermutlich bei Dietrich Kronstein oder bei den Tagerts. Vielleicht gehen Sie mal dorthin.«

Herr Grimm blickte sie düster an und sah sich im Geist von einem Haus zum anderen rasen, immer hinter dem ihm entweichenden Dicki her. Nachdem er sich verabschiedet hatte, radelte er verdrossen davon.

Eine wilde Jagd

Ern erfuhr auf seltsame Weise von dem Verschwinden des Prinzen. Seitdem er Prinzessin Bongawy kennen gelernt hatte, hielt er immerzu nach dem Prinzen Ausschau, um ihm von der Begegnung zu erzählen. Aber vergeblich hatte er über die Hecke gespäht, hinter der das Zelt von Prinz Bongawah lag. Heute kroch er nun einfach durch.

Kaum tauchte er auf der anderen Seite auf, stürzten sich zu seinem Erstaunen zwei Polizisten auf ihn. Einer ergriff ihn am Arm und fragte streng: »Was willst du hier?«

Ern wand sich um freizukommen. »Ich wollte nur mit jemandem sprechen. Lassen Sie mich los. Sie tun mir weh.«

»Dir könnte Schlimmeres passieren, wenn du dich hier rumtreibst«, antwortete der Polizist. »Vielleicht verschwindest du auch – ebenso wie der kleine Prinz.«

»Der Prinz ist verschwunden?« Ern starrte den Polizisten überrascht an. »Wann denn?«

»Heute Nacht. Hast du nichts gehört? Du kampierst doch in dem Zelt nebenan, nicht wahr?«

»Ja, aber ich habe überhaupt nichts gehört. Der Prinz ist wirklich verschwunden? Vor ein paar Tagen war ich noch mit seiner Schwester, Prinzessin Bongawy, zusammen.«

»So?«, spöttelte der Polizist. »Hast du vielleicht auch mit der Mutter des Prinzen Tee getrunken – und mit dem König getafelt?«

»Nein, das nicht, aber ich habe mit seiner Schwester Eis gegessen.«

Die beiden Polizisten lachten. Dann gab der eine Ern einen

Schubs. »Nun mach aber, dass du weiterkommst! Man soll keine Lügengeschichten erzählen, das gibt nur Ärger. Merk dir das!«

Schnell kroch Ern durch die Hecke zurück. Es kränkte ihn, dass die Polizisten ihm nicht glaubten. Er beschloss zu Dicki zu gehen und ihm zu erzählen, dass der Prinz verschwunden war. Dass die Zeitungen die Nachricht schon gebracht haben könnten, kam ihm nicht in den Sinn.

Wern und Bern wollte er diesmal nicht mitnehmen. Wern war heute schlecht gelaunt und Bern hatte den Mund wieder einmal voll klebriger Bonbons, sodass kein Wort aus ihm herauszukriegen war. Auch fühlte Ern das Bedürfnis nach anregender Gesellschaft. Seine Brüder waren auf die Dauer doch etwas langweilig, fand er.

Vielleicht könnte er sich ein Fahrrad leihen, dann brauchte er den weiten Weg nicht zu Fuß zu gehen. An einem Wohnwagen sah er ein Rad stehen. Er ging um den Wagen herum und fand dort einen Jungen, der etwas älter als er selber war. »Leihst du mir dein Rad?«, fragte er ihn.

»Kostet einen halben Schilling«, antwortete der Junge.

Zögernd griff Ern in seine Tasche und bezahlte die verlangte Leihgebühr. Dann radelte er nach Peterswalde. Als er um die Ecke bog, sah er Herrn Grimm auf sich zufahren. Erschrocken kehrte er um.

Herr Grimm hielt den Jungen aus der Entfernung für Dicki und glaubte, er habe sich wieder einmal als Botenjunge verkleidet. Ärgerlich fuhr er hinter ihm her. Fing der verflixte Bengel schon wieder mit seinen Tricks an? Hatte er sich etwa maskiert, um sich vor der Polizei zu drücken? Nun, er würde so lange hinter dem Jungen herfahren, bis er ihn erwischte.

Wütend trat er in die Pedale, klingelte wütend an den Ecken und sah selber wütend aus. Jeder, der ihm begegnete, musste glauben, er verfolge einen Schwerverbrecher.

Als Ern rasendes Klingeln hinter sich hörte, drehte er sich um und sah zu seinem Schreck, dass sein Onkel ihn verfolgte. Er fuhr schneller.

»He du!«, hörte er seinen Onkel rufen und erschrak noch mehr. Die Stimme klang sehr böse. Was hatte er denn getan? Verfolgte der Onkel ihn etwa, weil er die Prinzessin mit dem Prunkschirm verteidigt hatte?

Ern schoss um die Ecke. Herr Grimm folgte ihm. Beide gerieten immer mehr in Hitze. Den Jungen jagte die Angst, den Polizisten die Wut. Er war fest davon überzeugt, dass Dicki vor ihm herfuhr. Wenn er ihn erwischte, würde er ihm die Perücke vom Kopf reißen und ihm zeigen, dass man die Polizei nicht täuschen kann.

Wieder bog Ern um eine Ecke und raste direkt auf ein geöffnetes Scheunentor zu. Er konnte nicht mehr anhalten. Hühner und Enten flatterten mit großem Geschrei auseinander. Ern schoss in die Scheune hinein und fiel hin. Er war den Tränen nahe.

Nun sauste auch Herr Grimm in rasender Fahrt in die Scheune. Aber er fiel nicht hin, sondern bremste dicht neben Ern.

»Nimm die Perücke ab!«, schrie er. »Was fällt dir ein, mir davonzufahren? Du weißt ganz genau, dass ich Auskünfte über Prinzessin Bongawy einholen muss.«

Ern starrte den Polizisten mit offenem Mund an. Perücke – was sollte das heißen? Es war dunkel in der Scheune und Herr Grimm sah nicht gleich, dass er seinen Neffen vor sich hatte. Erst als seine Augen sich an die Dunkelheit gewöhnt hatten, erkannte er ihn.

»Ern!«, rief er. »Was machst du denn hier?«

»Du hast mich doch verfolgt, Onkel«, antwortete Ern verdutzt. »Ich hatte Angst vor dir. Weißt du denn nicht, dass du hinter mir hergefahren bist?«

Herr Grimm riss sich zusammen. »Warum bist du vor mir geflohen?«, fragte er streng.

»Das hab ich doch schon gesagt. Weil ich Angst hatte und du mich verfolgt hast.«

»Ich habe dich verfolgt, weil du geflohen bist«, sagte Herr Grimm würdevoll.

»Und ich bin geflohen, weil du mich verfolgt hast«, wiederholte Ern.

»Werd nicht frech!«

»Aber nein, Onkel!« Ern stand ängstlich auf. Auf der Erde war er dem Onkel zu sehr ausgeliefert. Man konnte nicht wissen, was er in seiner Wut noch mit ihm machte. Warum war er so böse? Ern hatte doch nur versucht ihm zu entkommen.

»Hast du Dietrich heute schon gesehen?«, fragte Herr Grimm.

»Nein.«

»Hast du die Prinzessin wieder gesehen?«

»Nein, Onkel. Bist du etwa hinter ihr her?«

»Weißt du, wo sie wohnt?« Herr Grimm dachte, dass er vielleicht von Ern etwas erfahren könnte, falls er Dicki nicht fand.

»Frag doch Dicki«, antwortete Ern unschuldig. »Er kennt sie gut und sieht sie bestimmt jeden Tag. Ach, da fällt mir ein, vielleicht weiß sie etwas von dem Verschwinden ihres Bruders. Darauf bin ich noch gar nicht gekommen.«

»Hör mal gut zu, Ern!«, sagte Herr Grimm eindringlich. »Du erinnerst dich doch an Chefinspektor Jenks, nicht wahr? Ich habe heute mit ihm telefoniert. Er hat mir den Fall übertragen und ich muss die Prinzessin verhören. Aber ich kann Dietrich nicht finden. Es sieht fast so aus, als ob er ebenfalls verschwunden ist – aber mit Absicht.«

Während Ern sein Rad aufhob, hörte er seinem Onkel aufmerksam zu. Schon möglich, dass Dicki dem Polizisten aus dem Weg ging! Das war das Vernünftigste, was man tun konnte. Ob er sich auch mit dem Verschwinden von Prinz Bongawah beschäftigte? Vielleicht – oh, vielleicht war das ein neues Geheimnis und Dicki versteckte sich vor Herrn Grimm, weil er ihm nicht verraten wollte, was er von der Prinzessin wusste! Ern lächelte bei dem Gedanken.

»Warum lachst du?«, fragte Herr Grimm misstrauisch.

Ern antwortete nicht. Sein Lächeln erstarb.

»Hör mal, Ern«, sagte sein Onkel streng. »Wenn du es wagst, mit Dietrich Kronstein gemeinsame Sache zu machen, schicke ich dich, Wern und Bern sofort nach Hause. Du hast keine Ahnung von diesem Fall und wirst auch nichts davon erfahren. Ich weiß, wie gern du Geschichten erzählst. Aber diesmal kannst du Dietrich nur sagen, dass ich den Fall bearbeite. Es kann sehr unangenehm für ihn werden, falls er mir nicht noch heute wahrheitsgemäß berichtet, was er von der Prinzessin weiß.«

Diese lange Rede hatte Herrn Grimm etwas außer Atem gebracht. Ern schlich sich vorsichtig aus der Scheune. Die Hühner, die sich wieder vor dem Tor versammelt hatten, stoben gackernd auseinander. Ern sprang auf sein Rad und fuhr in Windeseile davon.

»Sag Dietrich, dass ich ihn sprechen will!«, rief Herr Grimm ihm nach. »Ich habe keine Lust ihn überall zu suchen.«

Ern war froh, dass er seinem Onkel entkommen war, und fuhr schnell zu Dicki. Zum Glück fand er ihn zu Hause. Alle Spürnasen waren in seinem Schuppen. Aufgeregt erzählte Ern ihnen, was er erlebt hatte. »Weiß die Prinzessin etwas von ihrem Bruder?«, fragte er dann.

»Ach, Ern, das war doch gar keine richtige Prinzessin«, antwortete Dicki, der den Spaß nicht weitertreiben wollte. »Es war nur Betti. Sie hatte sich mit ein paar Sachen kostümiert, die ich aus Marokko mitgebracht habe. Ihre ›Cousine‹ war Gina und die anderen beiden waren Flipp und Rolf.«

»Kim-Rolfiana-Tick«, sagte Rolf mit einer Verbeugung.

»Kim-Flippi-Tok«, sagte Flipp und verbeugte sich ebenfalls.

Ern starrte die beiden verwirrt an, fuhr sich mit der Hand über die Augen und starrte sie wieder an.

»Du liebe Zeit!«, rief er schließlich. »Das ist ja kaum zu glauben.

Und du warst Prinzessin Bongawy, Betti? Aber du hast wirklich wie eine richtige Prinzessin ausgesehen. Kein Wunder, dass mein Onkel auf den Schwindel reingefallen ist! Wir haben ihn schön angeführt!«

»Du warst großartig, Ern«, sagte Betti lachend. »Und haben wir nicht eine schöne fremde Sprache gesprochen?«

»Wie macht ihr das bloß?«, wunderte sich Ern. »Aber hört mal, was wird Chefinspektor Jenks zu der Geschichte sagen? Mein Onkel hat ihm von der Prinzessin erzählt und den Auftrag bekommen sie zu verhören. Er will nun von Dicki wissen, wo sie wohnt.«

Dicki stöhnte. »Das musste ja kommen! Warum mache ich auch so was Blödes! Dabei sollte es nur ein Spaß sein, weil du gekommen bist, als sich die anderen gerade verkleidet hatten. Nun muss ich wohl Chefinspektor Jenks anrufen und ihm alles erklären. Hoffentlich ist er nicht allzu böse.«

»Ruf ihn lieber gleich an«, sagte Flipp. »Sonst geht Wegda wieder zu unseren Eltern und beschwert sich über uns. Wenn wir den Chefinspektor auf unserer Seite haben, ist es nicht so schlimm.«

Dicki stand auf. »Gut, ich gehe. Auf Wiedersehen, Spürnasen! Falls ich in zehn Minuten nicht zurück bin, wisst ihr, dass man mich eingelocht hat.«

Er ging durch den Garten ins Haus. Die anderen blieben etwas bedrückt zurück. Was würde ihr großer Freund nur sagen, wenn er erfuhr, dass es gar keine Prinzessin Bongawy gab? Und was würde vor allem Herr Grimm dazu sagen? Er würde ganz und gar nicht erbaut von dem Scherz sein, so viel war sicher.

Zwei peinliche Unterredungen

Chefinspektor Jenks war sehr ärgerlich. »Das ist ja eine Geschichte aus dem Tollhaus!«, rief er, nachdem Dicki ihm am Telefon alles erklärt hatte. »Zuerst ruft Grimm mich an und erzählt mir lang und breit von einer geheimnisvollen Prinzessin, die die Schwester von Prinz Bongawah sein soll, und nun muss ich von dir hören, dass es eine solche Prinzessin gar nicht gibt, sondern dass Betti sich nur verkleidet hatte. Ich habe für vieles Verständnis, aber das geht zu weit, Dietrich! Wegen eurer Maskerade hat Grimm seine Zeit vertan. Inzwischen hätte er nach dem Prinzen suchen können.«

»Ja, natürlich«, sagte Dicki kleinlaut. »Aber als wir uns verkleidet und Betti zur Prinzessin Bongawy gemacht haben, wussten wir ja noch nicht, dass der Prinz verschwinden würde. Wie konnten wir das ahnen!«

»Freilich konntet ihr das nicht ahnen«, gab der Chefinspektor zu. »Du hast eine sonderbare Gabe, in geheimnisvolle Fälle verwickelt zu werden, Dietrich. Grimm wird wütend sein, wenn er die Wahrheit erfährt. Übrigens – wie ist denn eigentlich sein Neffe Ern an diese Märchenprinzessin geraten?«

»Er kam gerade zu mir, als die anderen sich verkleidet hatten. Er und seine Zwillingsbrüder zelten neben dem Zelt des Prinzen. Schade, dass er so ein Trottel ist! Sonst hätte er vielleicht etwas von dem Verschwinden des Prinzen bemerkt.«

Es entstand eine kurze Pause. Dann sagte der Chefinspektor: »Ich könnte Grimm beauftragen ihn zu verhören, aber wer weiß, ob er viel aus ihm herauskriegt. Versuch du lieber, etwas von Ern zu erfahren. Eigentlich hast du ja nicht verdient, dass ich dich an diesem Fall mitarbeiten lasse.«

»Nein«, sagte Dicki bescheiden, aber strahlend. Er durfte wieder Detektivarbeit tun! Nun gab es doch noch ein Geheimnis in diesen Ferien.

»Also abgemacht!«, sagte der Chefinspektor abschließend. »Versöhne Herrn Grimm, wenn du kannst, und sag ihm, er soll mich später anrufen. Er wird sehr ärgerlich sein. Und ich bin es auch. Versuch diese Eselei bald wieder gutzumachen, hörst du?«

Ohne ein Abschiedswort beendete er das Gespräch. Nachdem auch Dicki aufgelegt hatte, lehnte er sich an die Wand und dachte nach. In seine freudige Erregung mischte sich ein unbehagliches Gefühl. Ganz durch Zufall war er in den Fall des Prinzen Bongawah verwickelt worden, nur weil Betti sich verkleidet hatte und Ern auf die Maskierung hereingefallen war. Wer konnte aber auch ahnen, dass der Prinz verschwinden würde? Zu dumm, dass Herr Grimm sofort über die geheimnisvolle Prinzessin berichten musste! Das sah ihm wieder ähnlich. Er war immer auf der falschen Fährte. Nun musste Dicki ihm erklären, dass die Kinder sich nur einen Streich erlaubt hatten. Das würde eine peinliche Unterredung werden.

Ich treibe zu viel Unsinn, dachte Dicki. Aber das Verkleiden macht so viel Spaß! Wir spielen zu gut, glaube ich. Ach, du meine Güte, da kommt Herr Grimm auf unser Haus zu! Jetzt wirds Ernst.

Dicki lief zur Haustür und öffnete sie, ehe Herr Grimm klingeln konnte, damit ihm seine Mutter nicht zuvorkam.

Der Polizist starrte ihn verdutzt an. »Den ganzen Tag jage ich hinter dir her und nun öffnest du mir, ohne dass ich geklingelt habe!«, stieß er hervor. »Wo bist du bloß so lange gewesen?«

»Das spielt jetzt keine Rolle. Kommen Sie bitte rein, Herr Grimm. Ich habe Ihnen etwas zu sagen.« Mit diesen Worten führte Dicki den Polizisten ins Arbeitszimmer seines Vaters.

Herr Grimm setzte sich überrascht auf einen Stuhl. »Ich habe dich allerlei zu fragen«, entgegnete er scharf. »Ich suche dich, weil ich dringend eine Auskunft von dir brauche.«

»Sie werden genug Auskünfte bekommen, Herr Grimm. Nur wird Ihnen das, was ich Ihnen zu sagen habe, gar nicht gefallen, fürchte ich. Es handelt sich um ein dummes Missverständnis.«

»Ich will nichts von dummen Missverständnissen wissen«, erwiderte Herr Grimm ärgerlich. »Ich brauche eine Auskunft über Prinzessin Bonga... Bonga... wie heißt sie doch gleich?«

»Bongawy«, antwortete Dicki höflich. »Ich wollte gerade von ihr sprechen. Sie existiert gar nicht.«

Herr Grimm sah Dicki ungläubig an. Dann fuhr er mit seinem dicken Zeigefinger auf ihn los und rief drohend: »Sie existiert nicht? Ich habe sie doch mit eigenen Augen gesehen! Sie ist sehr wichtig in diesem Fall, verstehst du? Tu jetzt nicht so, als würdest du sie nicht kennen. Du weißt genau, wo sie steckt. Ich bin mit der Aufklärung dieses Falles beauftragt und verlange wahrheitsgetreue Antworten auf meine Fragen. Wo befindet sich die Prinzessin?«

»Ich habe doch schon gesagt, dass sie nicht existiert«, antwortete Dicki zögernd. »Es gibt keine Prinzessin Bongawy. Betti hatte sich nur als Prinzessin verkleidet.«

Herrn Grimms Gesicht rötete sich. Seine Augen traten noch mehr als sonst hervor. Eine Frechheit von dem Jungen, ihm solche Märchen aufzubinden! Betti sollte sich als Prinzessin verkleidet haben? Lächerlich! Er hatte die Prinzessin ja selbst in einer fremden Sprache reden hören.

»Erzähl mir nicht solchen Unsinn!«, stieß er schließlich hervor. »Ich habe die Prinzessin nicht nur gesehen, sondern auch sprechen hören. Sie sprach in einer fremden Sprache. Das kann niemand, der die Sprache nicht kennt.«

»O doch, das kann man! Ich kann stundenlang in einer fremden

Sprache sprechen, wenn ich will. Passen Sie auf!« Dicki rasselte eine Reihe völlig sinnloser Wörter herunter, sodass es Herrn Grimm ganz wirr im Kopf wurde. Verwundert starrte er Dicki an. Wie machte der Junge das bloß?

»Sehen Sie?«, sagte Dicki schließlich. »Es ist ganz einfach. Sie brauchen nur Ihre Zunge locker zu lassen und ganz schnell irgendwelchen Unsinn zu quasseln. Versuchen Sie es doch mal!«

Aber das wollte Herr Grimm nicht. Er sollte seine Zunge locker lassen? Und das vor Dietrich? Nein! Vielleicht probierte er es mal allein zu Hause; das könnte nicht schaden. Unter Umständen war es sogar ganz nützlich, wenn er nach Belieben fremde Sprachen sprechen konnte.

»Wollen Sie es nicht probieren?«, forderte Dicki den verstummten Polizisten noch einmal auf. »So haben es auch Betti und die andern gemacht. Es war nur Unsinn und keine fremde Sprache.«

Herr Grimm konnte es noch immer nicht fassen. »Willst du etwa im Ernst behaupten, dass der Zug, den Ern begleitete, nur aus deinen Freunden bestand? Woher stammte dann aber der Prunkschirm?«

»Das war … ein Golfschirm von meiner Mutter. Ich sagte Ihnen ja schon, dass alles nur ein Scherz war. Ern kam, als die anderen sich gerade verkleidet hatten. Sie wissen doch, wie Ern ist. Er fällt auf alles rein und hat natürlich auch die Geschichte von der Prinzessin und ihrem Gefolge geglaubt, die wir ihm aufgetischt haben. Wir sind alle zum Fluss gegangen um uns Eis zu holen – und dort haben wir Sie getroffen.«

Endlich erkannte Herr Grimm entsetzt die Wahrheit. Warum hatte er dem Chef bloß von der Prinzessin erzählt! Wie sollte er ihm jetzt klarmachen, dass es überhaupt keine Prinzessin Bongawy gab? Stöhnend hielt er sich die Hände vors Gesicht und schien ganz zu vergessen, dass er nicht allein war.

Dicki hatte ein schlechtes Gewissen. Er konnte Herrn Grimm

nicht leiden, aber es war nie seine Absicht gewesen, ihn in eine so peinliche Lage zu bringen.

»Es war ein dummes Missverständnis, Herr Grimm«, sagte er noch einmal. »Und zu allem Unglück verschwand kurz darauf Prinz Bongawah. Ich habe Chefinspektor Jenks schon alles erzählt. Er war sehr ärgerlich, hat aber eingesehen, dass es wirklich nur ein Scherz sein sollte. Es tut uns allen sehr Leid, glauben Sie mir.«

»Ein Golfschirm!« Herr Grimm stöhnte. »Ich habe dem Chef gesagt, es sei ein Prunkschirm gewesen. Er muss mich ja für verrückt halten. Alle werden mich für verrückt halten. Ich tue mein Bestes und bemühe mich nach Kräften befördert zu werden, aber immer kommst du mir in die Quere.«

»Es tut mir wirklich Leid, Herr Grimm«, versicherte Dicki dem Polizisten noch einmal. »Hören Sie – wollen wir diesmal nicht zusammenarbeiten? Ich will versuchen, meine Dummheit wieder gutzumachen. Lassen Sie uns diesen Fall gemeinsam aufklären!«

Herr Grimm sprang auf. »Nein! Nie im Leben arbeite ich mit dir zusammen, selbst wenn der Chef es anordnen sollte. Was würde bei dieser Zusammenarbeit herauskommen? Falsche Indizien, nächtliche Ausflüge, die zu nichts führen! Ich würde die Falschen festnehmen, während du mich reinlegst und den Richtigen erwischst. Nein, ich danke für eine Zusammenarbeit mit dir!«

»Na, dann eben nicht!«, entgegnete Dicki gekränkt. »Trotzdem werde ich Ihnen Informationen zukommen lassen, wenn ich kann, damit Sie nicht mehr behaupten, ich käme Ihnen immer bloß in die Quere.«

»Besten Dank«, sagte Herr Grimm, während er aus dem Zimmer ging. »Ich pfeife auf deine Informationen. Misch dich gefälligst nicht in meine Angelegenheiten. Ich bin mit der Aufklärung dieses Falles beauftragt und ich werde ihn auch aufklären, so wahr ich Theophil Grimm heiße!«

Reime und »Pösie«

Herr Grimm ging bedrückt nach Hause um seinen Chef anzurufen. Warum ließ er sich bloß immer von Dietrich reinlegen! Warum hatte er den angeblichen Prunkschirm nicht gleich als Golfschirm erkannt! Wie kam es nur, dass er immer wieder durch diesen Bengel in die peinlichsten Situationen geriet?

»Nie wieder glaube ich ihm ein Wort!«, murmelte er vor sich hin, während er den Telefonhörer abnahm. »Niemals! Er ist eine Schlange, eine Viper, eine Kreuzotter. Mit mir zusammen will er arbeiten! Was für eine Frechheit! Was für eine bodenlose Unverschämtheit! Was ...«

Das Fernamt meldete sich bereits zum dritten Mal. Herr Grimm riss sich zusammen und nannte die Nummer des Polizeipräsidiums.

»Ich soll meine Zunge locker lassen?«, brummte er. »Was meint er damit? Ich muss es mal probieren. Abbeldi, abbeldi, abbeldi ...«

»Wie bitte?«, fragte eine Stimme aus dem Telefon.

Herr Grimm zuckte zusammen. »Bitte ... kann ich ... Chefinspektor Jenks sprechen?«

Herr Grimm kam glimpflicher davon, als er erwartet hatte. Der Chefinspektor war offenbar ärgerlich auf Dietrich und sprach nur etwas spöttisch von Leuten, die auf falsche Prinzessinnen und Prunkschirme hereinfielen.

»Nehmen Sie sich zusammen und tun Sie etwas Vernünftiges, Grimm«, ermahnte er den Polizisten zum Schluss. »Der Prinz ist in Ihrem Bezirk verschwunden. Verhören Sie die Jungen im Zeltlager, strengen Sie Ihren Grips an und bringen Sie uns Resultate!«

»Jawohl«, sagte Herr Grimm. »Und diesen Dietrich Kronstein sollten Sie …«

Aber der Chefinspektor hatte schon aufgelegt. Ärgerlich starrte Herr Grimm auf den Telefonhörer. Er hatte noch etwas über »Täuschung der Behörde« sagen wollen. Nun war es zu spät dazu.

Inzwischen erzählte Dicki den anderen Spürnasen von seinem Telefongespräch mit Chefinspektor Jenks und von seiner Unterredung mit Herrn Grimm. Betti hatte Mitleid mit dem Polizisten. Obwohl er kein Freund der Spürnasen war, fand sie, dass er diesmal gar zu schlecht weggekommen sei. Und sie war schuld daran, weil sie sich als Prinzessin Bongawy ausgegeben hatte.

»Diesmal helfen wir ihm«, schlug sie vor. »Wir sagen ihm alles, was wir herausbekommen.«

»Wahrscheinlich wird er uns kein Wort glauben«, entgegnete Dicki. »Aber wir können ihn durch Ern informieren lassen. Vielleicht glaubt er ihm mehr als uns.«

Ern wehrte entsetzt ab. »Gebt mir bloß keine Aufträge für meinen Onkel! Ich will nichts mit ihm zu tun haben.«

»Aber Ern, wir wollen ihm doch nur helfen«, versuchte ihn Betti zu überreden. »Ich habe ein schlechtes Gewissen ihm gegenüber, auch, weil ich ihn ›Froschgesicht‹ genannt habe.«

Dicki lachte. »Das hatte ich schon ganz vergessen. Wie konntest du nur, Betti! Er wird dich dafür freche Kröte nennen.«

»Es war nicht richtig von mir«, sagte Betti. »Ich weiß gar nicht, was plötzlich in mich gefahren war. Ern, du musst deinem Onkel alles erzählen, was wir auskundschaften.«

Ern, der Betti sehr gern hatte, fuhr sich mit den Fingern durchs Haar und sah sie hilflos an. »Na gut«, sagte er schließlich. »Ich werde es tun. Aber ich kann euch nicht versprechen, dass er mir glaubt. Ihr dürft auch nicht von mir verlangen, dass ich nahe an ihn herangehe. Ich rufe ihm die Nachrichten über einen Zaun oder über eine Hecke zu. Ihr habt ja keine Ahnung, wie böse er werden kann!«

»O doch, das wissen wir.« Dicki erinnerte sich sehr gut an heftige Zornesausbrüche des Polizisten. »Weißt du, Ern, eigentlich wollen wir ihm ja gar nicht helfen. Unsere Nachrichten sollen nur eine Art Wiedergutmachung sein, weil wir ihn so in die Klemme gebracht haben. Er hat auf uns 'ne tolle Wut. Nun machen wir es wieder gut.«

»Das ist ja Pösie!«, rief Ern begeistert. »Er hat auf uns 'ne tolle Wut, nun machen wir es wieder gut. Wirklich Pösie!«

»Es reimt sich nur zufällig«, erwiderte Dicki. »Dabei fällt mir ein – du hast doch früher Gedichte gemacht. Dichtest du immer noch?«

»Nicht viel«, antwortete Ern bedauernd. »Es fällt mir nichts mehr ein. Ich fange immer an, komme aber nicht über zwei Zeilen hinaus. Ein Gedicht von mir hat allerdings beinahe drei Zeilen.«

»Lies es uns vor, Ern!«, bat Gina.

Erns Gedichte waren stets düster und traurig und er nahm sie sehr ernst, während sich die Spürnasen darüber lustig machten.

Bereitwillig zog er ein kleines Notizbuch mit einem daran hängenden Bleistiftstummel aus der Tasche, beleckte seinen Zeigefinger und blätterte ein paar Seiten um.

»Aha, hier ist es!« Er stellte sich in Positur und las:

»Ein alter Gärtner sprach o weh!
Mich schmerzt so sehr mein Bein.
Das Rheuma …

Ein alter Maulwurf sprach o weh!
Warum bin ich bloß blind?
Zu dumm, dass ich so gar nichts seh.
Nicht mal …«

Er stockte und sah die Kinder verzweifelt an. »Hier bin ich stecken geblieben. So geht es mir immer. Ich bleibe einfach stecken, mitten in der schönsten Pösie. An diesen Zeilen habe ich eine Stunde und fünf Minuten gearbeitet. Ich sehe immer auf die Uhr beim Dichten. Aber nun komme ich nicht weiter.«

»Man merkt sofort, dass es ein gutes Gedicht ist«, sagte Dicki todernst. »Hör zu, wie es weitergeht.«

Er stellte sich breitbeinig hin, legte die Hände auf den Rücken, hob das Gesicht und deklamierte fließend:

»Ein alter Gärtner sprach: O weh!
Mich schmerzt so sehr mein Bein.
Das Rheuma sitzt im großen Zeh,
Mich plagt das Zipperlein.

In meinen Knien haust die Gicht,
Ach, ich kann kaum mehr gehn.
Bei jedem Schritt es piekt und sticht,
Nein, das ist nicht mehr schön.

Haar und Zähne fallen aus
Und mir fällt nichts mehr ein.
Ich hab 'nen dicken Bauch, o Graus!
Und schein zu dünn zu sein.

Die Nas ist taub, das Ohr ist stumm,
Der Mund kann nichts mehr riechen.
Die Schubkarr fällt vor Schwäche um
Und will nicht mehr recht kriechen.

Die Gießkanne ...«

Rolf brach in Gelächter aus. Flipp schlug Dicki lachend auf die Schulter. Die beiden Mädchen bogen sich vor Lachen und setzten sich auf den Teppich. »Hör auf, ich kann nicht mehr!«, rief Betti.

Dicki verschränkte die Arme. »Habt ihr schon genug? Ich kam gerade an die Stelle, wo die Gießkanne erschöpft und der Spaten abgestumpft ist und …«

»Hör auf!«, flehte Betti wieder, hilflos vor Lachen. »Dicki, wie machst du das bloß?«

Nur Ern war ernst und schweigsam. Er saß auf der Kante seines Stuhles, starrte Dicki mit offenem Mund an und brachte keinen Ton heraus. Es war ihm unfassbar, wie Dicki ein so langes Gedicht aus dem Stegreif hersagen konnte ohne einen Augenblick zu stocken.

»Hat es dir die Sprache verschlagen?«, fragte Dicki ihn belustigt. »Wie gefällt dir die Fortsetzung deines Gedichtes? Schade, dass du es nicht zu Ende geschrieben hast. Sonst hättest du es uns vorlesen können.«

Ern wurde noch verwirrter. »Du meinst … wenn ich es zu Ende gemacht hätte … wäre es so weitergegangen, wie du es eben gesagt hast?«

»Natürlich, es ist doch dein Gedicht. Ich habe es ja nur gesprochen. Ich glaube, du arbeitest zu viel an deinen Gedichten. Du musst sie einfach herauslassen, etwa so:

Kennt ihr Prinzessin Bongawy,
so klein und nett und lieb?
Jedermann verehrte sie
vom König bis zum Dieb.

Ein flotter Bursche, Ern genannt,
der war ihr Kavalier
und trug, wo er nur ging und stand,
'nen Prunk…«

…schirm über ihr!«, schrien die anderen Kinder. Aber Ern blieb still. Es war ihm unheimlich, wie mühelos Dicki die Verse aus dem Ärmel schüttelte.

Dicki versetzte ihm einen Rippenstoß. »Wach auf, Ern! Sitz nicht da wie versteinert. Was ist denn los?«

»Du bist ein Genie!«, stieß Ern erregt hervor. »Die anderen können das nicht wissen, weil sie keine Ahnung haben, wie schwer es ist Pösie zu machen. Aber ich weiß es. Und du stehst nur da und …«

»Ach, das ist doch ganz einfach, Ern. Ich bin durchaus kein Genie. Jeder Mensch kann das, wenn er sich Mühe gibt.«

»Aber du gibst dir ja überhaupt keine Mühe. Das ist es ja. Die Verse kommen aus dir heraus wie Wasser aus dem Hahn. Wenn ich so dichten könnte wie du, würde ich mich für klüger als den König von England halten.«

»Dann wärst du aber sehr im Irrtum. Kopf hoch, Ern! Eines Tages wird auch aus dir die ›Pösie‹ nur so herausströmen und du wirst kaum schnell genug schreiben können, um alles aufs Papier zu bringen.«

»Dann würde ich aber einen Schreck kriegen!« Seufzend steckte Ern sein Notizbuch ein. »Ich bin stolz darauf, dass ich dich kenne, Dicki. Wenn ich auch nicht besonders klug bin, so merke ich doch, wenn andere klug sind. Du bist ein Genie, Dicki, glaub mir!«

Die anderen Kinder waren überrascht von dieser bemerkenswerten Rede und sahen Ern neugierig an. Steckte vielleicht doch mehr in ihm, als sie gedacht hatten?

Betti schob ihre Hand durch Dickis Arm. »Du hast ganz Recht, Ern. Dicki ist ein Genie, aber nicht nur in Poesie, sondern auch in allen anderen Dingen.«

Dicki errötete und drückte Betti verlegen an sich. Er hüstelte bescheiden, hüstelte nach einer kurzen Pause noch einmal und wusste nicht recht, was er sagen sollte.

Rolf, der ihn lachend beobachtet hatte, rief:

»Er hustete ganz leise,
da hielt man ihn für weise.
Er hustete noch leiser,
da fand man ihn noch weiser.«

Wieder brachen alle in Gelächter aus und lachten immer noch, als sie schließlich heimgehen mussten. Ern war selig. Was für wunderbare Freunde er doch hatte!

Im Zeltlager

Dicki begann sich nun ernsthaft mit dem Fall des verschwundenen Prinzen zu befassen. Er las noch einmal alle Zeitungsnachrichten darüber, die allerdings recht dürftig waren. Der Prinz hatte abends an einem Lagertreffen teilgenommen, danach eine Tasse Kakao getrunken und war dann mit seinen drei Zeltgenossen zusammen schlafen gegangen. Diese drei Jungen wussten überhaupt nichts. Sie waren sofort eingeschlafen. Als sie aufwachten, war es schon hell und der Schlafsack des Prinzen war leer. Mehr konnten sie nicht aussagen.

Das ist nicht gerade viel, dachte Dicki. Wahrscheinlich ist der Prinz entführt worden. Ich werde Ern, Wern und Bern befragen, obwohl dabei wahrscheinlich nichts herauskommt, und ein bisschen im Lager herumhorchen.

Er radelte nachmittags zu Hillmanns und traf dort Gina und Rolf. »Hat einer von euch einen Verwandten im Zeltlager?«, fragte er. »Rolf und Gina, ihr habt doch so viele Vettern. Zeltet nicht einer von ihnen drüben am Fluss?«

»Nein«, antwortete Rolf. »Vielleicht ein Verwandter von dir, Flipp?«

»Welche Schulen sind denn dabei? Es stand doch heute in der Zeitung. Wartet, ich hole sie herauf.«

Flipp ging nach unten und kam bald mit der Zeitung zurück. Alle Kinder lasen den Artikel über das Zeltlager.

»Lillington-Schule!«, rief Flipp. »Da ist ein Vetter von uns. Ob er im Lager ist? Bei uns zu Hause hat er sich nicht gemeldet.«

»Wie heißt er?«, fragte Dicki.

»Ronald Hilton.«

»Wir gehen ins Zeltlager und fragen nach ihm. Wenn er dort ist, sagt ihr ihm einfach mal guten Tag. Wir anderen sehen uns unterdessen ein bisschen um.«

Flipp war nicht sehr erbaut von diesem Plan. »Wir kennen Ronald doch kaum.«

»Ist dir eigentlich klar, dass wir vielleicht einem Geheimnis auf der Spur sind?«, erwiderte Dicki ernst. »Vorläufig sieht es zwar nicht besonders aufregend aus, aber man kann nicht wissen, was noch daraus wird. Es ist deine Pflicht als Spürnase, dein Möglichstes für die Aufklärung des Falles zu tun, Flipp.«

»Na gut.« Flipp gab zögernd nach. »Aber ihr müsst uns bei der Unterhaltung mit Ronald helfen. Er ist älter als ich und will vielleicht gar nicht mit uns reden. Hoffentlich kommt bald etwas Schwung in das Geheimnis! Ein kleiner ausländischer Prinz, der entführt worden ist, interessiert mich eigentlich nicht besonders.«

»Mich auch nicht«, stimmte Gina ihm zu. »Na, wer weiß, wie sich die Sache entwickelt. Aus Ern, Wern und Bern werden wir allerdings nicht viel rausbekommen. Ich glaube, die sehen nicht mal das, was direkt vor ihrer Nase geschieht.«

Dicki stand auf. »Kommt, wir fahren gleich zum Zeltlager. Gut, dass ihr mit den Rädern gekommen seid, Gina und Rolf. Da brauchen wir nicht die Fähre zu benutzen. Wir fahren über die Brücke. Es ist ja nicht weit.«

Kurz darauf fuhren sie los. Purzel saß wie gewöhnlich in Dickis Fahrradkorb. Er saß sehr aufrecht und stolz da und sah verächtlich auf alle anderen Hunde herab, die sie trafen.

»Wenn du noch fetter wirst, kann ich dich nicht mehr mitschleppen«, sagte Dicki zu ihm, während er einen Berg hinaufkeuchte.

»Wau!«, bellte Purzel, drehte sich um und versuchte Dicki zu lecken. Aber Dicki wandte schnell den Kopf ab.

Das Zeltlager war sehr weitläufig und lag am Uferhang des Flusses. Zwischen kleinen Baumgruppen sah man überall Zelte. Vor einigen, wo gekocht wurde, stieg Rauch auf. Viele Jungen liefen lachend und lärmend herum.

Nachdem die Spürnasen ihre Räder an eine Hecke gelehnt hatten, hielt Dicki einen Jungen an und fragte ihn, wo die Zelte der Lillington-Schule wären.

»Dort unten am Wasser«, antwortete der Junge und zeigte zum Fluss hinunter.

Langsam schlenderten die Spürnasen zu den Zelten. Flipp war etwas unbehaglich zumute. Er hatte gar keine Lust seinen älteren Vetter anzusprechen und hoffte, dass er nicht im Lager war.

Plötzlich schlug ihm jemand auf den Rücken. Ein großer Junge mit einem netten, offenen Gesicht rief: »Philipp! Was machst du denn hier? Und Betti ist auch dabei. Wollt ihr mich besuchen?«

Flipp drehte sich um. »Hallo, Ronald! Wir haben uns im Zeltlager umgesehen und gehört, dass deine Schule dabei ist.«

Und Betti fügte hinzu: »Warum kommst du uns nicht mal besuchen? Die Eltern würden sich bestimmt freuen.«

Für die anderen Spürnasen war es ungewohnt, dass Flipp bei seinem richtigen Namen genannt wurde. Flipp und Betti stellten die Freunde vor.

Als Flipp sagte, »und das ist Dietrich«, fragte Ronald neugierig: »Bist du etwa der Junge, der mit der Polizei zusammenarbeitet?«

»Wir alle helfen der Polizei hin und wieder«, antwortete Dicki bescheiden.

»Habt ihr wieder einen Fall?«, fragte Ronald interessiert.

Dicki schüttelte den Kopf. »Wir wollten nur mit dir reden, weil wir gehört haben, dass hier aus dem Lager ein Prinz verschwunden ist.«

»Ach, dieser blöde Kerl.« Ronald führte die Spürnasen in ein großes Zelt. »Ein Segen, dass er weg ist. Er war eine richtige Nervensäge.«

In dem Zelt war ein langer Tisch aufgestellt, auf dem Riesenschüsseln voll belegter Brote und Kuchen und große Krüge mit Limonade standen.

»Ihr lebt hier nicht schlecht«, stellte Rolf fest.

»Bitte bedient euch!«, forderte Ronald die Kinder auf. »Ich bin in dieser Woche für die Verpflegung verantwortlich – Oberkoch und Tellerwäscher in einem. Es ist noch ein bisschen früh zum Vespern, aber da alles fertig ist, können wir uns ebenso gut schon jetzt versorgen, ehe die hungrige Horde hereinbricht.«

Jeder nahm einen Teller und belud ihn mit Brötchen und Kuchen. Die Spürnasen hatten zwar erst vor kurzem zu Mittag gegessen, aber das machte ihnen nichts aus. Essen konnte man zu jeder Tages- und Nachtzeit, fanden sie. Purzel war derselben Meinung. Hungrig schnüffelte er unter dem Tisch herum und schnappte sich, was heruntergefallen war.

Nachdem sich alle versorgt hatten, führte Ronald die Spürnasen zum Ufer des Flusses. »Kommt, wir setzen uns hier draußen hin und essen in Ruhe. Ich freue mich, dass ich dich kennen gelernt habe, Dietrich. Philipp und Betti haben mir schon die unglaublichsten Geschichten von dir erzählt.«

Dicki erzählte ihm noch ein paar seiner Streiche und sonnte sich in der Bewunderung des älteren Jungen.

Da sein Vetter sich nicht mehr um ihn kümmerte, wurde es Flipp bald langweilig. Als er sein Brot aufgegessen hatte, stand er auf und winkte Rolf. »Komm, wir schauen uns ein bisschen um.«

Die beiden schlenderten durch das Lager. Nach einer Weile fragte Rolf einen Jungen nach dem Zelt des Prinzen. Er zeigte es ihnen. Es war schöner und größer als alle anderen Zelte. Davor saßen drei Jungen und aßen belegte Brote. Rolf und Flipp gingen auf sie zu.

»Ihr habt ein schönes Zelt«, sagte Rolf.

»Es gehört ja auch Seiner Königlichen Hoheit Prinz Bongawahwah-wah«, antwortete einer.

Flipp lachte. »Warum nennt ihr ihn so? Könnt ihr ihn nicht leiden?«

»Nein!«, sagten alle drei wie aus einem Mund und ein Rothaariger setzte hinzu: »Eingebildet, frech und auch noch wehleidig war er. Ein richtiger Trottel. Wenn ihm etwas nicht passte, hat er sich aufgeführt wie ein kleines Kind.«

»Deshalb haben wir ihn Wah-wah getauft«, erklärte ein anderer Junge. »Weil er immerzu am Jammern war.«

»Spricht er Englisch?«, fragte Rolf.

»Zuerst hieß es, er könne kaum ein Wort Englisch. Meistens redete er auch in einer unverständlichen Sprache. Aber wenn er wollte, konnte er ganz gut Englisch. Und Ausdrücke hat der benutzt! Weiß der Himmel, wo er die aufgeschnappt hat.«

»In welche Schule geht er denn?«, fragte Rolf.

»In gar keine. Er hatte einen Privatlehrer. Einen Prinzen hätte ich mir ganz anders vorgestellt. Natürlich hatte er tolle Sachen, sogar seidene Pyjamas. Aber waschen wollte er sich nie. Ein richtiges Ferkel! Einmal wollten wir ihn in den Fluss werfen. Da hat er geschrien wie am Spieß.«

»Glaubt ihr, dass der Prinz entführt worden ist?«, fragte Flipp.

»Ich weiß es nicht«, antwortete der Rothaarige. »Es ist mir auch egal. Hoffentlich kommt er nicht wieder. Wollt ihr mal seinen Schlafsack sehen? Er ist sehenswert.«

Rolf und Flipp gingen neugierig in das prächtig ausgestattete Zelt. Der Rothaarige zeigte auf einen reich bestickten Schlafsack.

»Kriech mal rein«, sagte er zu Flipp. »Ich habe ihn ausprobiert. Er ist weich wie ein Federbett.«

Flipp kroch in den Daunenschlafsack, in dem es weich und warm war. Er hatte das Gefühl, dass er sofort einschlafen würde, wenn er die Augen zumachte. Als er noch ein wenig tiefer hineinkroch, fühlte er etwas Hartes an seinem Bein. Er griff mit der Hand danach und holte einen Knopf heraus. Es war ein schöner Knopf, leuchtend blau mit einem goldenen Rand. Flipp richtete sich auf und sah ihn genau an.

»Das ist ein Knopf von seinem Pyjama«, sagte der Rothaarige. »Der Pyjama war ganz prächtig, ebenfalls blau und gold wie die Knöpfe.«

»Ob ich den Knopf als Andenken behalten darf?«, fragte Flipp. Vielleicht bin ich ganz zufällig auf ein Indiz gestoßen, dachte er.

»Warum willst du denn ein Andenken an den Prinzen haben?«, fragte der Junge lachend. »Aber behalte den Knopf nur, wenn du willst. Wah-wah braucht ihn nicht mehr. Wenn er einen Knopf verliert, bekommt er sofort einen neuen Pyjama.«

»Hat er seinen Pyjama hier gelassen?«, fragte Rolf.

»Nein. Er hatte ihn ja an. Deshalb glaubt man auch, dass er entführt worden ist. Wäre er weggelaufen, so hätte er sich doch angezogen.«

Als Rolf und Flipp wieder ins Freie traten, wurden sie gerufen. »Rolf, Flipp, was macht ihr denn hier?«

Erns lachendes rundes Gesicht guckte über eine Hecke. »Kommt rüber. Wir haben unser Zelt hier auf dieser Seite.«

Ein ergebnisloses Gespräch

»Hallo, Ern!«, sagte Rolf. Er hatte gar nicht mehr daran gedacht, dass die drei Brüder ja neben dem Lager zelteten. Nun erschienen auch die Köpfe der Zwillinge über der Hecke. Wern lachte. Bern war wie gewöhnlich ernst und verzog keine Miene.

Rolf und Flipp verabschiedeten sich von den fremden Jungen und zwängten sich durch die Hecke. Flipp hatte den Pyjamaknopf in die Hosentasche gesteckt. Vielleicht nützte er den Spürnasen noch einmal als Indiz.

Ern zeigte den beiden sein Zelt. Es war klein und bescheiden, verglichen mit dem Prachtzelt des Prinzen, aber Ern und seine Brüder waren sehr stolz darauf. Sie zelteten zum ersten Mal und fanden es herrlich.

Sie hatten keine Schlafsäcke, sondern schliefen auf alten, abgetretenen Läufern, die über die Bodenplane gebreitet waren. Die Ausstattung bestand aus drei Bechern, drei Messern, zwei Gabeln (Wern hatte seine beim Baden verloren, war Erns etwas überraschende Erklärung für das Fehlen der dritten), drei Blechtellern, drei Regencapes und noch ein paar anderen Kleinigkeiten.

»Toll, nicht?«, sagte Ern strahlend. »Wasser holen wir uns aus dem Schullager. Wir dürfen die Leitung benutzen, aber die Leute aus den Wohnwagen lässt man kein Wasser holen. Wir holen es für sie und bekommen dafür manchmal warmes Essen.«

Es standen auch einige Wohnwagen auf dem Zeltplatz. Ein Wagen neben Erns Zelt war leer. Vor der Tür lag Papier, das der Wind durcheinander wirbelte.

»Dort hat eine Frau mit zwei kleinen Kindern gewohnt«, erzählte

Ern. »Es waren Zwillinge, so wie Wern und Bern. Heute Morgen sind sie ausgezogen.«

»Err!«, machte Bern, der Ern wie ein Hündchen folgte.

»Warum sagt er bloß immer ›err‹?«, fragte Flipp ärgerlich. »Kann er nicht ordentlich sprechen?«

»Nicht mit Sahnebonbons im Mund«, antwortete Ern. »Zu Hause erlaubt Ma ihm nicht, dauernd welche zu lutschen. Da spricht er auch mehr. Aber hier, wo er den ganzen Tag Bonbons essen kann, sagt er nie viel mehr als ›err‹, nicht wahr, Bern?«

»Err!« Bern versuchte den Rest seines Bonbons runterzuschlucken und erstickte fast dabei.

»Er scheint etwas sagen zu wollen«, meinte Flipp.

»Err!«, stieß Bern hervor und wurde krebsrot im Gesicht.

»Er will euch sicherlich nur von den Zwillingen aus dem Wohnwagen erzählen«, sagte Ern. »Er war dauernd bei ihnen drüben und hat stundenlang neben ihrem Wagen gehockt. Babys sind seine große Leidenschaft.«

Rolf und Flipp sahen Bern überrascht an. Sie hätten nie im Leben vermutet, dass er sich gern mit kleinen Kindern abgab.

Bern zeigte auf die Erde, wo die Spuren eines Kinderwagens zu sehen waren.

»Seht ihr?«, rief Ern. »Ich hab es ja gesagt, er will euch von den Zwillingen erzählen. Er stand oft neben dem Wagen und hob die Spielsachen auf, die sie rausgeworfen haben. Bern ist ein komischer Kerl.«

»Err!«, presste Bern mühsam hervor und würgte verzweifelt.

»Pfui, Bern!«, schimpfte Ern. »Wie kannst du nur so viele Bonbons lutschen! Das werde ich Ma erzählen, wenn wir nach Hause kommen. Geh jetzt und spuck die Bonbons aus.«

Bern entfernte sich mit bedrückter Miene, offenbar ohne Hoffnung, sich jemals verständlich machen zu können. Flipp atmete erleichtert auf, als er außer Sicht war.

»Bern war ganz aufgeregt heute früh«, berichtete Wern. »Er war rübergegangen und wollte wie immer den Wagen der Zwillinge schaukeln. Aber die Mutter hat ihn angeschrien und weggejagt. Da fingen die Babys natürlich auch an zu brüllen.«

»Warum hat sie Bern verjagt?«, rief Ern ärgerlich. »Er ist doch so gut zu den Babys gewesen und hat ihren schweren Wagen stundenlang hin und her gefahren.«

Flipp und Rolf begann das Gerede zu langweilen. Schließlich waren sie nicht hergekommen, um von Bern und Zwillingsbabys zu hören.

»Sag mal, Ern, hast du in der Nacht, als der Prinz verschwand, etwas Verdächtiges gehört?«, fragte Rolf nun.

»Nein, wir haben alle drei nichts gehört. Wir schlafen immer sehr fest. Das ganze Lager könnte verschwinden, ohne dass wir etwas merken. Die Grimms sind gesunde Schläfer.«

Rolf und Flipp tauschten einen verzweifelten Blick. Aus Ern war offenbar nichts herauszuholen. Was nützte es ihnen, dass sie jemanden kannten, der direkt neben dem Zelt des Prinzen schlief, wenn er überhaupt nichts bemerkt hatte?

»Du hast Prinz Bongawah aber doch gesehen, nicht wahr?«, fragte Rolf.

»Ja, natürlich, das habe ich euch ja schon erzählt. Ein komischer Kerl. Dauernd schnitt er Grimassen.«

»Er schnitt Grimassen?«

»Ja. Manchmal hat er sogar die Zunge rausgestreckt, wenn einer von uns durch die Hecke schaute. Überhaupt hat er sich gar nicht wie ein Prinz benommen. Sehr braun ist er. Man sieht sofort, dass er Ausländer ist.«

»Ist er brauner als wir?«, fragte Flipp.

»Ungefähr genauso braun.«

»Warum hast du damals behauptet, dass er und Betti sich ähneln wie ein Ei dem anderen?«, fragte Flipp.

Ern errötete. »Ach, das habe ich nur so gesagt, weil Geschwister sich doch meistens ähnlich sehen«, murmelte er und stieß mit dem Fuß einen Stein weg. »Ich möchte wissen, wo der Prunkschirm geblieben ist. Ihr hättet das Monstrum sehen sollen, blau und golden war er und riesengroß. Einmal kamen ein paar Leute den Prinzen besuchen und einer trug den Schirm über ihm. Der Prinz verzog dabei das Gesicht, als sollte er geschlachtet werden.«

»Er mochte den Schirm also nicht. Warum denn?«

»Weil alle Jungen ihn ausgelacht haben. Es sah ja auch zu komisch aus.«

»Hallo!«, rief Dicki in diesem Augenblick über die Hecke hinüber. »Warum seid ihr ausgerissen? Du hast mir das Reden ganz allein überlassen, Flipp.«

»Na, du redest doch gern. Deshalb bin ich ja weggegangen.«

»Können wir durch die Hecke kriechen ohne uns die Kleider zu zerreißen?«, fragte Gina.

Sofort eilte Ern herbei und bog die dornigen Zweige auseinander, sodass die Mädchen und Dicki leichter durchkamen.

»Dein Vetter Ronald ist nett«, sagte Dicki zu Flipp. »Man kann sich gut mit ihm unterhalten.«

»Dann hattest du ja Gelegenheit, deine Kenntnisse in der ›Befragung von Zeugen‹ anzuwenden«, antwortete Flipp spöttisch. Er hatte ein Buch mit diesem Titel in Dickis Schuppen gesehen. »Hast du etwas Wichtiges über den Fall erfahren?«

»Eigentlich nicht«, antwortete Dicki, der Ronald die ganze Zeit über von seinen Heldentaten erzählt hatte. »Nein, erfahren habe ich nicht viel.«

»Und du, Flipp?«, fragte Betti. »Hast du Ern, Wern und Bern verhört?«

»Ja. Aber wir haben fast nichts aus ihnen rausbekommen. Sie haben die ganze Nacht fest geschlafen und nichts gehört. Keiner von den dreien hat eine Ahnung, wo der Prinz sein könnte.«

»Err!«, sagte Bern und kaute heftig.

Flipp verzog das Gesicht. »Geh weg! Und komm erst wieder, wenn du vernünftig reden kannst, Errrr!« Er sprach so laut und drohend, dass Bern entsetzt flüchtete. Dann nahm er den blaugoldenen Knopf aus der Tasche und zeigte ihn den anderen Spürnasen.

»Dies ist das einzige Indiz, das wir gefunden haben – wenn es überhaupt ein Indiz ist. Ich habe den Knopf zufällig im Schlafsack des Prinzen entdeckt. Er stammt von seinem Pyjama.«

»Was soll er uns denn nützen?«, fragte Dicki achselzuckend. »Glaubst du vielleicht, wir bekommen durch den Knopf heraus, wann und wie der Prinz entführt worden ist und wo er jetzt ist? Das ist kein Indiz, Flipp.«

Flipp steckte den Knopf wieder in die Tasche. »Ich habe ihn ja auch nur behalten, weil du immer sagst, wir sollen jede Kleinigkeit beachten und prüfen. Übrigens ist der Prinz in seinem Pyjama verschwunden.«

»Woher weißt du das?«

»Von den Jungen, die mit ihm zusammen in seinem Zelt geschlafen haben.«

»Das ist ja merkwürdig!«

»Warum findest du das so merkwürdig?«, fragte Gina. »Ihm blieb wahrscheinlich keine Zeit sich anzuziehen. Dabei hätte er vielleicht auch die anderen Jungen geweckt.«

»Er hätte sich mit seinen Kleidern aus dem Zelt schleichen und sie draußen anziehen können«, entgegnete Dicki. »Jemand, der im Pyjama herumläuft, erregt doch sofort Aufsehen.«

»Aber Dicki, wenn man entführt wird, hat man bestimmt keine Zeit sich anzuziehen«, wandte Gina noch einmal ein. »Die Entführer haben den Prinzen wahrscheinlich so, wie er war, aus dem Schlafsack gezogen und weggeschleppt.«

»Nein, Gina, das glaube ich nicht. Denk doch einmal nach! Ein

Fremder kann unmöglich ohne Aufsehen zu erregen durch ein Lager voller Zelte zu einem bestimmten Zelt schleichen, die Klappe öffnen und im Dunkeln einen Jungen ergreifen, der wahrscheinlich wie am Spieß geschrien hätte. Der Prinz hatte ja den Spitznamen Bongawah-wah-wah, weil er immer gleich geheult hat.«

»Ja, du hast Recht«, gab Gina zu. »Wie kann der Prinz dann aber entführt worden sein?«

»Ich denke mir, jemand muss ihn überredet haben, sich aus dem Lager zu schleichen. Vielleicht hat man ihm versprochen, ihn zu einem Rummelplatz zu bringen, wo bis tief in die Nacht hinein etwas los ist, oder so was Ähnliches. Hätte der Prinz fertig angezogen am Tor gestanden, dann wäre es natürlich eine Kleinigkeit gewesen ihn zu entführen.«

»Ja, dann hätte man ihn nur in einem Auto wegzubringen brauchen«, rief Flipp.

»Jetzt verstehe ich, warum du so erstaunt bist, dass er im Pyjama verschwunden ist«, sagte Gina. »Wenn die Entführung auf diese Weise geplant war, musste er natürlich angezogen sein.«

»Sehr richtig!«

»Vielleicht konnte er im Dunkeln seine Kleider nicht finden«, meinte Ern.

»Dies ist gar kein richtiges Geheimnis. Es ist bloß ein blödes Rätsel«, beschwerte sich Betti. »Kein Mensch hat etwas gehört, keiner hat etwas gesehen, keiner weiß etwas. Vielleicht ist der Prinz überhaupt nicht entführt worden.«

Bern findet die Sprache wieder

Dicki begann sich zu langweilen. »Kommt, wir fahren heim. Hier können wir doch nichts mehr ausrichten. Wo auch immer Prinz Bongawah in seinem blaugoldenen Pyjama steckt – ich wünsche ihm alles Gute!«

Die Spürnasen verabschiedeten sich von Ern und Wern. Bern war nirgends zu sehen. Sie schwangen sich auf die Räder.

»Bern kommt mir wie eine wiederkäuende Kuh vor«, sagte Flipp. »Ich glaube, er ernährt sich ausschließlich von Bonbons.«

Betti schüttelte sich. »Mir wird richtig schlecht, wenn ich ihn sehe. Am liebsten möchte ich ihn gar nicht wieder sehen.«

»Wir werden ihn ja auch kaum wieder sehen, solange Ern allein zu uns kommt«, sagte Dicki. »Ich habe nicht die Absicht, das Zwillingspaar noch einmal zu besuchen.«

Aber Dicki sah Bern noch am selben Tag wieder. Er probierte gerade eine neue Verkleidung in seinem Schuppen aus, als es klopfte. Er spähte durch ein Loch, das er in die Tür gebohrt hatte, und war wenig erfreut Ern und Bern zu sehen.

Dicki drehte sich um und betrachtete sich im Spiegel. Dann lachte er leise. Eigentlich könnte er gleich mal ausprobieren, ob seine neue Verkleidung gut war.

Kurz entschlossen öffnete er die Tür. Ern, der schon ein Begrüßungslächeln auf den Lippen hatte, erstarrte vor Schreck. Vor ihm stand ein alter, gebeugter Mann mit einem struppigen Bart, weißen, zottigen Augenbrauen und ein paar weißen Haarsträhnen auf einer Glatze. Er trug eine abgetragene Samthose und um die Schultern hing ihm ein weiter Mantel mit ausgebeulten Taschen.

»Oh ... guten Abend!«, stotterte Ern. »Ist ... Dietrich Kronstein nicht da?«

Der alte Mann hob eine zitternde Hand ans Ohr. »Sprich lauter! Was hast du gesagt?« Seine Stimme war ebenso zittrig wie seine Hand.

»Ist Dietrich Kronstein nicht zu Hause?«, schrie Ern.

»Schrei doch nicht so!«, erwiderte der Alte ärgerlich. »Ich bin nicht taub. Wer ist Dietrich Kronstein?«

Ern starrte ihn erstaunt an. Dann fiel ihm ein, dass Dietrich gewöhnlich Dicki genannt wurde. Vielleicht kannte der Mann nur diesen Namen.

»Dicki!«, sagte er laut. »Dicki!«

»Werd gefälligst nicht frech!«, schimpfte der Alte mit schriller Stimme.

»Aber nein!«, erwiderte Ern verzweifelt. »Hören Sie – wo ist der Junge, dem der Schuppen gehört?«

»Weg! Er lebt jetzt in London.«

Ern glaubte zu träumen. Dicki sollte nach London gezogen sein? Er war doch noch vor kaum zwei Stunden im Zeltlager gewesen! Verwirrt trat Ern einen Schritt zurück und sah sich genauer im Schuppen um. War er vielleicht in einen falschen Garten geraten?

»Warum ist Dicki nach London gegangen?«, fragte er schließlich. »Hat er denn keine Nachricht hinterlassen? Und was machen Sie hier?«

»Ich bin sein Verwalter.« Der Alte zog ein großes rotes Taschentuch hervor und schnaubte sich so laut die Nase, dass Ern zurückfuhr. Er ahnte nicht, dass Dicki nur sein Lachen im Taschentuch erstickte.

Bern wollte weglaufen, aber Ern hielt ihn fest. »Nein, du bleibst hier, Bern! Du hast etwas Wichtiges auszusagen. Und du wirst es aussagen, selbst wenn wir Dicki die ganze Nacht suchen müssen.

Wenn du jetzt zum Lager zurückgehst, steckst du dir den Mund nur wieder mit Bonbons voll und wir kriegen kein Wort aus dir heraus. Du bist der einzige von uns, der ein Indiz gefunden hat, und das muss Dicki wissen.«

»Hat er wirklich ein Indiz gefunden?«, fragte der alte Mann plötzlich mit Dickis klarer Stimme.

Ern zuckte zusammen und sah sich verwirrt um. Da stieß ihn der Alte in die Rippen und brach in lautes Gelächter aus. Die Brüder starrten ihn mit offenem Mund an.

»Dicki!«, rief Ern schließlich erstaunt und erleichtert zugleich. »Du hast mich schön reingelegt. Ein alter Mann, wie er leibt und lebt! Wie hast du dir nur die Glatze gemacht?«

»Es ist eine Perücke.« Lachend riss Dicki die Perücke vom Kopf, sodass sein blondes Haar zum Vorschein kam. »Ich habe sie gerade ausprobiert. Der Bart und die Augenbrauen passen gut dazu, nicht wahr? Ich habe die Sachen erst vor kurzem gekauft.«

»Aber deine Stimme!«, stieß Ern verblüfft hervor. »Die konntest du nicht kaufen. Du müsstest Schauspieler werden, Dicki.«

»Das geht leider nicht. Ich werde Detektiv. Auch in diesem Beruf muss man gut schauspielern können. Kommt rein und setzt euch. Was für ein Indiz hat Bern denn entdeckt?«

Alle drei setzten sich in den Schuppen. »Er wollte es uns schon heute Nachmittag sagen, konnte aber leider nicht sprechen«, sagte Ern. »Nun hat er so lange an seinen Bonbons gelutscht, bis sie sich endlich aufgelöst haben.«

»Hoffentlich bleibt es nun dabei«, meinte Dicki. »Hat er seine Sprache wieder gefunden? Oder kann er wirklich nichts anderes als ›err‹ sagen?«

»Viel mehr eigentlich nicht«, gab Ern zu. »Aber er hat uns etwas Komisches erzählt. Und nun habe ich ihn hierher gebracht, damit er es dir auch erzählt. Es kann sehr wichtig für die Aufklärung des Geheimnisses sein. Los, Bern, sage, was du zu sagen hast!«

Bern räusperte sich und öffnete den Mund. »Err«, begann er, »ich habe sie schreien hören.«

»Wen denn?«, fragte Dicki.

»Na, sie haben eben geschrien.«

»Ja, ja«, sagte Dicki. »Aber wer denn nun?«

Bern schwieg und warf seinem Bruder einen Hilfe suchenden Blick zu.

»Das kommt vom vielen Bonbonlutschen!«, sagte Ern ärgerlich. »Du verlierst dabei nicht nur die Stimme, sondern auch den Verstand.«

»Ist er nur hierher gekommen um mir zu erzählen, dass jemand geschrien hat?«, fragte Dicki.

»Aber nein! Vielleicht erzähle ich lieber weiter.«

Berns Gesicht erhellte sich. »Err!«, sagte er sichtlich erleichtert.

»Dass du mich nicht etwa unterbrichst!«, ermahnte ihn Ern.

Bern dachte gar nicht daran, seinen Bruder zu unterbrechen. Er schüttelte heftig den Kopf und sagte nicht einmal mehr »err«.

»Pass auf, was Bern uns erzählt hat, Dicki«, sagte Ern nun mit wichtiger Miene. »Du wirst es kaum glauben.«

»So schieß doch endlich los!«, rief Dicki ungeduldig. »Und fang bitte mit dem Anfang an, ja?«

»Ich habe dir ja schon erzählt – oder wenigstens habe ich es Rolf und Flipp erzählt –, dass unser Bern ganz verrückt nach Babys ist. Wenn er irgendwo einen Kinderwagen sieht, geht er sofort hin, schaukelt ihn, spricht mit den Babys und hebt die Spielsachen auf, die sie rauswerfen. Nun steht doch neben unserm Zelt ein Wohnwagen. Du hast ihn ja gesehen. Er ist jetzt leer. Die Frau, die darin gewohnt hat, ist heute ausgezogen.«

Dicki nickte.

»Die Frau hatte zwei Babys«, fuhr Ern fort. »Zwillinge. Und da Wern und Bern auch Zwillinge sind, hat er sich ganz besonders für sie interessiert und oft mit ihnen gespielt. Stimmts, Bern?«

»Err«, sagte Bern zustimmend.

»Heute Morgen hörte er die Zwillinge nun fürchterlich schreien.« Ern bekam rote Backen beim Erzählen. »Er ging zu ihnen und wollte sie schaukeln. Die Frau war gerade im Wohnwagen und packte ihre Sachen. Als sie Bern sah, kam sie rausgerannt, gab ihm eine Ohrfeige und sagte, er solle sich fortscheren.«

»Warum denn?«, fragte Dicki. »Er hat die Babys doch oft geschaukelt. Hatte die Frau denn früher auch etwas dagegen?«

»Nein, ganz im Gegenteil. Deshalb war Bern ja auch so erschrocken heute früh.«

»Das kann ich mir denken«, sagte Dicki, der ungeduldig auf die Fortsetzung der Geschichte wartete.

»Die Frau zog den Kinderwagen dann auf die andere Seite des Wohnwagens, wo sie ihn vom Fenster aus sehen konnte. Aber die Babys schrien immer weiter wie am Spieß. Unser Bern konnte das einfach nicht ertragen.«

»Err!«, sagte Bern mitleidig.

»Als die Frau wegging, lief er zu ihnen um zu sehen, was ihnen eigentlich fehlte. Er dachte, dass sie vielleicht auf etwas Hartem lagen. Also fuhr er mit der Hand unter sie und suchte. Da merkte er, dass noch jemand in dem Kinderwagen lag.«

Dicki fuhr auf. »Noch jemand? Wie kann denn das sein?«

»Na, es war eben noch jemand im Wagen. Bern hat es deutlich gefühlt. Als er das Laken wegzog, sah er einen Hinterkopf mit schwarzem Haar. Dann griff das eine Baby nach ihm, rollte zur Seite und verdeckte den Kopf.«

Dicki war so erstaunt, dass er ein paar Minuten gar nichts sagte. Dann sah er Bern an. »Wer kann denn in dem Wagen gelegen haben?«

»Der Prinz«, antwortete Bern ohne zu zögern und vergaß vor Aufregung ganz sein ›err‹. »Er hat sich dort versteckt. Dass ich ihn gesehen habe, hat er nicht gemerkt.«

»So ist es also gewesen!«, rief Dicki nach kurzem Überlegen. »Der Prinz hat sich im Pyjama aus dem Zelt geschlichen und während der Nacht in dem Wohnwagen versteckt. Später ist er dann unter die Babys gekrochen. Das muss aber sehr eng und unbequem für ihn gewesen sein.«

Bern nickte.

»Die Frau hat wahrscheinlich gewartet, bis jemand ihre Sachen abholt«, vermutete Dicki. »Und dann hat sie den Prinzen im Zwillingswagen weggebracht. Wie sollte jemand auf den Gedanken kommen, dass er unter den Babys versteckt sein könnte? Aber warum hat sie das getan? Und warum hat sich der Prinz gerade bei ihr versteckt? Donnerwetter, das ist ein richtiges Geheimnis!«

»Ich dachte mir gleich, dass Berns Entdeckung sehr wichtig ist«, sagte Ern. »Deshalb sind wir zu dir gekommen.«

»Schade, dass er es nicht sofort jemandem erzählt hat!«

»Er wollte es mir sagen, konnte aber nicht sprechen. Ich hatte ja keine Ahnung, warum er dauernd auf den Wohnwagen gedeutet hat. Auch am Nachmittag konnte er den Mund nicht aufkriegen und wäre fast an seinen Neuigkeiten erstickt.«

»Du musst zu deinem Onkel gehen und ihm alles erzählen«, sagte Dicki. »Ich habe versprochen, ihn mit Nachrichten zu versorgen. Geh am besten jetzt gleich mit Bern zu ihm.«

»Das kann ich nicht!«, widersprach Ern. »Er würde mir kein Wort glauben.«

Neuigkeiten für Herrn Grimm

Dicki bestand darauf, dass Ern und Bern zu ihrem Onkel gingen. Er wollte Chefinspektor Jenks nach dem letzten peinlichen Gespräch nicht schon wieder anrufen. Es war besser, wenn Herr Grimm seinem Vorgesetzten die Neuigkeiten berichtete. Ern machte sich also zögernd auf den Weg. Bern trottete hinter ihm her. Beide fühlten sich nicht wohl in ihrer Haut.

Herr Grimm befand sich in seiner Küche, die nach hinten heraus lag, und versuchte seine Zunge zu lockern. Er stand vor dem Spiegel und übte. »Abbeldi, abbeldi, abbeldi«, sagte er schnell und hielt dann ratlos inne. Vergeblich versuchte er sich an die fremd klingenden Worte zu erinnern, die Dicki neulich mühelos heruntergerasselt hatte. Es müsste leicht sein solchen Unsinn zu reden, hatte er gedacht. Aber es war keineswegs leicht. Wenn er ein paar Mal »abbeldi« gesagt hatte, wurde seine Zunge müde und etwas anderes fiel ihm beim besten Willen nicht ein.

Nach einer Weile versuchte er es mit Rezitieren. »Der Knabe stand auf dem brennenden Deck, abbeldi, abbeldi, abbeldi.« Nein, so ging es auch nicht. Es war zum Verzweifeln.

Inzwischen hatten Ern und Bern das Haus erreicht. Ern wollte nicht klingeln, weil er dachte, dass der Onkel vielleicht ein Nickerchen machte, wie er es öfters tat. Vorsichtig drückte er die Klinke herunter, aber die Tür war verschlossen.

»Komm nach hinten, Bern«, sagte er. »Vielleicht ist er im Garten.«

Sie gingen auf Zehenspitzen um das Haus herum. Das Küchenfenster stand offen. Von drinnen kam ein Geräusch. »Er ist da«, flüsterte Ern. »Er spricht. Wahrscheinlich hat er Besuch.«

Die Jungen horchten. »Abbeldi, abbeldi, abbeldi«, ertönte es aus der Küche.

Ern sah den Bruder erschrocken an. Das war die Stimme des Onkels. Aber was redete er nur? Vorsichtig reckte Ern den Hals und spähte durchs Fenster. Der Onkel kehrte ihm den Rücken zu, guckte in den Spiegel und plapperte vor sich hin. Ob er einen Sonnenstich hatte?

»Abbeldi, abbeldi, abbeldi«, ertönte es wieder und dann: »Der Knabe stand auf dem brennenden Deck ...«

Das war zu viel für Ern. Und wenn das Indiz auch noch so wichtig war, er konnte den Onkel jetzt nicht ansprechen. Hastig griff er nach Berns Hand und schlich mit ihm wieder um das Haus herum zum Gartentor. Aber Herr Grimm hatte Schritte gehört. Er ging zur Haustür und öffnete sie gerade, als Ern den Bruder durchs Tor schieben wollte.

»He, was macht ihr hier am späten Abend?«, rief er. »Und warum lauft ihr weg? Habt ihr etwa am Fenster gehorcht?«

Die beiden Jungen blieben erschrocken stehen. »Wir ... wir wollten dir nur etwas erzählen, Onkel«, stotterte Ern. »Ein Indiz! Es ist sehr wichtig.«

»Aha! Dann kommt mal rein. Warum hast du das nicht gleich gesagt?« Beinahe hätte der Polizist aus Versehen »abbeldi, abbeldi« hinzugefügt. Er musste sich in Acht nehmen; das Wort hatte sich in ihm festgesetzt.

Ern und Bern folgten ihm zögernd ins Haus. Sie gingen wie Katzen auf heißen Steinen. Herr Grimm führte sie ins Wohnzimmer. Dort setzte er sich in seinen großen Armsessel, schlug die Beine übereinander und sah seine Neffen erwartungsvoll an. »Ihr habt also ein Indiz gefunden? Erzählt mal.«

Bern brachte kein Wort heraus, nicht einmal »err«. Auch Ern

druckste eine Weile herum. Aber schließlich gab er sich einen Ruck und sprudelte heraus:

»Bern hat das Indiz gefunden. Prinz Bongawah soll doch entführt worden sein, nicht wahr? Aber das stimmt gar nicht. Er hat sich in einem Zwillingskinderwagen versteckt und wurde heute früh darin weggebracht. Mit den Zwillingen.«

Herr Grimm glaubte nicht recht zu hören. Der Prinz in einem Kinderwagen? Mit Zwillingen zusammen? Was für ein Unsinn! Er erhob sich und stand nun groß und drohend über den Jungen. »Warum kommt ihr mit diesem Märchen zu mir? Erzählt es doch Dietrich Kronstein. Vielleicht glaubt er euch. Ich falle jedenfalls nicht darauf rein. Wie könnt ihr es wagen, mir so einen Bären aufzubinden!«

»Dicki hat uns doch zu dir geschickt.« Ern war den Tränen nahe. »Wir haben ihm von der Sache erzählt und er hat uns auch geglaubt. Er wollte, dass wir dir alles berichten.«

Herr Grimm atmete tief. Ern und Bern beobachteten ihn ängstlich. Sie erwarteten jeden Augenblick, dass die Knöpfe seiner zu engen Uniformjacke abspringen würden.

»Sagt dem frechen Bengel, dass ich nicht so dumm bin, wie er glaubt!«, schrie der Polizist wütend. »Sagt ihm, er soll seine Geschichten von Kinderwagen und Zwillingen dem Chefinspektor erzählen. Eine Unverschämtheit, euch zu mir zu schicken! Und ihr kommt auch wirklich her. Schämt euch! Ich hätte die größte Lust euch zu verprügeln.«

Die Brüder ergriffen die Flucht. Sie liefen durch den Flur, aus dem Haus, durch den Vorgarten, hinaus auf die Straße. Bern weinte. Ern war blass. Warum hatte Dicki ihm nur diesen Auftrag gegeben! Ern hatte es ja gewusst, dass der Onkel ihm nicht glauben würde. »Komm schnell zum Zeltlager zurück, Bern!«, keuchte er. »Dort sind wir sicher.«

Es kam ihm nicht in den Sinn, noch einmal zu Dicki zu gehen

und ihm zu erzählen, was vorgefallen war. Er und Bern rannten, so schnell sie konnten. Hin und wieder sahen sie sich ängstlich um, ob der Onkel sie verfolgte.

Wern war froh, dass er nicht mitgegangen war, als er alles hörte. Auch er hatte Angst vor seinem Onkel. Ern hatte seinen Brüdern oft davon erzählt, wie schlecht ihn der Polizist im vergangenen Jahr behandelt hatte. Immerzu hatte er geschimpft. Sogar Schläge hatte es gegeben.

»Aber es hat sich doch gelohnt«, setzte Ern jedes Mal hinzu. »Damals habe ich mich mit den Spürnasen angefreundet – besonders mit Dicki. Er ist ein bewundernswerter Junge.«

Unterdessen dachte der »bewundernswerte Junge« über die Neuigkeiten nach, die er erfahren hatte. Es war eine komische Geschichte. Ob Bern Recht hatte? War der Prinz wirklich in dem Kinderwagen versteckt gewesen? Aber warum nicht? Die Idee, jemanden auf diese Weise verschwinden zu lassen, war nicht schlecht.

Man braucht nur die beiden Sitzkissen herauszunehmen, den Prinzen unten in den Wagen zu legen und die Kinder auf ihn zu legen, dachte er. Ja, das ist ganz einfach. Zumal der Prinz ziemlich klein ist. Aber warum hat sich der Prinz versteckt?

Dicki beschloss, die Sache zu überschlafen und am folgenden Morgen mit den anderen Spürnasen zu besprechen. Was wohl Herr Grimm zu den Neuigkeiten gesagt hatte? Ob er den Chefinspektor schon angerufen hatte? Vielleicht rief er zuerst bei Dicki an und fragte ihn nach seiner Meinung. Aber das war unwahrscheinlich. Bestimmt wollte er sich nicht helfen lassen, damit er nachher sagen konnte, dass er den Fall allein aufgeklärt habe.

Meinetwegen, dachte Dicki. Vielleicht löst er das Rätsel schneller als ich. Ich komme nicht weiter. Warum ist der Prinz weggelaufen? Und wohin? Wo ist er jetzt? Ich weiß einfach keine Antwort auf diese Fragen.

Er rief Rolf an. »Kommt bitte morgen früh halb zehn zu mir in den Schuppen. Ern und Bern haben mir vorhin eine wichtige Neuigkeit erzählt.«

»Was ist denn los?«, fragte Rolf. »Erzähl mal!«

»Das geht nicht am Telefon. Aber es ist sehr wichtig. Ich erwarte euch um halb zehn.«

Dicki legte den Hörer auf. Rolf wäre am liebsten noch zu ihm gelaufen, aber es war schon zu spät. Er und Gina rätselten noch lange vergeblich, um was für eine geheimnisvolle Neuigkeit es sich wohl handeln konnte.

Als Dicki kurz darauf bei Hillmanns anrief, meldete sich Frau Hillmann. »Flipp badet gerade«, sagte sie. »Soll ich ihm etwas ausrichten?«

Dicki zögerte. Frau Hillmann liebte es gar nicht, wenn die Kinder sich mit geheimnisvollen Fällen beschäftigten, und hatte schon ein paar Mal verlangt, Flipp und Betti sollten es bleiben lassen. Es war besser, ihr nichts zu sagen. Er fragte, ob Betti ans Telefon kommen könne.

Betti wurde gerufen. Sie nahm erwartungsvoll den Hörer auf. »Hallo, Dicki! Gibt es etwas Neues?«

»Ja. Ern und Bern haben mir soeben eine wichtige Nachricht gebracht. Kommt morgen halb zehn Uhr zu mir.«

»O Dicki!«, rief Betti aufgeregt. »Kannst du mir nicht sagen, was los ist?«

»Nein, das geht nicht am Telefon. Aber es ist sehr wichtig. Jetzt kommt Leben in das Geheimnis!«

»Also gut, wir kommen morgen halb zehn. Ich sage Flipp gleich Bescheid.«

»Ruf bloß nicht durch die Badezimmertür, dass es Neuigkeiten gibt!«

»Nein, nein, ich warte, bis er herauskommt. Aber ich werde ihm sagen, dass er sich beeilen soll.«

Flipp regte der unerwartete Telefonanruf so auf, dass er sich am liebsten noch einmal angezogen hätte und zu Dicki gelaufen wäre. Aber er wusste, dass seine Mutter das nicht erlauben würde. Seufzend musste er sich bis zum nächsten Morgen gedulden.

Dicki saß noch lange in seinem Zimmer und dachte nach. Er rief sich alles ins Gedächtnis zurück, was er von Prinz Bongawah wusste. Er schlug im Lexikon Tetarua nach. Er suchte den Katalog eines großen Warenhauses hervor und fand darin Abbildungen von einfachen sowie von Zwillingskinderwagen. Ja, es war die einfachste Sache von der Welt, einen Jungen im Alter des Prinzen in einem breiten Zwillingswagen zu verstecken. »Allerdings muss es ziemlich unbequem sein«, murmelte Dicki vor sich hin. »Was mag Herr Grimm wohl von der Sache halten?«

Herr Grimm hielt überhaupt nichts davon. Er glaubte ja kein Wort von der ganzen Geschichte und brauchte sich daher auch nicht den Kopf darüber zu zerbrechen.

Ein Verhör mit Hindernissen

Noch vor halb zehn waren alle sechs Spürnasen in Dickis Schuppen versammelt. Purzel umsprang die Kinder vergnügt und ließ sich schließlich auf Bettis Schoß nieder. Dicki saß schweigend da und machte ein geheimnisvolles Gesicht.

»Spann uns nicht länger auf die Folter!«, rief Rolf. »Sag endlich, was los ist.«

Nun erzählte Dicki, was er von Bern erfahren hatte.

»In einem Kinderwagen versteckt!« Gina schüttelte den Kopf. »Dann muss der Prinz die Frau gut gekannt haben. Sicherlich hatte sie den Wohnwagen neben dem Zeltlager nur gemietet um den Prinzen verstecken zu können.«

»Vielleicht war sie seine Kinderfrau und hat ihn heimlich weggebracht, weil er sich in dem Zeltlager nicht wohl fühlte«, meinte Betti.

»Daran habe ich auch schon gedacht«, sagte Dicki. »Mich stören nur die Zwillinge dabei. Ich kann mir nicht denken, dass der Prinz eine Kinderfrau mit Zwillingen hat.«

»Sie kann ja früher bei ihm gewesen sein und dann geheiratet und Zwillinge bekommen haben.« Betti ließ ihre Phantasie spielen.

Aber Dicki hielt solche Vermutungen für sinnlos, solange die Spürnasen nicht mehr von dem Fall wussten. »Zuerst müssen wir herausfinden, wer die Frau ist, wann sie in den Wohnwagen gezogen ist, ob die Zwillinge wirklich ihre Kinder sind oder ob sie die Babys nur als Tarnung benutzt hat, um den Prinzen in dem großen Wagen zu verstecken.«

»Werden wir nun wieder überall herumhorchen und Leute verhören?«, fragte Gina.

»Ja, wir haben viel zu tun. Übrigens – habt ihr schon die Morgenzeitung gelesen?«

»Nur flüchtig«, antwortete Rolf. »Warum?«

»Weil etwas über Prinz Bongawah und Tetarua drinsteht.« Dicki entfaltete eine Zeitung. Nachdem die anderen Kinder den Artikel gelesen hatten, fuhr er fort: »Tetarua ist kein großes Land, aber wichtig für England, weil es einen günstig gelegenen Flugplatz hat, den wir gern benutzen wollen. Unsere Beziehungen zu Tetarua sind gut und freundschaftlich. Deshalb wurde der kleine Prinz auch nach England geschickt, um hier erzogen zu werden.«

Rolf nickte. »Aber nun ist anscheinend in Tetarua ein Streit zwischen dem König und seinem Vetter entstanden, der den Thron für sich beansprucht.«

»Ja. Es sieht fast so aus, als hätte der Vetter Prinz Bongawah entführen lassen. Falls der Prinz, der keine Geschwister hat, nicht wieder gefunden wird, wäre ja der Vetter der rechtmäßige Thronerbe.«

»Solche Machtkämpfe gab es schon im Altertum«, sagte Rolf. »Glaubst du, dass man ein Lösegeld für den Prinzen verlangen wird?«

»Nein, ich glaube eher, man will ihn für immer verschwinden lassen.«

Es entstand ein Schweigen. Gina rieb sich verwirrt die Stirn. »Aber wir wissen doch, dass der Prinz überhaupt nicht entführt worden ist«, wandte sie ein. »Jedenfalls nicht so, wie man annimmt – aus dem Zelt gerissen und in einem Auto verschleppt. Anscheinend ist er doch freiwillig aus dem Zeltlager geschlichen, hat sich in dem Wohnwagen versteckt und dann später im Kinderwagen wegbringen lassen. Das kann man nicht als Entführung bezeichnen.«

»Nein, wirklich nicht«, gab Dicki zu. »Es ist alles sehr rätselhaft.

Aber ich kann mir nicht denken, dass Bern sich die Geschichte ausgedacht hat. Auf so etwas würde er nie kommen.«

»Hast du Chefinspektor Jenks angerufen?«, fragte Flipp.

»Nein. Ich glaube, er will im Augenblick nicht viel von mir wissen – von uns allen nicht. Deshalb habe ich Ern und Bern zu Wegda geschickt, damit sie ihm alles erzählen. Daraufhin wird er natürlich sofort mit dem Chef telefoniert und Anweisungen von ihm erhalten haben.«

»Aber warum hat Chefinspektor Jenks dich nicht angerufen, nachdem er die Neuigkeit von Wegda erfahren hatte?«

»Ich dachte eigentlich auch, er würde es tun. Vielleicht ist er uns noch böse. Ich werde mich erst wieder bei ihm melden, wenn ich mehr herausbekommen habe. Mag Wegda den Fall auf seine Art weiterverfolgen; wir tun es auf unsere Weise.«

Wieder schwiegen die Kinder eine Weile nachdenklich. »Bei diesem Geheimnis«, sagte Betti schließlich, »weiß man gar nicht, wo man anfangen soll. Was wollen wir denn zuerst machen?«

»Zuerst verfolgen wir das Indiz, das wir haben«, antwortete Dicki. »Das heißt, wir erkundigen uns nach der Frau mit den Zwillingen und befragen sie. Vielleicht kriegen wir etwas aus ihr heraus und erfahren, wo sich der Prinz jetzt befindet.«

»Wir müssen uns beeilen, damit Wegda uns nicht zuvorkommt«, meinte Rolf. »Er wird die Spur ja auch verfolgen.«

»Ja, du hast Recht.« Dicki stand auf. »Hoffentlich treffen wir ihn nicht! Dann würde er sich wieder schwarz ärgern.«

»Wau!«, bellte Purzel.

Betti umarmte den kleinen Hund. »Er sagt, dass er Wegda gern treffen möchte. Du liebst Wegdas Hosenbeine, nicht wahr, Purzel? Für dich sind es die leckersten Hosenbeine der Welt. Immerzu möchtest du danach schnappen.«

Alle lachten. »Fahren wir zum Zeltlager, Dicki?«, fragte Flipp. »Wir müssen uns dort erkundigen, wer die Wohnwagen vermietet.

Dann fragen wir bei der betreffenden Firma nach der Adresse der Frau mit den Zwillingen, nicht wahr?«

»Ja. Habt ihr eure Räder mit?«

Alle Kinder waren mit dem Rad gekommen. Dicki setzte Purzel in seinen Korb und los gings. An jeder Ecke klingelten sie laut, falls Herr Grimm ihnen entgegenkam. Aber sie begegneten ihm nicht.

Ern, Wern und Bern freuten sich über den Besuch der Spürnasen. Dicki musterte Bern. Als er sah, dass sich die Kiefer des Jungen rhythmisch bewegten, stöhnte er. »Aus Bern werden wir wohl schwer etwas rauskriegen. Hör mal, Bern, wenn du so weitermachst, wird man dich noch für taubstumm halten.«

Bern sah Dicki bestürzt an und würgte.

»Geh und spuck deinen Bonbon aus!«, befahl ihm Ern streng. »Du bist eine Schande für die Familie Grimm.«

»Err«, sagte Bern hilflos.

»Man kann diese Bonbons nicht ausspucken«, erklärte Wern. »Versuch mal einen, Ern. Dann wirst du es selber merken.«

»Nein, danke. Auf Bern könnt ihr heute nicht zählen, Dicki. Es ist hoffnungslos.«

»Aber ich muss mit ihm reden! Wenn er nicht sprechen kann, muss er eben als Antwort nicken oder den Kopf schütteln. Komm mal her, Bern. Lass das ewige Kauen und hör zu! Ich werde dir jetzt ein paar Fragen stellen. Nicke mit dem Kopf für Ja und schüttle ihn für Nein. Hast du verstanden?«

»Err!« Bern nickte so heftig, dass er sich verschluckte.

Ern klopfte ihm auf den Rücken, bis der Husten aufhörte.

»Weißt du, wie die Frau mit den Zwillingen heißt?«, fragte Dicki.

»Err!« Bern schüttelte den Kopf.

»Hast du sie jemals mit Prinz Bongawah sprechen sehen?«

»Err!« Wieder schüttelte Bern den Kopf.

»Sag nicht immer ›err‹. Schüttle nur den Kopf oder nicke. Hast du gesehen, wohin die Frau mit dem Kinderwagen gefahren ist?«

Stumm schüttelte Bern den Kopf.

»Weißt du denn gar nichts von der Frau, außer dass sie Zwillinge hat?«, fragte Dicki verzweifelt.

Wieder schüttelte Bern den Kopf.

»Ein Mann mit einem Lastwagen hat die Sachen aus dem Wohnwagen abgeholt«, schaltete sich Wern unerwartet ein.

»Was für ein Name stand auf dem Lastwagen?«, fragte Dicki.

»Keiner«, antwortete Wern.

»Ihr wisst aber auch gar nichts!«, rief Dicki ärgerlich. »Nicht einmal den Namen der Frau kennt ihr.«

»Ugelbi, ugelbi!«, stieß Bern plötzlich aufgeregt hervor.

Alle sahen ihn überrascht an. »Was soll das heißen?«, fragte Dicki. »Sag es noch mal, Bern.«

»Ugelbi, ugelbi«, wiederholte Bern. Sein Gesicht rötete sich vor Eifer.

»Er spricht eine fremde Sprache«, sagte Ern lachend. »Komm, Bern, schreib es auf. Gib dir aber Mühe deutlich zu schreiben.«

Bern nahm den Bleistift, den Ern ihm gab, und malte mühsam etwas in sein Notizbuch. Die Spürnasen umringten ihn neugierig.

»MARGA UND BERT«, stand schließlich in großen Druckbuchstaben auf dem Papier.

»Soll das Margarine und Butter heißen?«, fragte Rolf.

Bern schüttelte den Kopf. Dann tat er so, als wiege er etwas in seinen Armen.

»Was soll denn das nun wieder?«, wunderte sich Betti.

»Ach, ich weiß – er meint die beiden Babys!«, rief Gina. »Marga und Bert sind ihre Namen.«

Bern nickte strahlend. »Err! Ugelbi, ugelbi!«

»Es wird uns auch nicht viel nützen, dass wir ihre Vornamen kennen«, meinte Dicki zweifelnd. »Aber man kann nicht wissen. Danke für deine Hilfe, Bern – wenn sie auch nicht überwältigend war. Ern, gib Acht, dass er keine Bonbons mehr lutscht!«

»Was machen wir nun?«, fragte Flipp.

Dicki zeigte auf ein großes Schild. »Seht mal, dort steht *Wohnwagen zu vermieten. Wohnwagen-Gesellschaft Marlow, Bergweg 4*. Wir fahren hin und erkundigen uns nach dem Namen und der Adresse der Frau mit den Zwillingen. Kommt! Wir dürfen keine Zeit verlieren.«

»Darf ich mitkommen?«, fragte Ern.

»Das geht nicht, weil du kein Fahrrad hast«, sagte Dicki. Er wollte nicht, dass sich die drei Brüder den ganzen Tag an die Spürnasen hängten. Eine so große Kinderschar würde zu sehr auffallen. Die Leute könnten misstrauisch werden.

»Na gut, dann nicht!«, sagte Ern bedauernd. »Sischade.«

Betti sah ihn lachend an. »Ern, ich hatte ganz vergessen, dass du das früher immer für ›es ist schade‹ gesagt hast. Weißt du noch, Dicki, wie Ern immer alle Wörter zusammengezogen hat, als wir ihn kennen lernten?«

»Ja.« Dicki stieg auf sein Rad. »Sistoll. Sisunerhört.«

Ein lebhafter Vormittag

Als die Spürnasen in Marlow ankamen, erkundigten sie sich nach dem Bergweg. Er führte einen Berg hinauf. Auf halber Höhe sahen sie auf einem unbebauten Grundstück einen Wohnwagen mit der Aufschrift: *Wohnwagen-Gesellschaft. Wohnwagen zu vermieten.* Alle stiegen von den Rädern.

»Wer geht rein und erkundigt sich?«, fragte Dicki.

»Du natürlich«, antwortete Betti. »Du kannst so was am besten. Wir kommen mit und hören zu.«

»Auf keinen Fall! Ich möchte nicht, dass hinter meinem Rücken gekichert und gealbert wird. Wenn ich es tun soll, gehe ich allein.«

»Na gut, dann warten wir hier«, sagte Flipp.

Dicki ging durch das schmale Gartentor zu dem Wohnwagen und klopfte an die Tür.

Ein junger Mann mit einer Zigarette im Mundwinkel öffnete ihm. »Na, was darfs denn sein?«

»Ich suche eine Frau, die in einem Wohnwagen neben dem Schulzeltlager zwischen Marlow und Peterswalde gewohnt hat«, antwortete Dicki. »Leider ist sie ausgezogen, ohne dass ich es wusste. Ich muss sie dringend sprechen. Würden Sie so freundlich sein, mir ihren Namen und ihre Adresse zu nennen?«

»Nun gib mal nicht so an!«, erwiderte der junge Mann von oben herab. »Denkst du, ich habe Zeit Adressen rauszusuchen?«

Dicki sah unauffällig auf die Wagenwand und entdeckte dort ein kleines Metallschild mit der Aufschrift *Reginald und Berthold Williams*. Das mussten die Inhaber der Firma sein. Der junge Mann war offenbar ihr Angestellter.

»Wenn Sie keine Zeit haben, werde ich eben Herrn Reginald Williams fragen«, sagte er auf gut Glück und tat so, als wolle er gehen.

Der junge Mann fiel vor Schreck fast die Stufen hinunter. »He, renn doch nicht gleich weg! Warum hast du nicht gleich gesagt, dass du Herrn Williams kennst? Ich suche die Adresse sofort heraus.«

Dicki freute sich diebisch, dass seine List Erfolg hatte. »Beeilen Sie sich aber«, sagte er geschäftig.

Der junge Mann beeilte sich sehr. Herr Williams musste ein strenger Chef sein, wenn schon die Nennung seines Namens dem Angestellten derart in die Knochen fuhr.

Hastig blätterte der junge Mann in einem Aktenstück, bis er die Liste der Wohnwagen fand, die neben dem Schulzeltlager standen. »Um welchen Wagen handelt es sich?«, fragte er dann.

»Er heißt *Schöne Aussicht*.«

Der junge Mann fuhr mit dem Zeigefinger die Liste herunter. »Aha, hier haben wir ihn! Die Frau, die den Wagen zuletzt gemietet hatte, heißt Sturm und wohnt in Langenbrück, Heinrichstraße 24. Das ist nicht weit von hier – etwa fünf Kilometer.«

»Danke.« Dicki schrieb sich die Adresse auf.

»Gehst du noch zu Herrn Reginald?«, fragte der Angestellte, als Dicki sich zum Gehen wandte.

»Nein, das ist ja nicht mehr nötig«, antwortete Dicki und ging zu den anderen Spürnasen, die ihn voller Spannung erwarteten.

»Ich habe die Adresse bekommen!«, rief er. »Frau Sturm, Langenbrück, Heinrichstraße 24. Es sind ungefähr fünf Kilometer bis dort. Kommt, wir fahren rasch hin.«

Aufgeregt radelten die Spürnasen nach Langenbrück. Die Heinrichstraße war schmal und schmutzig. Die Häuser sahen vernachlässigt aus. Das Haus Nummer 24 war das allerschäbigste von allen. An den Fenstern hingen zerfetzte Gardinen und von der Haustür blätterte die Farbe ab.

»Ich werde nach Frau Sturm fragen«, sagte Dicki. »Fahrt bis zum Ende der Straße und wartet dort auf mich. Es fällt zu sehr auf, wenn ihr vor dem Haus stehen bleibt.«

Die anderen fuhren weiter. Dicki stellte sein Rad an den Bordstein und klingelte dann an der Haustür. Eine Frau mit strähnigen Haaren öffnete ihm.

Dicki nahm seine Mütze ab. »Entschuldigen Sie bitte – sind Sie Frau Sturm?«

»Nein«, antwortete die Frau. »Frau Sturm wohnt hier nicht.«

»Ach! Ist sie ausgezogen?«

»Sie hat nie in diesem Haus gewohnt, soviel ich weiß«, antwortete die Frau. »Ich wohne hier schon siebzehn Jahre mit meinem Mann und meiner alten Mutter und kenne sie nicht. In der ganzen Straße wohnt keine Frau Sturm.«

»Merkwürdig.« Dicki zeigte ihr den Zettel mit der Adresse. »Sehen Sie – hier steht *Frau Sturm, Langenbrück, Heinrichstraße 24.*«

»Die Adresse stimmt, aber eine Frau Sturm wohnt hier nicht. Geh doch zur Post. Vielleicht kann man dir dort sagen, wo sie wohnt.«

»Vielen Dank! Ja, das werde ich tun. Entschuldigen Sie die Störung.« Dicki radelte die Straße hinunter und erzählte den anderen Kindern von seinem Misserfolg. Sie fuhren alle zusammen zur Post.

Auch dort war Dicki wieder der Sprecher. »Ich suche eine Frau Sturm«, sagte er zu dem Postbeamten. »Könnten Sie mir wohl ihre Adresse sagen?«

Der Beamte nahm ein Adressbuch aus einem Regal und schob es Dicki hin. »Hier, schau selber nach. Darin findest du Sturm, Hagel, Gewitter und Schneegestöber.«

Dicki lachte höflich, nahm das Adressbuch und begann darin zu blättern. In Langenbrück gab es drei Sturms.

»Gräfin Luisa Sturm, Villa Westend«, las er vor. »Na, das wird sie nicht sein. Wenn man in einer Villa wohnt, mietet man sich keinen Wohnwagen. Dann kommt Fräulein Emily Sturm.«

»Ein Fräulein mit Zwillingen?«, wandte Betti ein. »Wir suchen eine Frau Sturm.«

»Nummer drei ist Frau Renée Sturm«, las Dicki weiter. »Sie wohnt Hochstraße 10. Das ist die Einzige, die in Frage kommt.«

Nachdem die Kinder das Postamt verlassen hatten, sagte er zu Gina: »Nun bist du an der Reihe etwas zu tun. Versuch irgendwie rauszukriegen, ob Frau Sturm Zwillinge hat.«

Gina machte ein ratloses Gesicht. »Ich kann doch nicht einfach zu ihr hingehen und sagen: ›Verzeihen Sie, haben Sie vielleicht Zwillinge?‹ Sie würde mich ja für verrückt halten.«

»Nein, das geht natürlich nicht. Zerbrich dir mal ein bisschen den Kopf. Dir wird schon was einfallen.«

Während die Spürnasen zur Hochstraße fuhren, grübelte Gina angestrengt nach. Nummer 10 war ein kleines Haus in einem hübschen gepflegten Garten. In der Nähe befand sich eine Eisdiele, in der die anderen auf Gina warten wollten.

»Ich verspreche dir eine Doppelportion Eis, wenn du etwas ausrichtest«, sagte Dicki. »Und wenn Frau Sturm die Frau aus dem Wohnwagen ist, kriegst du auch noch Schlagsahne dazu.«

Gina radelte zweimal um den Häuserblock und überlegte. Schließlich fuhr sie wieder zu dem Haus Hochstraße 10, lehnte ihr Rad an den Zaun, ging zur Haustür und klingelte. Eine kleine, alte Frau öffnete. Gina hielt sie für mindestens neunzig.

»Entschuldigen Sie bitte«, sagte sie mit ihrem freundlichsten Lächeln, »ich suche eine Frau Sturm, die Zwillingsbabys hat. Bin ich hier an der richtigen Adresse?«

»Himmel, nein!«, rief die kleine Frau. »Frau Sturm ist dreiundachtzig und bereits Urgroßmutter. Sie hat nie Zwillinge gehabt und ihre Kinder und Enkelkinder haben auch keine. In der ganzen Familie gibt es keine Zwillinge. Tut mir Leid!«

»Mir auch«, sagte Gina, der keine bessere Antwort einfiel. »Vielen Dank für die Auskunft. Die Frau Sturm, die ich suche, muss woanders wohnen.«

Erleichtert fuhr Gina zur Eisdiele und ging hinein.

»Na, war es die Frau, die wir suchen?«, fragte Dicki gespannt.

»Nein, leider nicht. Diese Frau Sturm ist eine dreiundachtzigjährige Urgroßmutter und in der ganzen Familie gibt es keine Zwillinge.«

Dicki war sehr enttäuscht. »Nun sitzen wir wieder fest. Die Frau aus dem Wohnwagen hat einen falschen Namen und eine falsche Adresse angegeben. Das hätten wir uns gleich denken können. Und wenn wir das ganze Land durchsuchen, wir werden keine Frau Sturm mit Zwillingen finden.«

»Wo bleibt mein Eis?«, fragte Gina.

»Ach, entschuldige!« Dicki bestellte eine Doppelportion für Gina. Dann beratschlagten die Kinder, was sie nun tun sollten.

»Wir könnten uns nach Zwillingsbabys umschauen«, schlug Betti vor.

»Ja, das könnten wir«, antwortete Dicki. »Aber es wäre schrecklich umständlich, alle Zwillingsbabys im ganzen Bezirk ausfindig zu machen.«

»Wie denkst du dir das überhaupt, Betti?«, fragte Flipp spöttisch. »Willst du vielleicht eine Anzeige in der Zeitung aufgeben – *Zwillingsbabys gesucht, Nachricht erbeten an Betti Hillmann in Peterswalde*?«

»Hast du vielleicht eine bessere Idee?«, erwiderte Betti ärgerlich. »Wir haben ja kein einziges Indiz, das uns weiterhilft.«

»Nur meinen Knopf.« Flipp zog den blaugoldenen Knopf aus der Tasche und legte ihn auf den Tisch. Alle betrachteten ihn nachdenklich.

»Obwohl er sehr hübsch ist, nützt er uns gar nichts«, sagte Dicki. »Aber hebe ihn für alle Fälle auf. Vielleicht entdeckst du mal zufällig auf einer Wäscheleine einen blaugoldenen Pyjama, an dem er fehlt.«

»Wer weiß? Von jetzt an werde ich alle Wäscheleinen mustern, an denen ich vorbeikomme.« Flipp steckte den Knopf wieder in die Tasche.

»Hört mal, es gibt doch manchmal Baby-Wettbewerbe«, sagte Gina. »Dort könnten wir unsere Zwillingsbabys finden und vielleicht erfahren, wo sie wohnen.«

»Baby-Wettbewerbe, du hast Ideen«, sagte Flipp verächtlich.

Plötzlich schrie Betti auf und zeigte auf ein Plakat an der Wand. Überrascht lasen die anderen: *Baby-Wettbewerb im Tiplinger Vergnügungspark am 4. September. Besondere Preise für Zwillinge.*

Auf nach Tiplingen!

»So ein komischer Zufall!«, rief Dicki lachend. »Na, Tiplingen ist ja nicht weit von Peterswalde.«

»Willst du wirklich hingehen?«, fragte Rolf erstaunt.

»Warum nicht? Man muss alles versuchen. Wollen wir uns die Babys ansehen?«

»Ja, natürlich«, antwortete Betti sofort und Gina nickte zustimmend. »Lasst uns alle zusammen hinfahren. Wir könnten auch Ern mitnehmen. Vielleicht erkennt er die Zwillinge aus dem Wohnwagen wieder, falls sie an dem Wettbewerb teilnehmen.«

Dicki war sofort einverstanden. »Gut, nehmen wir Ern mit! Aber seine Brüder möchte ich lieber nicht dabeihaben.«

»Gegen Wern habe ich nichts, nur Bern mit seinem ewigen Bonbonlutschen geht mir auf die Nerven«, sagte Betti.

Dicki zog Geld aus der Tasche. »Wie viele Portionen Eis haben wir eigentlich gehabt?«

»Dicki, du sollst nicht für alle bezahlen«, wehrte Gina ab. »Rolf und ich haben auch Geld mit.«

»Nichts zu machen! Ich bin der Chef und habe die Unkosten zu tragen.«

»Danke, Dicki!«, sagte Betti. »Du bist ein sehr großzügiger Chef.«

Gina sah noch einmal auf das Plakat. »Der vierte September ist ja schon morgen. Hoffentlich haben wir schönes Wetter. Wer sagt Ern Bescheid?«

»Flipp«, antwortete Dicki. »Er hat heute überhaupt noch nichts getan.«

»Na gut«, sagte Flipp. »Aber wenn Bern wieder mit seinem ›err‹ anfängt, werfe ich ihn in den Fluss.«

Dicki lachte. »Das kannst du tun. Vielleicht verschluckt er dann vor Schreck seine Bonbons und ist sie endlich los.«

Sie verabredeten, sich am nächsten Tag bei Rolf und Gina zu treffen. Auch Ern sollte dorthin kommen. Rolf wollte ihm ein altes Fahrrad leihen.

»Ern soll sich pünktlich um zwei Uhr einfinden, Flipp«, sagte Dicki. »Und er soll sich ordentlich waschen und kämmen, seine Fingernägel sauber machen und ein frisches Hemd anziehen, falls er eins besitzt. Befehl vom Chef!«

Ern nahm den Befehl durchaus nicht gekränkt auf. Alles, was von Dicki kam, war ihm heilig. »Dicki ist ein Genie«, sagte er zu Flipp. »Er ist der klügste von euch allen. Ich werde mich fein machen und pünktlich bei Rolf sein. Warum fahren wir denn nach Tiplingen? Wollt ihr dort etwas auskundschaften?«

»Schon möglich. Komm nicht zu spät, Ern.«

»Bestimmt nicht. Wiersen!«

Es dauerte eine Weile, bis Flipp begriff, dass das letzte Wort »auf Wiedersehen« heißen sollte. Es klang zu komisch, wenn Ern die Wörter so zusammenzog. Wiersen! Wie sich das anhörte!

Am nächsten Tag machte sich Ern rechtzeitig auf den Weg. Wern und Bern wollten mitkommen, aber er winkte energisch ab. »Ich kann euch unmöglich mitnehmen. Wie ihr ausseht! Ungekämmt und ungewaschen, mit schwarzen Fingernägeln und fleckigen Hemden!«

»Sonst machst du dich ja auch nicht so fein«, brummte Wern.

Ern beachtete den Einwand nicht. Er ging zum Fluss hinunter und ließ sich mit der Fähre übersetzen. Am anderen Ufer sah er zu seinem Schreck seinen Onkel. Herr Grimm kam mit großen Schritten auf ihn zu. Sein Gesicht war infolge der großen Hitze noch röter als sonst.

»Da treffe ich dich ja schon wieder, Ern!«, sagte er. »Was hast du vor? Willst du mir vielleicht wieder ein Märchen von Prinzen in Kinderwagen erzählen?«

»Nein, Onkel, nein! Ich habe leider keine Zeit. Ich darf mich nicht verspäten.«

»Wohin willst du?« Der Polizist legte seine Rechte schwer auf Erns Schulter.

»Zu Rolf«, antwortete Ern.

Herr Grimm musterte ihn von oben bis unten. »Du hast dich ja so herausgeputzt. Was habt ihr vor?«

»Nichts, Onkel. Wir fahren nur zu dem Rummelplatz in Tiplingen.«

»Was – zu dem kleinen Rummelplatz?«, fragte Herr Grimm erstaunt. »Was wollt ihr dort? Verfolgt Dietrich etwa wieder mal eine Spur?«

»Das kann schon sein.« Ern befreite sich mit einer schnellen Bewegung von der Hand seines Onkels. »Dicki ist klug. Er glaubt mir, wenn ich ihm etwas erzähle. Wir arbeiten an dem Fall. Und wir haben auch schon etwas herausbekommen.«

Er lief weiter. Herr Grimm blieb schwer atmend zurück. Hatte Ern die Wahrheit gesagt? Gab es in Tiplingen etwas, das die Polizei wissen musste? Warum fuhr Dietrich mit seiner Bande dorthin?

Tief in Gedanken versunken ging Herr Grimm heim. Plötzlich fasste er einen Entschluss. Er wollte auch nach Tiplingen fahren und die Kinder beobachten. Vielleicht hatte Dietrich wirklich eine Spur gefunden.

Seufzend holte der Polizist sein Fahrrad aus dem Schuppen. Er radelte nicht gern bei großer Hitze. Es schadete seiner Gesundheit, das fühlte er. Aber die Pflicht rief und so fuhr er los.

Die Spürnasen hatten schon auf Ern gewartet. Dicki spendierte noch jedem eine Portion Eis, bevor sie abfuhren. Purzel saß wie gewöhnlich in seinem Korb. Zufrieden ließ er seine rote Zunge heraushängen. Wenn alle Spürnasen zusammen waren, fühlte er sich am wohlsten.

Auch Ern war glücklich. Die Begegnung mit seinem Onkel hatte er schon vergessen. Er war stolz darauf, dass die Spürnasen ihn mitnahmen, und strahlte übers ganze Gesicht.

»Siszuscheen«, sagte er ein paar Mal vor sich hin.

»Was heißt das?«, fragte Gina verwundert.

»Es ist zu schön«, erklärte Betti lachend.

»Sachticha«, sagte Ern.

»Sachtercha!«, riefen die anderen im Chor.

Nachdem sie etwa zwei Kilometer gefahren waren, tauchte eine vertraute Gestalt in dunkelblauer Uniform vor ihnen auf, die eifrig in die Pedale trat.

»Wegda!«, rief Flipp. »Fährt er etwa auch nach Tiplingen? Er wird doch wohl nicht zum Baby-Wettbewerb wollen. Ern, hast du ihm erzählt, dass wir auf den Rummelplatz fahren?«

Ern errötete. »Ja. Sollte ich es ihm nicht sagen? Ich habe mir nichts dabei gedacht.«

»Das hättest du besser bleiben lassen«, entgegnete Dicki ärgerlich. »Jetzt wird er uns die ganze Zeit beschatten. Na, die Babys wird er sich ja kaum ansehen. Und darauf kommt es schließlich an. Du musst mit zu dem Baby-Wettbewerb gehen, Ern. Vielleicht erkennst du die Zwillinge aus dem Wohnwagen wieder.«

»Lasst mich bloß mit Babys in Ruhe!«, rief Ern entsetzt. »Ich bin nicht wie Bern. Wenn ich Babys sehe, renne ich meilenweit.«

»Vor diesen Babys wirst du nicht weglaufen!«, erwiderte Gina energisch. »Betti und ich werden zuerst hingehen. Falls wir dort Zwillinge sehen, die unserer Meinung nach die Gesuchten sein könnten, hole ich dich, damit du sie dir ansiehst. Bleib also in der Nähe. Dass du dich nicht etwa drückst!«

»Sisgrässlich!«, murmelte Ern.

»Sisarg«, sagte Dicki. »Sisfad, sisblöd!«

»Sprichst du wieder eine fremde Sprache?«, fragte Ern.

»Nicht mehr als du.« Dicki lachte. »Los, Kinder, jetzt überholen wir Wegda mit großem Getöse! Klingelt alle laut und anhaltend. Bell, Purzel, bell tüchtig! Und dazu schreien wir im Chor: Guten Tag, Herr Grimm!«

Mit rasendem Geklingel, Gebell und Geschrei sauste die ganze Bande an dem Polizisten vorbei. Fast wäre er vor Schreck in den Graben gefallen. Finster sah er den davonflitzenden Kindern nach. Er war schon recht erschöpft, trat jedoch mannhaft in die Pedale. Tiplingen war ja nicht mehr weit. Wenn es dort etwas gab, was er wissen musste, würde er auch dort sein. Wer weiß, was die verflixten Kinder wieder vorhatten!

Der Rummelplatz in Tiplingen war nur klein. In einem Zelt wurden Blumen und Früchte ausgestellt, in einem anderen sollte der Baby-Wettbewerb stattfinden. Außerdem gab es ein Karussell, Luftschaukeln und eine Würfelbude. In einem winzigen Zelt saß ein Wahrsager und sagte den Leuten großen Reichtum, Überseereisen und anderes voraus.

Die Ausstellungen und der Baby-Wettbewerb fanden nur an diesem Nachmittag statt. »Ein Glück, dass wir gestern das Plakat gesehen haben!«, sagte Betti, als die Spürnasen an der Kasse ihr Eintrittsgeld bezahlten. Purzel durfte umsonst hinein, aber Dicki musste ihn an die Leine nehmen.

»Wann der Wettbewerb wohl beginnt?«, fragte Gina. »Dort kommen schon ein paar Babys. Die Ärmsten sind ganz rot vor Hitze.«

Immer mehr Frauen mit Kinderwagen trafen ein. Gina und Betti blieben stehen und musterten sie, während die Jungen sich verkrümelten.

»Ein Zwillingswagen!«, rief Gina nach einer Weile leise. »Und dort kommt noch einer! Wo ist Ern? Er muss uns sagen, ob die Zwillinge aus dem Wohnwagen dabei sind.«

Ern war nirgends zu sehen. Er hatte gerade eine Fahrt mit dem

Karussell gemacht, als er sah, wie Herr Grimm mit rotem Gesicht sein Rad auf den Platz schob. Der Anblick jagte ihm einen gehörigen Schreck ein. Sobald das Karussell stehen blieb, schlich er zu dem Zelt des Wahrsagers und versteckte sich dahinter. Er wollte seinem Onkel auf keinen Fall begegnen.

Schließlich gingen Gina und Betti in das Zelt. Wie ärgerlich, dass Ern nicht da war! Aber vielleicht tauchte er bald wieder auf.

»Vier Zwillingspaare sind da«, sagte Betti leise zu Gina. »Die Babys sehen ganz rot und verschwitzt aus. Hier ist es viel zu heiß für sie.«

Gina zog Betti weiter. »Komm, wir sehen uns die Zwillinge genauer an. Eigentlich brauchen wir Ern gar nicht. Wir wissen ja die Namen des Pärchens – Marga und Bert.«

»Ach ja, richtig! Wir fragen einfach die Mütter, wie ihre Kinder heißen.«

Die ersten Zwillinge sahen einander überhaupt nicht ähnlich. Sie hießen Ralf und Walter, wie die Mutter den Mädchen sagte.

»Es sind zwei Jungen«, flüsterte Betti. »Wir suchen aber ein Mädchen und einen Jungen.«

Das nächste Zwillingspaar waren zwei Mädchen. Sie hießen Helga und Gladys. Dann kamen zwei Jungen, die sich zum Verwechseln ähnlich sahen. Und das letzte Paar waren ein Junge und ein Mädchen.

»Wie heißen sie?«, fragte Gina die Mutter.

»Das Mädchen heißt Margarete und der Junge Robert«, antwortete die Mutter. »Sie sind groß für ihr Alter, nicht wahr?«

Gina und Betti fanden die Babys viel zu dick. Aber die Namen stimmten – oder doch wenigstens beinahe.

Betti zog Gina beiseite. »Margarete könnte Marga genannt werden und Bert ist vielleicht die Abkürzung von Robert«, sagte sie. »Ern muss sich die beiden ansehen.«

Die Mädchen gingen ins Freie. Nach einigem Suchen entdeckten sie Ern hinter dem Zelt des Wahrsagers und zerrten ihn trotz seines Protestes mit sich fort.

»Du musst uns sagen, ob wir die richtigen Babys gefunden haben!«, rief Betti. Da bekam sie einen Rippenstoß von Gina und schrie auf. »Was ist denn …«

Und dann sah sie, warum Gina sie angestoßen hatte. Am Eingang des Zeltes stand Herr Grimm. Er hatte Bettis Worte gehört und horchte interessiert auf. Die Kinder hatten Ern also aus einem bestimmten Grund mitgenommen!

Betti schob Ern schnell ins Zelt und flüsterte ihm zu: »Es sind die letzten in der Reihe. Geh langsam an ihnen vorbei und sieh sie dir gut an. Nicke, wenn es die richtigen sind. Schüttle den Kopf, wenn sie es nicht sind. Wir bleiben hier stehen. Pass auf, dass Wegda dich nicht erwischt!«

Ern ging langsam an den Babys vorbei. Die Mädchen beobachteten ihn gespannt. Würde er nicken oder den Kopf schütteln?

Ern tat keines von beidem.

Babys und Kinderwagen

Herr Grimm lief langsam hinter Ern her. Die Babys erschraken vor seiner mächtigen dunkelblauen Gestalt und dem leuchtend roten Gesicht und begannen zu weinen.

Der Polizist sah sie böse an. Er konnte kleine Kinder nicht leiden. Und ihn quälten düstere Gedanken. Ihm war eingefallen, dass Ern ihm erzählt hatte, der Prinz sei in einem Zwillingskinderwagen weggebracht worden. Und hier gab es viele Zwillinge! Glaubte Dietrich etwa an die Geschichte? War vielleicht doch etwas Wahres dran?

Herr Grimm durchbohrte die Zwillinge förmlich mit den Augen. Ein paar Babys tippte er sogar mit dem Finger an, als wollte er sich überzeugen, ob sie echt seien. Dabei ließ er Ern jedoch nicht aus den Augen. Als er ihn durch den Hinterausgang hinausgehen sah, folgte er ihm.

Die Mütter atmeten erleichtert auf. »Warum kommt der dicke Polizist hier rein und erschreckt unsere Kinder!«, sagte eine von ihnen empört. »Nun weinen sie alle.«

Gina und Betti hatten das Zelt verlassen und trafen Ern draußen.

»Warum hast du nicht genickt oder den Kopf geschüttelt?«, fragte Betti. »Sind es die richtigen Zwillinge?«

»Ich weiß nicht.« Ern zuckte hilflos die Achseln. »Die Babys sehen ja alle gleich aus. Ich konnte nicht eins vom anderen unterscheiden. Es tut mir so Leid, Betti. Aber sie ähneln sich wie ein Ei dem anderen.«

»Die Namen stimmen jedenfalls«, meinte Gina.

»Bert kann ebensogut eine Abkürzung von Albert oder Hubert

sein«, wandte Betti ein. »Wir wissen ja nicht, ob der Junge von Berns Zwillingen Robert hieß.«

Gina musste ihr Recht geben. Dann hatte sie einen Einfall. »Wisst ihr, was wir machen? Wir sehen uns den Kinderwagen von Margarete und Robert an. Den wird Ern doch wohl wieder erkennen.«

»Ja, bestimmt!«, sagte Ern zuversichtlich. »Er war ... wartet mal, war er nun blau oder grün?«

»Aber Ern, läufst du denn blind durch die Welt?«, rief Gina ärgerlich. »Du weißt überhaupt nichts.«

Ern ließ den Kopf hängen. Als er Herrn Grimm aus dem Zelt kommen sah, drehte er sich um und rannte weg.

»Ern!«, rief Betti ihm nach. »Komm zurück und sieh dir wenigstens die Kinderwagen an!«

Herr Grimm spitzte die Ohren. Kinderwagen! Hier war irgendetwas los. Die Kinder verfolgten offenbar eine Spur.

Ern kam nicht zurück. Die Mädchen gingen zu den Kinderwagen, die in einer langen Reihe nebeneinander standen. Es waren zwei Zwillingswagen dabei und ein großer Wagen, der für zwei Babys umgearbeitet worden war.

»Wir warten hier auf Ern«, sagte Betti, nachdem sie alle Wagen genau betrachtet hatten. »Hoffentlich kommt er bald! Was wohl die anderen machen? Sieh mal, da kommt Herr Grimm! Er scheint sich auch für Kinderwagen zu interessieren.«

Herr Grimm ging an den Wagen entlang und sah sich jeden einzelnen genau an. Eine Mutter, die herauskam um etwas zu holen, fragte: »Wollen Sie vielleicht einen Kinderwagen kaufen?«

Herr Grimm würdigte sie keiner Antwort, sondern ging weiter, um Ern zu suchen.

Nach kurzer Zeit brachten die Mütter ihre Kinder heraus. Margarete und Robert hatten den ersten Preis für Zwillinge bekommen. Beide trugen große rote Rosetten an ihren Strampelhosen.

Betti lief auf die Mutter zu. »Ihre Kinder haben den ersten Preis bekommen. Herzlichen Glückwunsch! Darf ich Ihnen ein Baby abnehmen? Beide sind zu schwer für Sie.«

»Danke, das ist nicht nötig. Bring mir lieber meinen Wagen.« Die Frau keuchte unter der Last der dicken Kinder.

»Welcher ist es?«, fragte Betti.

»Der dort!« Die Frau deutete mit einer Kopfbewegung auf einen recht schäbigen kleinen Wagen.

Betti war enttäuscht. Sie hatte erwartet, dass die Babys einen Doppelwagen hatten. Also konnten Margarete und Robert doch nicht die gesuchten Babys sein. Ern und Bern hatten ja ausdrücklich betont, dass der Wagen, in dem der Prinz sich versteckt hatte, groß und breit war.

»So, Gretel!«, sagt die Mutter, während sie das Mädchen in den von Betti herbeigeholten Wagen setzte. Dann setzte sie den Jungen an das andere Ende und meinte: »Du hast gar keinen Grund zu weinen, Robbie. Ihr habt ja den ersten Preis gewonnen und könnt lachen.«

Die beiden Mädchen tauschten einen Blick. Gretel und Robbie – nicht Marga und Bert! Das gab den Ausschlag. Es waren nicht die richtigen Zwillinge und es war nicht die richtige Frau. Die Spürnasen hatten den weiten Weg nach Tiplingen ganz umsonst gemacht.

»Komm, wir gehen ein bisschen schaukeln«, sagte Gina. »Unsere Arbeit haben wir getan. Sie ist ergebnislos gewesen wie alles, was wir bisher angefangen haben. Ich glaube, dieses Geheimnis werden wir niemals aufklären.«

Nachdem die Mädchen genug geschaukelt hatten, gingen sie zur Würfelbude. Betti gewann eine kleine blaue Vase.

Als sie weiterschlenderten, trafen sie Dicki. »Hallo!«, rief er. »Waren die Zwillinge bei dem Wettbewerb? Was hat Ern gesagt?«

»Dicki, es war ein großer Reinfall«, antwortete Gina. »Wir hatten Zwillinge gefunden, die Margarete und Robert hießen, und glaubten, dass es die richtigen wären. Aber später hörten wir, dass die

Mutter sie Gretel und Robbie nannte. Und Ern war überhaupt keine Hilfe. Er behauptet, die Babys ähneln sich alle wie ein Ei dem anderen. Er hatte keine Ahnung, ob die beiden aus dem Wohnwagen dabei waren.«

»Außerdem hatten Margarete und Robert gar keinen richtigen Zwillingswagen«, ergänzte Betti. »Es war alles umsonst.«

»Sag das nicht!« Dicki zog die Mädchen zu dem Karussell. »Nun sucht euch jeder ein Reittier aus. Ich werde euch zwei Runden bezahlen.«

Betti suchte sich einen Löwen aus. Der Junge, der das Karussell bediente, ließ es ganz schnell fahren, sodass die Kinder vor Vergnügen kreischten.

»Das war schön!«, rief Betti, als sie von ihrem Löwen kletterte. »Mir dreht sich noch alles im Kopf!«

Plötzlich sah Dicki Herrn Grimm. Schnell ging er mit den Mädchen weiter. An der Würfelbude trafen sie Rolf und Flipp. Die beiden hatten ihr ganzes Geld verspielt und nichts gewonnen. Nach einer Weile fand sich auch Ern ein.

»Fahren wir nach Hause«, sagte Dicki. »Wegda scheint dort drüben am Karussell einen Streit zu schlichten. Das wird ihn wohl noch eine Weile aufhalten. Er kann uns nicht so bald folgen.«

Flipps Entdeckung

Die Kinder holten ihre Räder vom Fahrradständer. »Wir können eine Abkürzung fahren«, sagte Ern. »Ich habe sie vorhin entdeckt, als ich mich vor meinem Onkel verstecken musste.«

Der Pfad, den Ern den Spürnasen zeigte, führte hinter den Wohnwagen der Rummelplatzleute entlang auf einen Heckenweg, der direkt auf die Straße nach Peterswalde zulief. Dicki fuhr voran und die anderen folgten. Flipp, der Letzte in der Reihe, ließ seine Augen über einige Wäscheleinen gleiten, an denen die Wäsche im Wind flatterte. Plötzlich stutzte er und bremste scharf. Erstaunt starrte er auf eine blaue Bluse aus ganz gewöhnlichem Stoff. Sie hatte blaugoldene Knöpfe, und diese Knöpfe sahen genauso aus wie der Knopf von Prinz Bongawahs Pyjama, den Flipp in der Tasche trug! Er lehnte sein Rad an einen Baum und ging ganz dicht an die Wäscheleine heran. Dann holte er den Knopf aus der Tasche und verglich ihn mit den Knöpfen an der Bluse. Ja, es waren die gleichen.

Flipp betrachtete den Wohnwagen, neben dem die Wäsche hing. Er war hellgrün gestrichen und hatte gelbe Räder. Dann schwang er sich aufs Rad, fuhr schnell weiter und überholte die anderen.

»Pass doch auf, Flipp!«, rief Betti ärgerlich. Auf dem schmalen Pfad hatte er sie gestreift und fast umgeworfen.

Flipp keuchte, als er Dicki erreicht hatte. »Halt mal an! Ich habe etwas Wichtiges entdeckt!«

Dicki hielt an und auch die anderen stiegen von ihren Rädern.

»Kommt dort unter die Bäume, damit man uns nicht beobachten kann«, sagte Flipp aufgeregt.

Erstaunt führten alle ihre Räder unter eine Baumgruppe. »Was ist denn los?«, fragte Dicki.

Flipp hielt ihm den Knopf hin. »Du weißt doch, dass dieser Knopf von Prinz Bongawahs Pyjama stammt. Dort drüben hängt eine Bluse an der Leine, die genau dieselben Knöpfe hat. Ist das nicht seltsam?«

Ja, das fand Dicki auch. Nach kurzem Überlegen sagte er: »Ich will mir die Bluse auch mal ansehen. Wartet hier auf mich. Ich werde so tun, als hätte ich etwas verloren.«

Nachdem er einen kurzen Blick auf den Knopf in Flipps Hand geworfen hatte, führte er sein Rad wieder auf den Pfad und ging dann mit gesenktem Kopf bis zu der Wäscheleine. Er sah die Bluse sofort. Während er noch immer auf dem Boden etwas zu suchen schien, näherte er sich unauffällig der Bluse, bis er schließlich so dicht davor stand, dass er sie fast mit der Nase berührte.

Dann fuhr er schnell zu den anderen Kindern zurück. »Flipp hat Recht!«, rief er. »Unser Ausflug war also doch nicht umsonst. Die Zwillinge haben wir zwar nicht gefunden, aber etwas viel Wichtigeres.«

»Ist es ein Indiz?« Betti machte große Augen.

»Und was für eins! Die Knöpfe an der Bluse müssen von dem Pyjama des Prinzen stammen! Wahrscheinlich hat man den Pyjama verbrannt, weil er zu auffallend war. Aber die hübschen Knöpfe hat jemand vorher abgetrennt und dann an die Bluse genäht. Er dachte wohl, dass sie keinem Menschen auffallen würden.«

»Sie wären ja auch keinem Menschen aufgefallen, wenn Flipp nicht den Knopf gefunden und die Bluse auf der Leine bemerkt hätte«, sagte Betti.

»Lass mich mal überlegen!«, murmelte Dicki. »Der Prinz muss in der Nähe sein. Entweder er versteckt sich oder wird versteckt – vielleicht in dem Wagen, neben dem die Leine hängt. Das müssen wir herausbekommen.«

»Betti und ich haben keine Zeit mehr«, sagte Flipp. »Wir sollen um sechs zu Hause sein und müssen uns beeilen, wenn wir nicht zu spät kommen wollen.«

»Das macht nichts. Ich bleibe allein hier. Nein, ich fahre lieber mit euch zurück, verkleide mich und komme dann wieder hierher. Vielleicht kann ich mit den Rummelleuten irgendwie ins Gespräch kommen und dabei etwas erfahren. Ja, das wird das Beste sein.«

»Ich werde dich begleiten«, erbot sich Ern eifrig.

»Nein, das will ich nicht. Kommt, wir fahren rasch zurück. Das Verkleiden nimmt ziemlich viel Zeit in Anspruch.«

»Als was wirst du dich denn verkleiden?«, fragte Betti, während sie auf die Räder stiegen.

»Als Hausierer. So kann ich mich leicht mit den Rummelplatzleuten unterhalten. Ich muss herauskriegen, ob in letzter Zeit ein Junge bei ihnen aufgetaucht ist.«

»Vor kurzem dachte ich noch, wir würden dieses Geheimnis niemals aufklären, und nun ist es beinahe aufgeklärt!«, rief Betti.

»Na, so weit sind wir noch nicht«, entgegnete Dicki. »Es steckt vielleicht mehr hinter der Geschichte, als du ahnst. Mir kommt sie nicht geheuer vor.«

Das klang aufregend und geheimnisvoll. Nachdenklich fuhren die Kinder weiter. Was würde Dicki entdecken? Würde er Prinz Bongawah finden? Was war an der Sache »nicht geheuer«?

Betti und Flipp kamen noch rechtzeitig nach Hause. Dicki ging sofort zu seinem Schuppen um sich zu verkleiden.

Als ganz normal gekleideter Junge ging er in den Schuppen hinein, als Hausierer kam er nach einer Weile heraus. Er trug abgetragene graue Flanellhosen und eine gelbe Jacke. Seine Füße steckten in alten Turnschuhen. Um seinen Hals war ein roter Schal geschlungen und die Mütze hatte er tief ins Gesicht gezogen. Über seiner Schulter hing eine große Tasche, die viele Fläschchen mit farbigen Flüssigkeiten enthielt. *Warzentod, Frostfeind, Hinweg mit Le-*

berfleck! So und ähnlich lauteten die Aufschriften auf den Etiketten, die Dicki mit schwungvoller Handschrift beschriftet und aufgeklebt hatte.

Kichernd schlich er durch den Garten zum Tor. Die falschen, vorstehenden Vorderzähne, die er über seine eigenen Zähne geschoben hatte, blitzten weiß.

Während er nach Tiplingen zurückfuhr, legte er sich einen Plan zurecht. Er wollte mit dem Jungen von dem Karussell oder mit einem der anderen Rummelplatzleute ein Gespräch anfangen und sich dabei unauffällig nach den Bewohnern des grünen Wohnwagens mit den gelben Rädern erkundigen. Dann wollte er versuchen, mit den Leuten selber zu reden, und sie ein bisschen unter die Lupe nehmen. Ein Glück, dass Flipp die Knöpfe an der Bluse entdeckt hatte! Dadurch war wieder Leben in das Geheimnis gekommen.

Schon von weitem hörte Dicki Musik, Gelächter, Rufe und Kreischen vom Rummelplatz her. Jetzt am Abend war dort großer Betrieb. Das Karussell drehte sich, Schaukeln schwangen durch die Luft. Dicki versteckte sein Rad in einem dichten Gebüsch und ging zum Eingang. Man verlangte kein Eintrittsgeld von ihm, weil er ja wie ein Händler aussah. Langsam schlenderte er zum Karussell. Aber der Junge, der es bediente, war jetzt zu sehr beschäftigt. Dicki überlegte, ob er den Mann von der Würfelbude ansprechen sollte, aber auch der hatte zu viel zu tun. Langsam ging er weiter und sah sich aufmerksam um. Der Mann, der die Luftschaukeln vermietete, hielt sich seinen linken Arm und verzog schmerzhaft das Gesicht.

Dicki ging zu ihm. »Was ist los, Kamerad? Hast du dich verletzt?«

»Eine Schaukel ist mir gegen den Ellbogen geschlagen«, antwortete der Mann. »Kannst du nicht ein paar Minuten für mich aufpassen? Ich möchte den Arm gern untersuchen lassen.«

»Mach ich!« Dicki achtete auf die Luftschaukeln, bis der Mann mit verbundenem Arm zurückkehrte.

»Danke!«, sagte er. »Gehörst du zu uns oder bist du nur zufällig vorbeigekommen?«

»Ich war gerade in der Gegend und habe gehört, dass ein Bekannter von mir hier arbeitet.«

»Wie heißt er?«

»Sein Name fällt mir im Augenblick nicht ein.« Dicki nahm seine Mütze ab und kratzte sich nachdenklich am Kopf. »Warte mal ... Barlow ... oder Harlow ... So ähnlich war es.«

»Betreibt er ein Karussell?«

»Ich weiß nicht, was er jetzt macht. Aber früher hatte er einen grünen Wagen mit gelben Rädern. Habt ihr so einen Wagen dabei?«

»Ja, das ist der von den Tallerys.« Der Mann kassierte von zwei jungen Leuten Geld für eine Luftschaukelfahrt.

»Natürlich – Tallery!«, rief Dicki. »Dass ich den Namen vergessen konnte! Ist die ganze Familie noch zusammen?«

»Außer dem Alten sind seine Mutter und seine Frau da – und dann noch der Neffe Rollo. Tallery selber ist augenblicklich wieder mal auf Arbeit.«

»Aha!« Dicki tat, als wüsste er genau, um welche Art Arbeit es sich handelte. »Hm. Wenn der Alte nicht da ist, möchte ich eigentlich nicht rübergehen. Wer weiß, ob die anderen mich wieder erkennen.«

»Ich kann ja mitkommen«, erbot sich der Mann. »Wie heißt du denn?«

»Schmidt. Jack Schmidt.«

»Warte, bis die Runde vorbei ist. Dann bringe ich dich zu den Tallerys. Kann aber sein, dass sie gar nicht da sind. Die Oma ist jedenfalls am Nachmittag weggegangen.«

»Na, wir können es ja versuchen. Sag ihnen, dass ich den alten Tallery kenne.«

Rollo redet eine Menge

Kurz darauf ging der Luftschaukelmann mit Dicki zu dem grünen Wagen mit den gelben Rädern. Davor saß eine dicke alte Frau in einem durchgesessenen Korbstuhl, der unter ihrem Gewicht knarrte.

»Rollo!«, rief sie laut. »Wo steckt der Bengel bloß wieder? Immer drückt er sich vor der Arbeit.«

»Hallo, Oma!«, grüßte der Luftschaukelmann. »Ist Rollo schon wieder ausgerissen? Wenn ich ihn sehe, gebe ich ihm eine Ohrfeige und schicke ihn her. Er ist der faulste Junge, den ich jemals gesehen habe.«

»Das ist wahr«, brummte die Alte. »Seine Tante ist in die Stadt gegangen und er sollte unterdessen die Fenster putzen. Sie sind so schmutzig, dass ich im Wagen fast nichts mehr sehen kann.«

Dann wandte sie sich zu Dicki. »Willst du zu Tallery? Er ist nicht da und kommt erst in ein paar Tagen zurück.«

»Das tut mir Leid«, sagte Dicki. »Ich wollte ihn besuchen.«

»Der Mann heißt Jack Schmidt und ist ein alter Bekannter von Tallery«, erklärte der Luftschaukelmann. »Bleib ein bisschen hier, Jack, und vertreib der Oma die Zeit. Sie hat gern Gesellschaft. Vielleicht hast du in deiner Tasche was für sie. Ich muss zu meinen Luftschaukeln zurück.«

Dicki öffnete seine Tasche und nahm ein paar Fläschchen heraus. Nachdem die Alte einen Blick darauf geworfen hatte, lachte sie. »Damit handelst du? Gefärbtes Wasser und schöne Sprüche dazu! Mein Pa hat auch damit gehandelt und nicht schlecht dabei verdient. Pack deine Sachen nur wieder ein. Bei mir hast du kein Glück damit. Ich bin zu alt und zu gewitzt um auf so was reinzufallen.«

»Ich will Ihnen ja auch gar nichts verkaufen, Oma«, sagte Dicki. »Wann wird Frau Tallery denn zurückkommen?«

»Ich weiß es nicht.« Die Stimme der Alten klang ärgerlich. »Nie weiß ich, wo sie ist und wie lange sie wegbleibt. Immer treibt sie sich irgendwo rum, heute hier, morgen da, und lässt mich tagelang allein. Seit ein paar Tagen ist sie weg. Und wenn sie wieder kommt, sagt sie kein Wort davon, wo sie gewesen ist.«

Dicki spitzte die Ohren. Ob Frau Tallery vielleicht die Frau aus dem Wohnwagen war?

»Wie viele Kinder hat sie eigentlich?«, fragte er.

»Die Tallerys haben gar keine Kinder. Deshalb haben sie ja Rollo zu sich genommen. Weiß der Himmel, was sie an dem Bengel finden. Aber seine Mutter hat noch elf Kinder außer ihm und ist natürlich froh, dass sie ihn los ist.«

»Natürlich!«, sagte Dicki, als ob er das alles schon wüsste. Er wollte gerade noch etwas fragen, da kehrte der Luftschaukelmann zurück und zerrte einen braun gebrannten Jungen hinter sich her.

»Hier ist Rollo«, sagte er. »Soll ich ihn übers Knie legen?«

Der Junge wand sich schreiend und versuchte sich aus dem Griff des Mannes zu befreien. »Lassen Sie mich los! Sie tun mir weh!«

Der Luftschaukelmann schüttelte ihn, dann ließ er ihn los und ging lachend weg. Dicki musterte den Jungen. Er war ungefähr so groß wie Flipp und hatte ein mürrisches Gesicht. Die Alte überschüttete ihn mit einem Schwall von Schimpfwörtern.

Er schnitt eine Grimasse. Dann holte er einen Eimer mit Wasser und einen Lappen um die Fenster zu putzen.

Nachdem die Alte sich etwas beruhigt hatte, stand sie ächzend auf und ging zum Wagen. »Es ist kalt. Ich gehe rein. Pass doch ein bisschen auf den Jungen auf, ja? Ruf mich, wenn er faulenzt.«

Dicki half ihr die Stufen hinauf. Sie sah ihn überrascht an. »Solche Freunde hat mein Sohn sonst nicht. Es ist das erste Mal, dass mir einer von ihnen behilflich ist.«

Damit verschwand sie im Wagen. Rollo schüttete mit finsterer Miene Wasser über die Fensterscheiben und wischte dann mit einem dreckigen Lappen darüber, bis sie fast noch schmieriger aussahen als vorher.

Dicki setzte sich hin und wartete. Schließlich leerte der Junge den Eimer, warf den Lappen unter den Wagen und schnitt Dicki eine Grimasse.

»Ich habe Hunger«, sagte Dicki und nahm Geld aus der Tasche. »Willst du uns nicht etwas zu essen holen?«

Sofort wurde Rollos Gesicht freundlicher. Er nahm das Geld und lief los. Nach kurzer Zeit kehrte er mit zwei Fleischpasteten, zwei Flaschen Limonade und vier großen Tortenstücken zurück und setzte sich neben Dicki.

»Bist du ein Bekannter von Oma?«, erkundigte er sich. »Sie ist ein alter Drachen. Meine Tante ist viel netter. Mit ihr komm ich gut aus.«

»Du hast eine Menge Geschwister, nicht wahr?« Dicki biss in die Pastete, die zäh und altbacken war.

»Ja, elf Stück«, antwortete Rollo. »Die Kleinsten sind Zwillinge. Sie schreien den ganzen Tag.«

»Wie alt sind sie?«

»Ich weiß nicht genau. Es sind noch Babys. Sie waren eine Weile bei meiner Tante, als meine Mutter krank war.«

»Hier in dem kleinen Wagen?«, fragte Dicki.

»Hier waren sie nur einen Tag. Dann hat meine Tante einen Wohnwagen bei dem Schulzeltlager gemietet und die Zwillinge mitgenommen.«

Dicki tat unbeteiligt, aber seine Augen leuchteten auf. Er war auf der richtigen Spur. Rollos Tante war also die Frau aus dem Wohnwagen und seine kleinen Geschwister waren die Zwillinge in dem Kinderwagen, in dem der Prinz entführt worden war.

»Die Zwillinge heißen Marga und Bert, stimmts?«

Rollo nickte. »Ja. Du kennst unsere Familie wohl gut? Wir sind zu viele zu Hause. Einer tritt dem andern auf die Füße.«

»Deshalb hat man dich wohl auch weggejagt.« Dicki blickte misstrauisch auf die Tortenstücke und überlegte, ob er eins probieren sollte.

»Man hat mich nicht weggejagt!«, rief Rollo entrüstet. »Was glaubst du wohl, warum Tallery gerade mich ausgesucht hat? Weil ich gut schauspielern kann, weil ich schlau bin und sehr nützlich für ihn.«

»Du und nützlich? Das glaube ich nicht. Sicher bist du bloß eine Last für ihn.« Dicki reizte Rollo, um noch mehr aus ihm herauszuholen, und Rollo ging ihm auf den Leim.

»Wenn du wüsstest, wie gut ich schauspielern kann!«, widersprach er aufgebracht. »Wenn Onkel Tallery einen Blinden mimt, kann ich ihn führen und die Leute um eine milde Gabe bitten. Ich kann wie ein braver kleiner Junge mit meiner Tante einkaufen gehen und Sachen in meinem Ärmel verschwinden lassen, wenn sie mit der Verkäuferin spricht. Ja, ich kann sogar ein Prinz sein!«

Dicki glaubte nicht recht zu hören. In seinem Kopf begann es zu wirbeln. Ein Prinz! Wie meinte Rollo das? Überrascht starrte er den Jungen an.

»Da staunst du, was?«, rief Rollo lachend. »Glaubst du mir etwa nicht?«

»Nein«, sagte Dicki.

»Das dachte ich mir. Aber ich habe schon zu viel gesagt. Mehr erzähle ich dir nicht.«

»Weil du nichts zu erzählen hast«, reizte ihn Dicki weiter. »Das ist ja alles bloß Angeberei. Ein Prinz! Du und ein Prinz! Hältst du mich für so dumm, dass ich dir das glaube?«

Rollo starrte ihn böse an. Dann sah er sich vorsichtig um, als befürchtete er, dass jemand ihn belauschen könnte, und sagte leise: »Erinnerst du dich an die Aufregung in den Zeitungen über den entführten Prinzen? Bonga-Bonga oder so ähnlich hieß er. Der Prinz war ich!«

»Solche Märchen kannst du deinen Zwillingsgeschwistern erzählen«, erwiderte Dicki spöttisch. »Es gibt wirklich einen Prinzen Bongawah. Er stammt aus dem Königreich Tetarua. Ich habe sein Foto in der Zeitung gesehen.«

»Aber ich sage dir, ich war der Prinz!« Rollo ärgerte sich, weil Dicki ihm nicht glaubte.

»Wirklich? Dann kannst du mir vielleicht auch sagen, wer dich entführt hat und wie du hierher gekommen bist.«

»Ich bin gar nicht entführt worden. Ich war nur ein paar Tage in dem Zeltlager und musste so tun, als wäre ich der Prinz, und allerlei Unsinn reden. Dann bin ich eines Nachts durch die Hecke gekrochen und habe mich im Wohnwagen meiner Tante versteckt. Wie ich von dort verschwunden bin, wirst du nie im Leben erraten.«

Dicki wusste genau, wie das geschehen war, aber er stellte sich ahnungslos. »Das ist ja eine tolle Geschichte!«, rief er. »Ist das wirklich wahr? Aber wie bist du denn schließlich verschwunden?«

»Ich hab mich in dem Kinderwagen von den Zwillingen versteckt und meine Tante hat Marga und Bert auf mich gelegt. Haben die geschrien!«

»Und dann hat deine Tante dich im Kinderwagen hierher gefahren?« Dicki heuchelte Erstaunen und Bewunderung. »Nein, so was! Zuerst habe ich dir kein Wort geglaubt, aber jetzt glaube ich dir. Du bist ein Teufelskerl!«

Rollo strahlte. Er beugte sich zu Dicki hinüber und flüsterte: »Ich könnte dir noch mehr erzählen, wenn ich wollte. Ich weiß, wo der richtige Prinz ist! Die Polizei würde viel darum geben, wenn sie wüsste, was ich weiß. Das sage ich dir!«

Das Geheimnis klärt sich

Dicki war so erstaunt, dass er kein Wort herausbrachte. Sprachlos starrte er Rollo an.

Rollo lachte. Dann fiel ihm plötzlich mit Schrecken ein, dass er dem fremden Mann eine Menge verraten hatte. »Da du ein Freund von meinem Onkel bist, macht es ja nichts, dass ich dir das alles erzählt habe«, versuchte er sich selbst zu beruhigen. »Aber sag ihm bloß nichts davon!«

»Natürlich nicht. Er ist ja gar nicht hier. Wo ist er eigentlich?«

»Er denkt, ich weiß es nicht, aber ich weiß es wohl. Er ist im Raylinger Moor. Ich habe gehört, wie er mit Joe darüber sprach.«

»Ist dort auch der Prinz – der richtige Prinz, meine ich?«

Plötzlich wurde Rollo vorsichtig. »Das kann ich dir nicht sagen. Ich habe dir schon zu viel erzählt. Vergiss, was ich von dem Prinzen gesagt habe. Ich weiß nicht, wo er ist.«

»Eben hast du noch gesagt, du wüsstest es.«

»Vielleicht weiß ich es auch. Aber ich werde es dir nicht sagen.«

»Es interessiert mich auch gar nicht. Ich möchte nur wissen, warum du dich als Prinz verkleiden und dann fortlaufen musstest. Was soll das für einen Sinn haben?«

»Denk mal ein bisschen nach. Du scheinst nicht besonders helle zu sein.«

»Sag es mir doch. So klug wie du bin ich natürlich nicht. Ich könnte hundert Jahre darüber nachdenken und würde nicht erraten, warum man das gemacht hat.«

»Pass auf, ich werde es dir erklären! Man wollte den Prinz verschwinden lassen, damit ein anderer den Thron erbt. Verstanden?«

»Ja«, sagte Dicki bescheiden.

»Als er im Auto zum Schullager fuhr, hielt der Fahrer an einer vorher verabredeten Stelle an und der Prinz wurde in einen anderen Wagen geschleppt und weggebracht. Damit sein Verschwinden aber nicht gleich bemerkt wurde, sprang ich, ganz wie der Prinz gekleidet, in den ersten Wagen und fuhr zu dem Zeltlager.«

Nun war Dicki die Sache plötzlich klar. Jetzt hatte er eine Antwort auf all die Fragen, an denen er bisher vergeblich herumgerätselt hatte. Die Entführer wollten vermeiden, dass die Tat entdeckt wurde, ehe sie den Prinzen außer Landes gebracht hatten. Mit dem Fahrer im Bunde war es eine Kleinigkeit gewesen, die beiden Jungen unterwegs auszutauschen. Der falsche Prinz blieb ein paar Tage im Zeltlager. Dann entwischte er eines Nachts, versteckte sich bei seiner Tante und wurde von ihr im Kinderwagen weggebracht. Niemand ahnte, dass Prinz Bongawah schon lange vorher entführt worden war.

»Ein schlau ausgedachter Plan!«, sagte Dicki bewundernd. »Tallery ist viel klüger, als ich dachte. Wenn ich ihn wieder sehe, werde ich ihn bitten, mich an seinem nächsten Geschäft zu beteiligen. Bei dieser Sache muss eine Menge Geld rausspringen.«

»Und ob!«, prahlte Rollo. »Er kriegt bestimmt seine hundert Pfund dafür. Ich soll für meine Rolle als Prinz zehn Pfund bekommen.«

»Dann bist du ja reich! War es schwer den Prinzen zu spielen?«

»Nein, es war sehr leicht. Ich bin ungefähr so groß wie der Prinz. Mein Gesicht ist so braun wie seins und ich musste nur allerlei unverständliches Zeug reden. Aber eines Tages kam einer von den Männern ins Lager, die die Sache eingefädelt hatten. Er wollte unbedingt, dass ich unter einem Prunkschirm ging. Das war entsetzlich. Alle haben mich ausgelacht.«

»Und sonst hat dir das Leben als Prinz gefallen?«

»Ach ja, es war ganz nett. Zum ersten Mal in meinem Leben habe ich in einem Pyjama geschlafen. Er war aus Seide, blau und gold mit dazu passenden Knöpfen. Meine Tante sollte den Pyjama verbrennen, als wir hier ankamen. Sie hat es auch gemacht, aber die schönen Knöpfe wollte sie nicht wegwerfen und hat sie an eine Bluse genäht.«

Ein Glück, dachte Dicki, dass Rollos Tante die Knöpfe behalten hat. Ohne sie wären die Spürnasen nie auf die richtige Spur gekommen.

»Tallery hat wohl bei der Sache tüchtig geholfen«, meinte er.

»O ja, mein Onkel versteht sich auf so etwas«, antwortete Rollo stolz. »Und ich hatte auch meinen Spaß im Zeltlager. Die Jungen waren allerdings gemein zu mir. Dauernd sollte ich mich waschen und mir die Zähne putzen. Und sie haben mich ausgelacht und mir dumme Spitznamen gegeben, weil ich nicht im Fluss baden wollte. Und ich konnte mich nicht mal richtig wehren, weil ich mich nicht durch die Sprache verraten durfte. Ein paar Mal war ich so wütend, dass ich trotzdem auf Englisch geschimpft habe.«

»Du musst deine Sache sehr gut gemacht haben. Kein Mensch hat gemerkt, dass du nicht der richtige Prinz warst«, versicherte Dicki.

»Nein. Zuerst hatte ich immer Angst, es könnte jemand ins Lager kommen, der ihn kennt. Aber es kam niemand.«

»Und du weißt, wohin man Prinz Bongawah gebracht hat? Ist er noch in England?«

Rollo wurde wieder zurückhaltender. »Das sage ich dir nicht. Was glaubst du wohl, was mein Onkel mit mir macht, wenn ich das jemandem verrate. Ich habe den Ort auch nur zufällig aufgeschnappt.«

Dicki gab es auf, Rollo weiter auszufragen. Mehr würde er doch nicht aus ihm herausbekommen. Er hatte ja auch schon eine Menge erfahren. Die richtige Entführung des Prinzen war sehr geschickt durch eine vorgetäuschte Entführung getarnt worden. Auf diese

Weise hatte man die Polizei irregeführt, sodass sie den Prinzen erst einige Tage nach der Tat zu suchen begann.

Ob Prinz Bongawah ins Ausland verschleppt worden war? Falls er sich noch in England befand, musste rasch etwas unternommen werden um ihn zu befreien. Raylinger Moor! Wenn Tallery sich dort befand, war vielleicht die ganze Bande dort und der Prinz auch. Wo lag das Moor? Dicki beschloss auf der Karte nachzusehen, sobald er wieder zu Hause war.

Es wurde schon dunkel und auf dem Rummelplatz war es leer geworden. Dicki hatte das Abendessen versäumt. Zum Glück waren seine Eltern ausgegangen und würden es nicht bemerken.

Er stand auf. »Auf Wiedersehen, Rollo! Ich muss gehen.«

»Willst du nicht auf meine Tante warten?«, fragte Rollo, dem die Unterhaltung mit Dicki großen Spaß gemacht hatte. »Wie war doch gleich dein Name?«

»Jack Schmidt. Nein, ich kann nicht länger warten. Grüß deine Tante von mir und sag ihr, ich komme ein andermal vorbei. Vielleicht erinnert sie sich auch gar nicht mehr an mich.«

Mit Sicherheit erinnert sie sich nicht an mich, dachte Dicki, als er sein Rad holte um heimzufahren. Oje, meine Lampe ist kaputt. Hoffentlich erwischt Wegda mich nicht!

Auf der Heimfahrt überdachte Dicki noch einmal alles, was er von Rollo erfahren hatte. Es hatte also zwei Entführungen gegeben, aber nur eine, die vorgetäuschte, war bekannt geworden. Das Geheimnis begann sich zu klären. Raylinger Moor! War der Prinz dort versteckt? Stimmte der Name oder hatte Rollo sich den ausgedacht? Der Junge prahlte gern und konnte den Mund nicht halten. Vielleicht gab es das Moor gar nicht.

Dicki war so in Gedanken versunken, dass er gar nicht merkte, wie weit er schon gefahren war. Er radelte langsam und vorsichtig, weil er kein Licht hatte. Plötzlich trat eine dunkle Gestalt hinter einem Baum hervor.

»He da, anhalten!«, rief eine vertraute Stimme. »Was fällt dir ein, nachts ohne Licht zu fahren! Weißt du nicht, dass das verboten ist?«

Dicki erschrak. Wegda! So ein Pech! Während er abstieg, überlegte er schnell, was er sagen sollte.

Herr Grimm beleuchtete ihn mit seiner Taschenlampe. Als er den Hausierer mit der großen Tasche sah, wurde er sofort misstrauisch. »Ist das dein Rad?«, fragte er scharf.

»Kann schon sein«, antwortete der Hausierer.

»Komm mal mit und weise dich aus! Ohne Licht zu fahren …«

»Ach, würden Sie bitte mal das Rad halten, damit ich meinen Schnürsenkel zubinden kann?« Dicki schob Herrn Grimm das Rad hin, sodass der Polizist es festhalten musste, damit es nicht auf ihn fiel. Im nächsten Augenblick sauste Dicki wie der Blitz davon.

»Was soll das heißen? Du hast das Rad also gestohlen!« Schnell bestieg Herr Grimm das Rad und fuhr hinter dem Flüchtenden her. Aber Dicki bog in einen Fußgängerpfad ein und der Polizist musste absteigen. Auf keinen Fall durfte er ohne Licht auf einem Weg radeln, der für Radfahrer verboten war. Er führte das Rad also nach Hause. Es kam ihm irgendwie bekannt vor. Nachdem er es in seinen Hausflur gebracht hatte, betrachtete er es genau. Dann zog er sein Notizbuch hervor und trug eine Beschreibung ein.

»Marke Atlas. Farbe: schwarz, rot abgesetzt. An der Lenkstange ein Korb. Lampe kaputt. Sonst gut gepflegt.«

Dann folgte eine Beschreibung des Mannes, den er mit dem Rad angetroffen hatte. »Hausierer. Mütze ins Gesicht gezogen. Roter Schal, fleckige Jacke, graue Hosen. Unverschämtes Benehmen. Hat das Rad wahrscheinlich gestohlen. Nach einem heftigen Kampf gelang es mir, es ihm wegzunehmen, und er flüchtete.«

Gerade war Herr Grimm mit Schreiben fertig, da schrillte das Telefon neben ihm. Er fuhr erschrocken zusammen. Dann nahm er den Hörer auf.

»Polizeirevier Peterswalde.«

»Hier ist Dietrich Kronstein«, meldete sich Dicki. »Es tut mir Leid, dass ich Sie so spät noch stören muss. Mein Fahrrad ist gestohlen worden. Sie werden den Dieb ja wohl kaum erwischen, aber ich wollte es doch wenigstens melden.«

»Wie sieht das Rad aus?«, fragte Herr Grimm kurz und amtlich.

»Es ist ein Rad Marke Atlas, schwarz, mit Rot abgesetzt. An der Lenkstange ist ein Korb und ...«

Herr Grimm räusperte sich. »Dein Rad ist hier, Dietrich. Vor einer Viertelstunde habe ich einen Hausierer damit erwischt, einen unverschämten Kerl. Er wollte das Rad durchaus nicht hergeben.«

»Wie haben Sie es denn schließlich bekommen?«, fragte Dicki.

»Wir hatten einen Kampf.« Herr Grimm ließ seine Phantasie spielen. »Er war sehr stark, aber ich trug den Sieg davon. Zum Schluss rannte er, als gelte es sein Leben. Ich habe dein Rad mit nach Hause genommen. Du kannst es dir hier abholen.«

»Donnerwetter, das war gute Arbeit!«, sagte Dicki bewundernd.

Herr Grimm richtete sich auf. »Ich lasse kein Gras unter meinen Füßen wachsen«, antwortete er würdevoll. »Nun, ich kann dich wohl in zwei Minuten erwarten, wie?«

»Sagen wir in zehn Minuten«, erwiderte Dicki und legte auf.

Herr Grimm fasst einen Entschluss

Nach zehn Minuten stand Dicki sauber und ordentlich gekleidet vor dem Haus des Polizisten. Er hatte sich rasch gewaschen und umgezogen und sich dabei über Herrn Grimms angeblichen Ringkampf amüsiert.

Herr Grimm öffnete ihm die Tür. »Dort steht dein Rad«, sagte er mit einer großartigen Geste. »Du siehst, auf die Polizei kann man sich verlassen.«

»Vielen Dank! Das haben Sie sehr gut gemacht«, sagte Dicki höflich.

Herr Grimm erzählte ihm darauf noch einmal alles und schmückte die Geschichte noch etwas mehr aus.

»Ich bin Ihnen wirklich sehr dankbar«, versicherte Dicki. »Dafür erzähle ich Ihnen auch, was wir in dem Fall des entführten Prinzen rausbekommen haben. Ern hat Ihnen ja schon gesagt, dass sich der Junge in einem Zwillingskinderwagen versteckt hatte. Nun habe ich erfahren, dass das gar nicht der richtige Prinz war, sondern ein anderer Junge. Der richtige Prinz ist wahrscheinlich im Raylinger Moor.«

Herrn Grimms Gesicht rötete sich. »Hör mal, kannst du dir keine besseren Märchen ausdenken?«, rief er. »Wie viele Prinzen oder Prinzessinnen willst du noch erfinden?«

»Das ist kein Märchen, wirklich nicht! Ich habe Ihnen doch gesagt, dass ich Ihnen diesmal bei der Aufklärung des Falles helfen will. Aber Sie machen es mir sehr schwer.«

»Und du? Erst verkleidest du deine ganze Bande, dann schickst du Ern zu mir mit einer lächerlichen Geschichte von einem Prinzen im Kinderwagen, und nun behauptest du, der Prinz sei gar nicht der Prinz gewesen. Jetzt willst du mich auch noch hinter einem anderen Prinzen her ins Moor jagen.«

»Ich will Sie nirgends hinjagen«, erwiderte Dicki ungeduldig. »Sie brauchen nur Chefinspektor Jenks anzurufen und ihm alles zu erzählen. Er wird Ihnen dann schon sagen, was Sie tun sollen.«

Das Gesicht des Polizisten färbte sich dunkelrot. »Habe ich dem Chef nicht neulich von der Prinzessin erzählt? Aber du wolltest mich nur bei ihm unmöglich machen. Du brauchst gar nicht den Kopf zu schütteln. Ich weiß, dass es so war. Und nun soll ich ihm wieder so eine Geschichte erzählen? Das tue ich auf keinen Fall!«

»Na, wenn Sie ihn nicht anrufen wollen, mache ich es eben. Aber wenn ich dafür ein Lob bekomme, ist es Ihnen auch wieder nicht recht.«

»Du hast überhaupt nicht mit ihm zu telefonieren!«, fuhr Herr Grimm auf. »Warum musst du dich immer überall einmischen? Das ist mein Fall. Lass also die Finger davon. Du bist ein ganz ...«

Dicki führte sein Rad auf die Straße und stieg auf. Während er langsam losfuhr, rief er: »Sagen Sie, hat der Hausierer, mit dem Sie um mein Rad gekämpft haben, eigentlich noch seinen Schnürsenkel zugebunden, ehe er um sein Leben gerannt ist?«

Ohne eine Antwort abzuwarten sauste Dicki los und verschwand in der Dunkelheit. Der Polizist starrte ihm verdutzt nach. Woher wusste Dietrich, dass der Mann gesagt hatte, er wolle seinen Schnürsenkel zubinden? Das hatte er ihm doch gar nicht erzählt!

Plötzlich erkannte er die Wahrheit. Er stolperte ins Haus zurück und ließ sich schwer in seinen Sessel sinken. Der Hausierer war Dicki gewesen! Er hatte dem Jungen sein eigenes Rad abgenommen und es ihm dann wieder zurückgegeben, ohne mit einem Wort die kaputte Lampe zu bemängeln.

Warum hatte er sich nur die Geschichte von dem Kampf ausgedacht! Wie musste Dietrich darüber gelacht haben! Lange malte sich Herr Grimm all die Dinge aus, die er Dicki am liebsten angetan hätte. Aber er wusste genau, dass es niemals dazu kommen würde. Dicki war einfach zu schlau.

Das Klingeln des Telefons riss Herrn Grimm aus seinen düsteren Gedanken. Wütend griff er nach dem Hörer. Falls es wieder dieser Bengel war, würde er ihm gehörig die Meinung sagen.

Aber nicht Dicki, sondern ein Beamter des Polizeipräsidiums meldete sich am Apparat. »Ist dort Herr Grimm? Ich soll Ihnen etwas von Chefinspektor Jenks ausrichten. Es hat sich herausgestellt, dass der Junge, der aus dem Zeltlager verschwunden ist, gar nicht der richtige Prinz war. Die anderen Jungen im Lager, denen man Fotos von Prinz Bongawah gezeigt hat, haben ihn darauf nicht erkannt. Der Chefinspektor lässt fragen, ob Sie schon etwas davon wissen. Sie möchten ihm möglichst bald über den Fall berichten.«

Herr Grimm riss den Mund auf und wusste nicht, was er sagen sollte. Hatte Ern etwa doch die Wahrheit gesagt? War der Prinz wirklich in einem Kinderwagen versteckt worden? Aber soeben hatte Dicki ja behauptet, es sei gar nicht der Prinz, sondern ein anderer Junge gewesen. War auch das die Wahrheit?

»Sind Sie noch da, Herr Grimm?«, fragte der Beamte. »Haben Sie mich verstanden?«

»Ja ... ja ... ich habe alles verstanden«, stammelte Herr Grimm. »Vielen Dank für die Nachricht. Ich werde darüber nachdenken und in Kürze einen Bericht durchgeben.«

»In Ordnung. Gute Nacht, Herr Grimm!«

Mit zitternder Hand legte Herr Grimm den Hörer auf. Dann ließ er sich stöhnend wieder in seinen Sessel fallen. Warum hatte er dem Chef bloß nicht erzählt, was Ern ihm gesagt hatte? Nun war ihm jemand zuvorgekommen. Herr Grimm begann sich zu fragen, ob er vielleicht doch nicht so klug war, wie er geglaubt hatte.

Von der Prinzessin, die gar nicht existiert, habe ich dem Chef berichtet, dachte er. Aber davon, dass der Prinz in einem Zwillingskinderwagen weggebracht worden ist, hab ich ihm nichts gesagt. Dietrich ist mit seiner Bande natürlich nur nach Tiplingen gefahren, um sich nach den Zwillingen und ihrer Mutter umzusehen.

Eine Weile brütete Herr Grimm vor sich hin. Dann fiel ihm ein, dass Dicki gesagt hatte, Prinz Bongawah sei möglicherweise im Raylinger Moor. Ob das stimmte? Konnte er es wagen dem Chef davon zu berichten? Oder würde sich dann herausstellen, dass es ein solches Moor gar nicht gab?

Der Polizist geriet in große Aufregung. Er sprang auf und ging mit großen Schritten im Zimmer auf und ab. Hin und wieder griff er sich stöhnend an den Kopf. Er musste etwas unternehmen. Er würde noch seine Stellung verlieren, wenn er nicht bald etwas unternahm.

Schließlich holte er eine Karte und suchte nach dem Raylinger Moor. Ja, das Moor war eingezeichnet, aber es schien dort keine Häuser zu geben. Was sollte er tun? Nach kurzem Überlegen fasste er den Entschluss, zum Raylinger Moor zu fahren. Ein paar Kilometer davon entfernt befand sich eine Eisenbahnstation. Wie spät war es? Ob er noch einen Zug bekam?

Er sah im Fahrplan nach. Der letzte Zug ging in einer Dreiviertelstunde von Peterswalde ab. Er konnte ihn gerade noch erreichen, wenn er sich beeilte.

Nun entfaltete Herr Grimm eine fieberhafte Tätigkeit. Zuerst legte er die Uniform ab. Er durfte ja nicht als Polizist erkennbar sein, wenn er etwas auskundschaften wollte. Dann zog er ein Paar graue Flanellhosen und einen grauen Pullover mit gelben Streifen an und setzte eine Mütze auf. Schließlich schlüpfte er in einen weiten Mantel und besah sich im Spiegel.

»Kein Mensch wird darauf kommen, dass ich ein Polizist bin«, sagte er zufrieden. »Oho, auch ich kann mich verkleiden! Ich bin jetzt ein harmloser Wanderer.«

Er erwischte den Zug gerade noch und traf nach einer Stunde in

Rayling ein. Es war eine kleine verschlafene Station. Ein einziger Mann war Stationsvorsteher, Fahrkartenverkäufer und Gepäckträger in einem. Er war sehr erstaunt, dass jemand ausstieg. »Wollen Sie wirklich nach Rayling?«, fragte er Herrn Grimm.

»Ja, warum nicht? Ich bin ein Naturfreund und wandere durch das Land.«

»Wandern Sie lieber nicht im Dunkeln durchs Moor«, warnte der Mann.

»Gibt es dort keine Häuser?«, fragte Herr Grimm.

»Nur zwei. Eins ist ein Farmhaus und liegt etwas erhöht. Das andere soll Leuten aus dem Ausland gehören.«

Aha!, dachte Herr Grimm. Das ist das Haus, das ich suche. Ich werde schon irgendwie hinkommen und dann sehe ich es mir etwas genauer an. Vielleicht finde ich dort den Prinzen. Ja, vielleicht kann ich ihn sogar befreien.

Er sah sich im Geist mit dem jungen Prinzen auf dem Rücken durchs Moor stapfen. Dann sah er Fotos von sich und dem Prinzen in den Zeitungen und darüber große Schlagzeilen. *Tapferer Polizist befreit entführten Prinzen!*

Mit diesen wunderbaren Bildern vor Augen durchschritt Herr Grimm das Stationsgebäude und tauchte dann in die Dunkelheit. Er gelangte auf einen Weg und beschloss, ihm vorsichtig zu folgen. Der Weg musste ja irgendwohin führen.

Der Stationsbeamte sah ihm misstrauisch nach. »Komischer Kauz!«, brummte er kopfschüttelnd. »So was Verrücktes, mitten in der Nacht durchs Moor zu wandern! Man müsste die Polizei benachrichtigen, damit man ihn im Auge behält.«

Aber niemand beachtete Herrn Grimm, der mutig und unbekümmert durch die dunkle Nacht schritt.

Auf der Suche

Als Dicki nach Hause kam, nahm er sich eine Karte vor und sah nach, wo das Raylinger Moor lag. Sorgfältig studierte er die ganze Umgebung und suchte nach Wegen. Es schienen nur schmale Pfade durch das Moor zu führen. Zwei Häuser waren eingezeichnet, eins am Rand, das andere mittendrin. In der Nähe lag die Bahnstation Rayling.

Dicki war entschlossen nach Rayling zu fahren. Natürlich nicht mit dem Zug, das war zu auffällig. Aber jetzt musste er erst einmal schlafen. Morgen früh würde er seinen Plan mit den anderen Spürnasen besprechen. Jetzt war er viel zu müde um noch etwas zu unternehmen. Außerdem konnte man sich nachts im Moor leicht verirren.

Als er dann am nächsten Morgen ausgeschlafen am Frühstückstisch saß, klingelte das Telefon. Kurz darauf kam das Mädchen ins Zimmer. »Chefinspektor Jenks ist am Telefon und will dich sprechen, Dietrich.«

Dicki sprang auf. Sein Vater warf ihm einen prüfenden Blick zu. »Du hast doch hoffentlich nichts angestellt, Dietrich.«

»Aber nein!« Rasch ging Dicki in die Diele hinaus, nahm den Hörer und meldete sich.

»Guten Morgen, Dietrich!«, sagte Chefinspektor Jenks. »Hör mal – Grimm ist verschwunden. Weißt du etwas davon?«

»Nein!«, antwortete Dicki verwundert. »Ich bin gestern Abend noch bei ihm gewesen. Er hatte mein Rad gefunden, das ich als gestohlen gemeldet hatte. Es war schon spät. Mir kam es nicht so vor, als wollte er noch weggehen.«

»Er ist aber weg!« Die Stimme des Chefinspektors klang besorgt. »Heute Morgen hat er sich am Telefon nicht gemeldet. Darauf schickte ich einen Mann zu ihm und der kam mit der Nachricht zurück, dass Grimm nicht da sei. Seine Uniform lag in seinem Zimmer.«

»Er wird doch nicht ebenfalls im Pyjama entführt worden sein – wie der Prinz?«

»Ich glaube nicht, dass jemand Herrn Grimm entführen würde – noch dazu aus seinem eigenen Haus. Weißt du wirklich nichts von der Sache, Dietrich? Du weißt doch sonst immer mehr als andere.«

»Nein, ich hatte keine Ahnung davon, dass er weg ist oder weggehen wollte. Ich weiß auch nicht, wo er sein könnte.«

»Nun, ich habe jetzt keine Zeit mehr. Ruf mich an, falls dir irgendetwas einfällt. Auf Wiedersehen!«

Ehe Dicki noch etwas fragen oder sagen konnte, war die Verbindung unterbrochen. Verwirrt starrte er auf den Telefonapparat. Das war ja eine tolle Geschichte. Herr Grimm verschwunden! Gestern Abend hatte er noch seine Uniform angehabt. Ob er tatsächlich im Pyjama verschwunden war? Dicki vergaß ganz, dass er noch nicht zu Ende gefrühstückt hatte, holte sein Rad aus dem Schuppen und fuhr zu Rolf.

Rolf war sehr erstaunt, ihn schon so früh zu sehen. »Hol Gina und kommt dann mit zu Flipp und Betti«, sagte Dicki. »Es gibt eine Menge Neuigkeiten!«

Als alle Spürnasen versammelt waren, erzählte Dicki, was er von Rollo erfahren hatte.

»Der Junge wurde wirklich im Kinderwagen weggebracht, wie Bern gesagt hat. Und jetzt wissen wir auch, warum er das getan hat und warum er den Prinzen spielen musste.«

»Aber wir wissen nicht, wo der richtige Prinz steckt«, wandte Flipp ein.

»Vielleicht weiß ich sogar das! Rollo hat gesagt, sein Onkel sei im

Raylinger Moor. Und da Tallery an der Entführung beteiligt ist und seinen Neffen dazu angestiftet hat, den Prinzen zu spielen, ist Prinz Bongawah wahrscheinlich auch dort.«

»Du hast gestern Abend viel erreicht«, sagte Flipp bewundernd. »Wann bist du denn zurückgekommen?«

»Ziemlich spät. Es war schon dunkel. Ich hatte kein Licht am Rad und bin zum Schluss noch von Wegda erwischt worden.«

»Ach herrje!«, rief Betti. »Hat er sich bei deinen Eltern über dich beschwert?«

»Natürlich nicht! Er wusste ja nicht, dass ich es war. Ich war doch als Hausierer verkleidet.« Lachend erzählte Dicki, wie der Polizist ihm sein Rad abgenommen und es ihm später wieder zurückgegeben hatte. Die Kinder brachen in Gelächter aus.

»Du bist wirklich nicht zu schlagen«, sagte Gina. »Das sind ja eine Menge Neuigkeiten, die du mitgebracht hast.«

»Die aufregendste habe ich bis zuletzt aufgespart. Stellt euch vor, Wegda ist spurlos verschwunden, und zwar ohne Uniform! Chefinspektor Jenks hat mich vorhin angerufen und es mir erzählt.«

Alle waren sehr überrascht und schüttelten verwundert die Köpfe.

»Ob er ebenfalls entführt worden ist?«, meinte Rolf schließlich.

»Ich weiß wirklich nicht, was ich denken soll«, antwortete Dicki ratlos. »Als ich gestern Abend bei ihm war um mein Rad zu holen, hatte er anscheinend gar nicht die Absicht noch einmal wegzugehen.«

»Hast du etwas vom Raylinger Moor zu ihm gesagt?«, fragte Betti. »Dann könnte er vielleicht dorthin gefahren sein.«

Dicki sprang auf. »Betti, du hast den Nagel wieder einmal auf den Kopf getroffen! Natürlich habe ich gestern Abend das Raylinger Moor erwähnt. Ja, er muss dort sein.«

»Glaubst du wirklich?«, fragte Betti.

»Natürlich! Ob ihm was passiert ist? Gib mal deinen Fahrplan her, Flipp. Sicher ist er den weiten Weg nicht mit dem Rad gefahren und Busse gehen so spät abends nicht mehr. Aber vielleicht fährt noch ein Zug.«

Nach kurzer Zeit hatte Dicki festgestellt, dass wirklich abends noch ein Zug nach Rayling ging. »Den hat er genommen!«, rief er. »Sobald ich weg war, muss er sich umgezogen haben und zum Bahnhof gelaufen sein. Er will Prinz Bongawah im Moor suchen.«

»Ohne einem Menschen etwas davon zu sagen!«, rief Rolf.

»Was sollen wir nun tun?«, fragte Gina.

Dicki überlegte. »Ich habe eigentlich keine Lust, jetzt schon Chefinspektor Jenks anzurufen. Bestimmt wird er nicht das ganze Moor durchsuchen lassen, solange er nicht genau weiß, dass Herr Grimm dort ist. Wisst ihr was? Wir fahren hin!«

»Alle zusammen?«, fragte Betti.

»Ja, alle zusammen.«

»Ern auch?« Betti zeigte den Gartenweg hinunter. Ern kam gerade auf die Kinder zu – zum Glück allein.

»Ja, Ern kann auch mitkommen«, sagte Dicki lachend. »Je mehr wir sind, desto lustiger wird es. Wir tun so, als würden wir einen Ausflug machen und nach seltenen Moorblumen und Moorvögeln suchen.«

»Ich werde nach der Grimmblume suchen.« Betti kicherte. »Und du kannst dich nach dem Wegdavogel umsehen, Flipp.«

»Hallo, hallo!«, rief Ern und kam näher. »Wie stehts mit dem Geheimnis? Gibt es Neuigkeiten?«

»Eine Menge sogar!«, antwortete Betti. »Aber jetzt haben wir keine Zeit dir alles zu erzählen. Wir müssen los.«

»Sischade!« Ern machte ein enttäuschtes Gesicht. »Wo wollt ihr denn hin?«

»Du kannst mitkommen«, sagte Dicki. »Wir erzählen dir unterwegs alles. Stehen Wern und Bern etwa draußen? Die beiden können wir unmöglich mitnehmen.«

»Nein, ich bin allein. Wern wollte ein Stück Seil besorgen. Das Zelt ist nämlich in der Nacht eingefallen. Und Bern wollte sich Nugat kaufen.«

»Nugat?«, riefen alle Spürnasen. »Keine Sahnebonbons?«

»Er scheint plötzlich keine Bonbons mehr zu mögen«, erklärte Ern.

»Nugat ist ja fast noch schlimmer«, sagte Betti. »So süß und klebrig! Sisscheußlich!«

»Nun lass dich nicht von Ern anstecken!«, rief Flipp.

Ern sah ihn erstaunt an. »Wieso? Mir fehlt doch gar nichts.«

»Kommt, wir dürfen keine Zeit verlieren«, sagte Dicki. »Wir kaufen uns Brötchen, Kuchen und Obst für unterwegs. Dann fahren wir mit dem Bus bis ans Moor heran und gehen dann zu Fuß weiter.«

Gina, Rolf und Dicki ließen ihre Räder bei Hillmanns stehen. Die Kinder kauften etwas zu essen ein und nahmen dann den Bus nach Rayling. Dicki verbot allen, unterwegs über das Geheimnis zu sprechen. Es könnte ja jemand im Bus sein, der etwas mit der Entführung zu tun hatte. Niemand durfte ahnen, wie viel die Kinder wussten.

Am Rande des Moores stiegen sie aus. Sie hatten sich die ganze Fahrt über so laut über Pflanzen und Vögel unterhalten, dass alle Fahrgäste glaubten, sie wollten aus naturwissenschaftlichem Interesse durchs Moor wandern.

»Bleibt immer auf den Wegen«, ermahnte sie der Schaffner. »Seht mal, der Pfad dort führt mitten ins Moor hinein. Davon gehen kleinere Pfade ab. Passt auf, dass ihr nicht einsinkt!«

Fröhlich machten sich die Kinder auf den Weg. Betti suchte die weite Fläche nach Herrn Grimm ab. War er etwa nachts vom Weg abgekommen und im Moor versunken, bis nur noch sein Helm hervorguckte?

»Er hat seinen Helm ja gar nicht auf«, erwiderte Dicki, nachdem sie ihm ihre Besorgnis mitgeteilt hatte. »Es würde auch sehr lange dauern, bis ein Mensch so tief einsinkt. Dieses Moor ist im Sommer relativ trocken.«

Aber als Flipp einmal neben den Pfad trat, sank er sofort bis zu den Knien ein. Hastig rettete er sich wieder auf festen Boden. »An dieser Stelle will ich lieber keine Grimmblumen suchen«, meinte er mit einem etwas unsicheren Lachen. »Ich glaube kaum, dass hier welche wachsen.«

Erlebnisse im Moor

Es gab sehr viele Fliegen im Moor. Sie machten Ern ganz verrückt und die anderen machte es verrückt, dass er dauernd nach ihnen schlug.

»Seht mal, dort hinter den Bäumen steht ein Haus!«, sagte Dicki plötzlich.

Gina atmete auf. »Endlich sieht man etwas anderes als grasgrünes Moor! Ern, hör auf wie ein Wahnsinniger um dich zu schlagen. Ich fahre immer vor Schreck zusammen, und das bei der Hitze!«

»Kommt, wir gehen hier lang.« Dicki blieb stehen und zeigte auf einen schmalen Pfad, der von ihrem Weg abzweigte. »Er scheint um das Wäldchen herumzuführen. So können wir die Gegend rekognoszieren ohne selber gesehen zu werden.«

»Was heißt rekognoszieren?«, fragte Betti.

»Erkunden, auskundschaften«, erklärte Dicki. »Wenn sich Tallery und seine Kumpane hier im Moor verbergen, müssen wir aufpassen, dass sie uns nicht erwischen.«

Langsam gingen sie hintereinander den schmalen Pfad entlang und sahen auf die Erde, damit sie nicht aus Versehen in den Sumpf traten. Da richteten sich plötzlich neben ihnen zwei Männer auf, die sich hinter ein paar Schilfbüscheln versteckt hatten.

Die Kinder blieben erschrocken stehen. »Hallo!«, sagte Dicki, nachdem er sich gefasst hatte. »Sie haben uns aber einen Schreck eingejagt!«

»Warum ihr gehen durch gefährliche Moor?«, fragte einer der Männer in gebrochenem Englisch zurück. »Hier ist nicht gut für Kinder.«

»Wir machen einen Ausflug«, erklärte Dicki, »einen Naturkundeausflug. Ist das etwa nicht erlaubt? Das Moor ist doch kein Privateigentum.«

»Doch ist dieses Land Privateigentum«, erwiderte der andere Mann ärgerlich. »Es gehört zu Haus da drüben.«

»Wir richten ja keinen Schaden an. Wir wollen nur weiter bis zum anderen Ende des Moores gehen.«

»Das ihr werdet nicht tun!« Der Mann stellte sich Dicki in den Weg. »Geht zurück. Ich habe schon gesagt, Land ist Privateigentum.«

»Warum sollen wir denn nicht weitergehen?«, fragte Dicki ungeduldig. »Man könnte fast denken, dass Sie etwas zu verbergen haben.«

»Da, ein Hubschrauber!«, rief Rolf plötzlich und zeigte zum Himmel. »Will der etwa im Moor landen? Er würde ja versinken.«

Die beiden Männer sahen zu dem Hubschrauber hinauf und unterhielten sich aufgeregt in einer fremden Sprache. Dann schob einer von ihnen Dicki energisch zurück.

»Macht, dass ihr rauskommt aus dem Moor«, sagte er.

Dicki stolperte und wäre beinahe hingefallen. Ern wurde rot vor Zorn. Wie konnte der Fremde es wagen, Dicki anzurühren! Wütend stieß er den Mann gegen die Brust, sodass er der Länge nach in den Sumpf fiel.

»Was fällt dir ein, Ern!«, rief Dicki ärgerlich. »Kommt, wir gehen zurück.«

Der Mann stand wütend auf und rief dem anderen etwas in seiner Sprache zu.

»Kommt mit!«, sagte der zweite. »Geht vor uns her. Wir werden euch zeigen, was passiert mit Kindern, die nicht wollen hören.«

Der Hubschrauber kreiste über dem Haus. Die Männer blickten hin und wieder zu ihm hoch und schienen es plötzlich sehr eilig zu haben. Ungeduldig trieben sie die Kinder vor sich her.

Die Kinder schwiegen bedrückt. Dicki dachte angestrengt nach. Der Hubschrauber wollte anscheinend landen. Aber wo? Gab es in der Nähe vielleicht einen verborgenen Landungsplatz? Sollte der Prinz mit dem Hubschrauber abgeholt werden? Die Männer hatten offensichtlich auf der Lauer gelegen um Fremde abzufangen, die durch das Moor kamen. Hier ging etwas Geheimnisvolles vor sich, das war klar.

Ohne ein Wort hasteten die Männer hinter ihren Gefangenen her. Betti hielt sich ängstlich dicht hinter Dicki. Auch Ern hatte Angst und vergaß nach den Fliegen zu schlagen. Immerfort surrte der Hubschrauber über ihnen. Er wartete wohl auf ein Zeichen, dass er landen könne.

Schließlich gelangten sie in einen großen Gutshof. Durch eine offen stehende Stalltür sah man ein paar Schweine. Hühner scharrten im Mist. Auf einem kleinen Teich schwammen Enten. Ein Pferd hob den Kopf aus einem Trog, aus dem es getrunken hatte, und sah die Kinder mit großen Augen an.

Das lang gestreckte Gutshaus mit seinen hohen Schornsteinen schien sehr alt zu sein. Die Männer führten die Kinder zu einer Tür und schoben sie ins Haus. Zuerst ging es durch einen schmalen Gang, dann eine enge Wendeltreppe hinauf und dann durch einen Gang mit unebenen Dielen, in dem es sehr dunkel war. Betti drängte sich näher an Dicki. Er nahm ihre Hand und drückte sie beruhigend.

Schließlich öffnete einer der Männer eine Tür und der andere schob die Kinder in ein Zimmer.

Als er die Tür hinter ihnen zumachen wollte, stellte Dicki einen Fuß in den Spalt. »Warum sperren Sie uns ein?«, fragte er. »Wir machen doch bloß einen Ausflug.«

»Ihr werdet hier bleiben einen oder zwei Tage«, antwortete der Mann. »Wir haben Gründe dafür. Ihr seid gekommen zu unrechter Zeit. Seid vernünftig, dann wird euch nichts geschehen.«

Er stieß Dickis Fuß weg, zog die Tür zu und drehte den Schlüssel herum. Dann hörten die Kinder, wie die Männer eilig wegliefen.

Dicki sah sich in dem kleinen dunklen Raum um. Die Wände waren mit Eichenholz verkleidet. Das Fenster hatte bleigefasste Scheiben. Die Außenmauer fiel steil in die Tiefe. Herauszuklettern war unmöglich.

»Dicki, was soll das alles bedeuten?«, fragte Ern ängstlich.

»Wisst ihr, was ich glaube?« Dicki sprach mit gedämpfter Stimme. »Ich glaube, sie haben Prinz Bongawah hierher gebracht, als er auf dem Weg zum Zeltlager entführt wurde. Und er ist noch hier. Der Hubschrauber soll ihn wahrscheinlich abholen. Sie werden den Prinzen verschleppen und dann wird man nie wieder etwas von ihm hören.«

Betti schauderte. »Das klingt richtig unheimlich. Was machen wir jetzt? Ob uns die Männer was tun?«

»Ach wo! Wir sind ihnen bloß im Weg. Sie glauben uns, dass wir nur einen Ausflug machen wollten. Woher sollten sie auch wissen, dass wir Wegda suchen und von ihrem Geheimnis wissen!«

»Aber was machen wir jetzt?«, wiederholte Betti. »Ich will hier raus!«

»Ich höre den Hubschrauber«, sagte Flipp. »Er scheint jetzt näher zu sein. Vielleicht landet er.«

»Ob Wegda auch in diesem Haus gefangen ist?«, fragte Rolf. »Bisher haben wir ja keine Spur von ihm gefunden. Aber es kann auch sein, dass er gar nicht nach Rayling gefahren ist.«

»Wer weiß?« Dicki ging zur Tür und drückte auf die Klinke, aber die Tür war verschlossen. Er betrachtete sie prüfend. Sie war alt, aber aus festem Holz. Man konnte sie unmöglich aufbrechen.

»Versuch doch mal deinen Trick!«, rief Gina plötzlich. »Unter der Tür ist ein breiter Spalt. Ich glaube, es geht.«

Dicki nickte. »Dazu brauche ich aber eine Zeitung und ausgerechnet heute habe ich keine mitgenommen.«

»Ich habe ein Comicheft in der Tasche«, sagte Ern. »Kannst du das gebrauchen? Was willst du denn überhaupt tun?«

»Durch diese verschlossene Tür gehen.«

Kopfschüttelnd zog Ern ein zerknittertes Heft aus der Tasche und gab es Dicki.

Dicki legte es auf die Erde, faltete es in der Mitte auseinander und schob es durch den Türspalt, sodass nur noch eine Ecke hervorguckte. Ern beobachtete ihn erstaunt. Er konnte sich nicht vorstellen, wie dadurch die Tür aufgehen sollte.

Nun zog Dicki ein Lederetui aus der Tasche, in dem sich ein paar kleine Werkzeuge befanden. Er nahm ein Stück Draht heraus, steckte ihn ins Schlüsselloch und rüttelte vorsichtig darin herum. Nach einer Weile stieß er kräftig zu und der Schlüssel fiel auf der anderen Seite der Tür zu Boden.

Ern hatte mit offenem Mund zugesehen. Er hatte keine Ahnung, was das alles sollte. Aber die anderen Kinder kannten den Trick und hatten ihn schon selber ausprobiert.

»Hoffentlich ist der Schlüssel auf das Heft gefallen!« Dicki bückte sich und zog das Papier langsam durch den Spalt ins Zimmer. Und siehe da, der Schlüssel lag wirklich darauf!

Ern fielen fast die Augen aus dem Kopf, als er das sah. »Kaum zu glauben«, rief er überwältigt. »Du bist ein Genie, Dicki, wirklich!«

»Sei still, Ern!« Leise steckte Dicki den Schlüssel ins Schloss und drehte ihn herum. Die Tür war offen. Die Kinder waren frei.

Der Prinz wird befreit

»Hört mal zu!«, sagte Dicki leise. »Ich glaube, wir sollten nicht alle rausgehen. Wir sind zu viele und würden bald entdeckt werden. Ich gehe lieber allein und schaue mich um. Falls ich ein Telefon finde, rufe ich Chefinspektor Jenks an und bitte ihn um Hilfe.«

»Hoffentlich findest du ein Telefon!« Betti sah schon die Rettung in greifbarer Nähe.

»Und dann suche ich nach Prinz Bongawah«, fuhr Dicki fort. »Ich fürchte allerdings, dass ich zu spät komme, falls der Hubschrauber schon gelandet ist.«

»Wirst du dich auch nach Wegda umsehen?«, fragte Rolf.

»Natürlich! Aber das Wichtigste ist, Chefinspektor Jenks anzurufen und den Prinzen zu befreien. Ihr braucht euch unterdessen nur ruhig zu verhalten und zu warten. Allerdings muss ich euch wieder einschließen. Sonst merkt womöglich jemand, dass die Tür nicht verschlossen ist. Ihr wisst ja, wie ihr notfalls rauskönnt.«

»Aber wenn nun jemand ins Zimmer schaut und sieht, dass du nicht da bist?«, wandte Betti ein.

»Das wird den Männern gar nicht auffallen. Sie haben uns bestimmt nicht gezählt. Tschüss.«

»Tschüss!«, flüsterten die anderen. »Viel Glück!«

Dicki verschloss die Tür von außen und ließ den Schlüssel stecken. Dann schlich er leise den Gang entlang. Hin und wieder blieb er stehen und horchte. Durch einen glücklichen Zufall waren die Spürnasen gerade im entscheidenden Augenblick hierher gekommen. Dicki wollte sich auf keinen Fall durch eine Unvorsichtigkeit verraten.

Vor allem musste er jetzt ein Telefon suchen. Wo konnte es sein? Unten natürlich, wahrscheinlich in der großen Diele! Schwierig, dort unbemerkt zu telefonieren. Aber manchmal gab es einen Zweitapparat im Schlafzimmer. Seine Mutter hatte einen neben ihrem Bett. Vielleicht befand sich hier oben auch einer. Dicki beschloss nachzusehen.

Er schaute in zwei Zimmer. Sie waren gut eingerichtet, aber ein Telefon war nicht darin. Als er dann die Tür zu einem dritten Zimmer öffnete, sah er einen hellgrünen Apparat neben dem Bett. Er schlich ins Zimmer und machte die Tür hinter sich zu. Dann ging er auf Zehenspitzen zu dem Apparat. Er hob ihn auf und kroch damit unters Bett, damit man ihn nicht so gut hören konnte. Dann nahm er den Hörer ab und drückte ihn ans Ohr.

Als sich das Fernamt meldete, atmete er erleichtert auf und nannte die Nummer des Polizeipräsidiums, die er im Kopf hatte. »Bitte verbinden Sie mich möglichst schnell. Es ist dringend!«

Nach ein paar Sekunden meldete sich das Präsidium. »Hier ist Dietrich Kronstein«, sagte Dicki leise. »Ich muss sofort Chefinspektor Jenks sprechen.«

Nach einer kurzen Pause hörte er die vertraute Stimme des Chefinspektors. »Dietrich? Was gibts denn?«

»Hören Sie, ich bin in einem Gutshaus mitten im Raylinger Moor und glaube, dass Prinz Bongawah hier versteckt wird. Ein Hubschrauber kreist über dem Haus. Wahrscheinlich soll der Prinz weggebracht werden. Wir sind alle hier, Ern auch. Schicken Sie bitte sofort Polizisten her. Man hatte uns eingesperrt, aber ich konnte mich befreien und ein Telefon suchen.«

Einen Augenblick blieb alles still. Dicki konnte sich das erstaunte Gesicht des Chefinspektors vorstellen. Dann hörte er seine klare Stimme sagen: »Ich schicke sofort Hilfe. Haltet aus, bis wir kommen. Und versuche zu verhindern, dass Prinz Bongawah mit dem Hubschrauber weggebracht wird. Es ist sehr wichtig, hörst du?«

Mit einem Seufzer der Erleichterung legte Dicki den Hörer auf. Nun würde bald Hilfe kommen. Inzwischen musste er den Prinzen suchen.

Leise kroch er unter dem Bett hervor und stellte den Apparat auf den Nachttisch zurück. Dann schlich er zur Tür und öffnete sie vorsichtig. Draußen war alles still. Er spähte nach links und rechts. Kein Mensch war zu sehen.

Ich muss mich nach einem verschlossenen Zimmer umsehen, dachte Dicki. Das Gutshaus hat zwei Seitenflügel. Ich befinde mich jetzt ungefähr in der Mitte. Man hat uns im rechten Seitenflügel eingesperrt. Vielleicht ist der Prinz im linken.

Vorsichtig beugte er sich aus einem offenen Fenster und musterte den linken Seitenflügel des Hauses. Aha, dort war ein vergittertes Fenster! In dem Zimmer musste Prinz Bongawah sein.

Leise schlich Dicki weiter durch den Gang. Würde er den Seitenflügel erreichen, ohne durch die große Halle gehen zu müssen? Als er an die Treppe kam, die zur Halle hinunterführte, hörte er unten Stimmengemurmel. Er sah durchs Fenster und beobachtete, wie der Hubschrauber langsam herunterkam und hinter einer Scheune verschwand. Dort musste ein Landungsplatz sein. Dicki runzelte die Stirn. Es war keine Zeit mehr zu verlieren. Der Prinz konnte jeden Augenblick aus dem Haus gebracht werden.

Dicki sah sich suchend um und schlich durch einen schmalen Gang. Wie er gehofft hatte, gelangte er in den linken Seitenflügel des Hauses. Nun musste er nur noch das Zimmer mit dem vergitterten Fenster finden.

Plötzlich fuhr er erschrocken zusammen. Er hörte, wie eine Tür zugeschlagen wurde und wie ein Mann etwas rief. Schnell versteckte er sich hinter einem Fenstervorhang. Er wagte kaum zu atmen. Jemand ging mit schweren Schritten an ihm vorbei zur Treppe. Als wieder alles still war, kam Dicki aus seinem Versteck hervor, lief an zwei offenen Türen vorbei und kam dann zu einer verschlossenen Tür. Zum Glück steckte der Schlüssel im Schloss. Dicki drehte ihn herum, machte die Tür auf und spähte ins Zimmer.

Ein dunkelhäutiger Junge, der Rollo ähnlich sah, blickte ihn erstaunt an.

»Bist du Prinz Bongawah?«, fragte Dicki flüsternd.

Der Junge nickte.

»Komm mit, ich will dich befreien. Beeil dich!«

Der Junge kam zur Tür und begann sehr schnell in einer fremden Sprache zu reden.

»Sei still!«, sagte Dicki. »Willst du, dass die Männer dich hören und raufkommen? Wir müssen ganz leise sein.«

Der Junge schwieg und kam leise aus dem Zimmer. Dicki schloss die Tür wieder zu und führte den Jungen mit klopfendem Herzen durch den schmalen Gang zur Treppe und dann weiter durch den anderen Gang in den rechten Seitenflügel. Dort schloss er die Tür des Zimmers auf, in dem sich die anderen Kinder befanden, und schob den Prinzen hinein. Die Spürnasen starrten den fremden Jungen erstaunt an.

»Ich habe Prinz Bongawah gefunden!«, sagte Dicki stolz. »Hier ist er augenblicklich am sichersten, glaube ich. Er kann sich in dem Schrank dort verstecken. Niemand wird ihn in dem Zimmer suchen, wo wir eingesperrt sind.«

»Dicki, das hast du wieder gut gemacht.« Betti sah ihn bewundernd an. »Der arme Prinz! Er weiß sicher gar nicht, was los ist.«

Prinz Bongawah machte vor jedem der Kinder eine kleine Verbeugung. »Ich bin schon seit vielen Tagen hier gefangen«, sagte er in fließendem Englisch. »Ich war sehr einsam und hatte Angst. Seid ihr meine Freunde?«

»Ja«, rief Betti. »Natürlich sind wir deine Freunde. Bei uns bist du in Sicherheit.«

»Ich habe ein Telefon gefunden und Chefinspektor Jenks angerufen«, berichtete Dicki strahlend. »Die Männer werden sehr überrascht sein, wenn plötzlich Polizisten durchs Moor kommen und das Haus umstellen.«

»Du bist ein Genie, Dicki, wirklich!«, rief Ern überwältigt. »Man müsste dich sofort zum Chefinspektor ernennen.«

»Hast du auch Herrn Grimm gefunden?«, fragte Gina.

Dicki schüttelte den Kopf. »Nein, von ihm habe ich nichts gehört und gesehen. Vielleicht ist er gar nicht hier.«

»Ein Glück, dass wir dachten, er ist hier«, sagte Betti. »Sonst wären wir ja gar nicht hergekommen.«

»Hast du gesehen, ob der Hubschrauber gelandet ist?«, fragte Gina. »Wir sahen ihn hinter der großen Scheune dort verschwinden.«

»Ja, ich ...« Dicki stockte und lauschte gespannt.

Auch die anderen horchten. Man hörte Rufen, Türenschlagen und eilige Schritte.

»Sie haben entdeckt, dass der Prinz nicht mehr in seinem Zimmer ist!«, rief Dicki aufgeregt. »Das ist ein Schlag für die Schurken! Der Hubschrauber ist zum Abflug bereit und der Prinz nicht zu finden. Versteck dich im Schrank, Prinz Bongawah, und verhalte dich mäuschenstill!«

Schnell schlüpfte der kleine Prinz in den Schrank. Betti machte die Tür hinter ihm zu. Dann warteten die Kinder schweigend.

Nach einiger Zeit näherten sich eilige Schritte. Die Tür wurde aufgerissen. Ein dunkelhaariger Mann kam herein und rief: »Vielleicht ist er hier. Die Kinder könnten ihn irgendwie hergebracht haben. Durchsucht das Zimmer!«

Ein aufregendes Ende

Die Kinder erschraken. Betti wurde blass. Aber Dicki ließ sich nicht aus der Ruhe bringen.

»Was ist los?«, fragte er. »Wen sollen wir hergebracht haben? Sie haben uns sechs hier eingesperrt und wir sind immer noch sechs, wie Sie sehen.«

Aber der Mann sah die Kinder so drohend an, dass Dicki nichts mehr zu sagen wagte. Drei weitere Männer drängten sich ins Zimmer. In einer Minute hatten sie den Schrank geöffnet und Prinz Bongawah entdeckt.

Der dunkelhaarige Mann zerrte ihn wütend heraus und überschüttete ihn mit einem aufgeregten Redeschwall in einer fremden Sprache. Als die Männer ihn aus dem Zimmer stießen, lief Dicki ihnen empört nach. »Halt, halt!«, rief er. »Sie können doch nicht ...«

Ein Mann drehte sich um und hob die Hand. Aber ehe er zuschlagen konnte, hörte man im Haus jemanden schreien: »Polizei, Polizei! Sie kommen übers Moor. Man hat uns verraten.«

Dann erhob sich ein so erregtes Stimmengewirr, dass nichts mehr zu verstehen war. Dicki nutzte die allgemeine Verwirrung, um Prinz Bongawah ins Zimmer zurückzuziehen. Dann zog er den Schlüssel aus dem Schloss, steckte ihn von innen hinein und schloss die Tür zu. Lachend wandte er sich zu den anderen Kindern um. »Kopf hoch! Jetzt kann uns nichts mehr passieren. Wir sind wieder eingeschlossen, aber diesmal steckt der Schlüssel auf unserer Seite.«

»Sind wir jetzt wirklich sicher?«, fragte Betti ängstlich. »Können sie nicht die Tür einbrechen?«

»Sie werden es nicht einmal versuchen«, antwortete Dicki beruhigend. »Jetzt haben sie genug mit sich selber zu tun. Wir bleiben hier und warten, bis alles vorbei ist.«

»Der Hubschrauber fliegt wieder ab!«, rief Flipp.

»Alle drängten sich ans Fenster. Wirklich, der Hubschrauber schwebte schon über der Scheune. Offenbar hatte man dem Piloten ein Zeichen gegeben, dass er sich aus dem Staub machen solle.

»Aber mich nimmt er nicht mit!«, jubelte Prinz Bongawah.

Von den nun folgenden Ereignissen sahen die Kinder nicht viel. Zwei Polizisten kamen auf das Haus zugelaufen. Dann rannte ein Mann über den Hof und ein stämmiger Polizist verfolgte ihn. Man hörte Rufe und Schreie.

»Schade, dass ich nicht dabei bin!«, sagte Dicki.

Ern sah ihn scheu von der Seite an. »Ich bin froh, dass wir hier in Sicherheit sind. Sisfurchtbar!«

Nach einer halben Stunde wurde es still. Die Kinder horchten gespannt. Ob wirklich alles zu Ende war?

Da hörten sie eine laute Stimme rufen: »Dietrich! Wo bist du, Dietrich?«

»Der Chefinspektor!« Dicki atmete auf. Er lief zur Tür, schloss sie auf und rief: »Ich bin hier! Wir sind alle gesund und munter.«

Dann drehte er sich zu den anderen Kindern um. »Kommt, wir können rausgehen. Na, Ern, zittern dir die Knie?«

»Ein bisschen.« Ern stolperte hinter den anderen her.

Sie trafen Chefinspektor Jenks oben an der Treppe. Rasch ließ er seine Augen über die kleine Schar gleiten. Dann zeigte er auf den Prinzen. »Ist das Prinz Bongawah?«

»Ja!«, antwortete Dicki. »Ich konnte ihn befreien. Haben Sie alle Männer erwischt?«

»Ich glaube ja.« Der Chefinspektor zog den Prinzen zu sich heran. »Wie geht es dir? Haben sie dich misshandelt?«

»Nein«, sagte der Prinz. »Mein Onkel hat mich entführt. Ich ...«

»Deine Geschichte erzählst du uns später. Dietrich, du hast gute Arbeit geleistet! Wie hast du das bloß geschafft, dieses Haus im Moor zu entdecken, den Prinzen zu finden – und mich auch noch mitten aus dem Räubernest anzurufen! Und alle Spürnasen waren beteiligt. Nur Purzel fehlt. Wo ist er?«

»Ich musste ihn leider zu Hause lassen. Er hätte zu leicht ins Moor geraten können. Schade! Er hätte sich gefreut, Sie wieder zu sehen.«

»Ich lasse euch nach Hause fahren, sobald die Polizeiwagen zurückkommen. Sie bringen die festgenommenen Männer zum Revier.«

»Wollen wir uns nicht bis dahin ein wenig draußen umsehen?«, schlug Dicki vor. »Ein Gutshof mitten im Moor ist doch was Besonderes.«

Sie gingen ins Freie. Die Kinder waren froh, endlich wieder an der frischen Luft zu sein. Eine Frau schaute ängstlich aus einer Tür und sah ihnen nach.

»Wer ist denn das?«, fragte Dicki.

»Die Haushälterin«, antwortete der Chefinspektor. »Sie soll vorläufig hier bleiben und sich um die Tiere kümmern.«

Sie überquerten den Hof und gingen um die große Scheune herum, hinter der der Hubschrauber gelandet war. Man hatte dort einen Landeplatz eingeebnet. Dahinter standen ein paar Schuppen. Die Kinder unterhielten sich lebhaft mit ihrem großen Freund. Sie waren froh und glücklich, dass alles vorbei war.

Plötzlich hörten sie aus einem der Schuppen lautes Krachen und blieben stehen. Die Tür des Schuppens zitterte. Die Kinder wollten nachsehen, was der Lärm zu bedeuten hatte.

»Seht euch vor!«, sagte der Chefinspektor. »Vielleicht ist ein wütender Bulle in dem Schuppen. Er scheint gegen die Tür zu stoßen.«

Nun hörte man Schimpfen und Schreien. »Das ist kein Bulle«, sagte Dicki. »Ich schaue mal durchs Fenster.«

Das Fenster lag sehr hoch. Dicki holte eine Leiter, lehnte sie an die Schuppenwand und stieg hinauf. Lachend kam er wieder herunter.

»Es ist ein Freund von Ihnen«, sagte er zu Chefinspektor Jenks und schob den Türriegel zurück. Die Tür flog auf und heraus stürzte wütend mit erhobenen Fäusten ein schwitzender Mann in schmutzigen Kleidern.

»Grimm!« Der Chefinspektor starrte ihn verblüfft an. »Ist denn das die Möglichkeit? Was machen Sie denn hier?«

Es war tatsächlich Herr Grimm. Aber wie sah er aus! Seine Kleider waren fleckig und zerdrückt, seine zerwühlten Haare voller Strohhalme. Staunend musterte er Inspektor Jenks und die Kinder. Dann strich er sich verlegen übers Haar und stotterte: »Guten Morgen, Herr Chefinspektor!«

»Warum sind Sie bloß hierher gefahren ohne eine Nachricht zu hinterlassen?«, rief der Chefinspektor. »Wir haben Sie überall gesucht.«

»Ich ... ich hatte so eine Ahnung, dass hier etwas vor sich geht«, antwortete Herr Grimm, immer noch ein wenig außer Atem. »Daher nahm ich gestern den letzten Zug nach Rayling und ging ins Moor. Aber dann habe ich mich verirrt. Plötzlich sank ich ein und rief um Hilfe.«

»Wie schrecklich!«, sagte Betti mitleidig. »Ist denn jemand gekommen um Sie zu retten?«

»Retten!«, schnaufte Herr Grimm. »Ja, es kamen zwei Männer und zogen mich aus dem Sumpf. Aber dann sperrten sie mich in den Schuppen. Warum nur? Man muss sie festnehmen. Das ist Missachtung der Obrigkeit.«

»Beruhigen Sie sich, wir haben die Missetäter bereits festgenommen«, sagte der Chefinspektor.

Plötzlich brach Ern in lautes Gelächter aus und rief: »Onkel, wie du aussiehst!«

Erst jetzt bemerkte Herr Grimm seinen Neffen. »Ern! Wie kommst du denn hierher? Was fällt dir ein, mich auszulachen!«

»Benimm dich, Ern!«, sagte Dicki, dem der Polizist Leid tat. Dann wandte er sich an Chefinspektor Jenks. »Es war ein guter Gedanke von Herrn Grimm, hierher zu fahren, nicht wahr? Wenn er nicht ins Moor geraten wäre, hätte er den Prinzen befreit.«

Herr Grimm sah Dicki dankbar an. Der Junge war doch nicht so schlimm, wie er immer geglaubt hatte.

Auch Chefinspektor Jenks sah Dicki an. »Dietrich, ich freue mich auf den Tag, an dem du mein Mitarbeiter sein wirst. Klugheit, Mut und Hilfsbereitschaft sind gute Eigenschaften, aber Großmut ist mehr wert als sie alle zusammen.«

Dicki errötete bis unter die Haarwurzeln. Herr Grimm hatte den Sinn der Worte nicht recht begriffen. »Es ist also alles vorbei?«, fragte er, während er sich die Kleider abklopfte. »Wie kamen Sie denn eigentlich hierher, Herr Chefinspektor?«

»Sie sollten sich erst einmal waschen, Grimm«, entgegnete Jenks. »Nach der Nacht im Schuppen werden Sie Hunger haben. Lassen Sie sich von der Haushälterin etwas zu essen geben.«

Herr Grimm lächelte. »Ich könnte wirklich ein Frühstück vertragen. Sie rufen mich, wenn Sie mich brauchen, nicht wahr?«

»Ja. Wir warten nur auf die Polizeiwagen. Dann fahren wir alle zusammen nach Peterswalde.«

Herr Grimm ging zum Farmhaus, etwas steif in den Gliedern und ziemlich zerknittert, aber ungebeugt.

Betti hängte sich an den Arm von Chefinspektor Jenks. »Das war ein schwieriges Geheimnis«, sagte sie. »Zuerst hatten wir überhaupt kein Indiz und wussten gar nicht, wo wir anfangen sollten. Aber dann fing es plötzlich ganz gewaltig an zu brodeln und ist schließlich mit einem großen Knall explodiert.«

Alle lachten. »Mir hat das Geheimnis um den entführten Prinzen gut gefallen«, sagte Dicki.

»Mir auch!«, stimmte ihm Ern zu. »Sischade, dass Wern und Bern zum Schluss nicht mehr dabei waren.«

»Ja, sischade!«, riefen die anderen und lachten.

Chefinspektor Jenks lächelte. »Weihnachten habt ihr ja wieder Ferien. Dann gibt es vielleicht ein neues Geheimnis aufzuklären.«

Enid Blyton™

Enid Blyton wurde am 11. August 1897 in Südlondon geboren und wuchs in Beckenham, Kent, auf. Schon als Kind nahm sie sich vor, später einmal Schriftstellerin zu werden, wurde aber zunächst Kindergärtnerin. Diesen Beruf gab sie nach kurzer Zeit auf, um sich ganz dem Schreiben widmen zu können. Ihre ersten Geschichten und Gedichte erschienen in Zeitschriften, das erste Kinderbuch kam 1922 heraus. Es folgten zahlreiche Bücher – bis heute wurden 700 Titel von Enid Blyton veröffentlicht –, die sie schon zu Lebzeiten zur erfolgreichsten Kinderbuchautorin der Welt machten. Das ist sie bis heute geblieben. Ihre Bücher wurden in 30 Sprachen übersetzt und millionenfach in vielen Ländern verbreitet. Die Abenteuerserie begründete Enid Blytons Erfolg in Deutschland.

Am 28. November 1968 starb Enid Blyton nach einem erfüllten Leben in London.

Enid Blyton

Geheimnis-Serie

15 in sich abgeschlossene Bände
Illustriert von Walter Born
und Egbert von Norman

Geheimnis um einen nächtlichen Brand
Geheimnis um eine siamesische Katze
Geheimnis um ein verborgenes Zimmer
Geheimnis um eine giftige Feder
Geheimnis um eine verschwundene Halskette
Geheimnis um ein Haus im Walde
Geheimnis um eine Tasse Tee
Geheimnis um einen unsichtbaren Dieb
Geheimnis um einen entführten Prinzen
Geheimnis um einen roten Schuh
Geheimnis am Holunderweg
Geheimnis um ein gestohlenes Bild
Geheimnis um einen Wohnwagen
Geheimnis um eine Efeuvilla
Geheimnis um ein blaues Boot

Enid Blyton

Abenteuer-Serie

8 in sich abgeschlossene Bände

Illustriert von Stuart Tresilian

Die Insel der Abenteuer

Die Burg der Abenteuer

Das Tal der Abenteuer

Die See der Abenteuer

Der Berg der Abenteuer

Das Schiff der Abenteuer

Der Zirkus der Abenteuer

Der Fluss der Abenteuer

Erika Klopp Verlag